직업,
소명이 되다

길을 찾을 수 있다면

직업,
소명이 되다

김동혁, 김상미, 김신혜, 김은경, 박선우
이복선, 최덕분, 최연우, 한보리, 황금 공저

 도서
출판 더로드
The Road Books

재능이 넘치는 사람을 보면 부러웠어요. 가진 것이 많아 하고 싶은 일을 하면서 돈도 버니 좋겠다고 생각했죠. 재능이 있어도 자신이 가꾸고 계발하지 않으면 안 된다는 것을 안 것은 서른 중반이 넘었을 때입니다. 사회생활을 십 년 넘게 하면서 남부끄럽지 않게 열심히 살았어요. 마음까지 풍요롭지는 않았어요. 집과 회사를 오가며 돈벌이로 여겼던 직업이니까요. 책을 읽을수록 나은 삶을 꿈꾸고, 괜찮은 사람이 되고 싶다는 꿈을 꿨어요. 내가 알게 된 것을 누군가에게 알려주고 싶다는 마음도 생겼죠.

그렇게 한발씩 앞으로 걸었습니다. 2018년부터 시작된 강사, 리더의 역할은 기존 직장생활과 달랐어요. 스스로 주인의식을 갖고 행동해야만 하기 때문이죠. 그 과정에서 귀한 인연이 모이고 모여 BBM(Book, Binder, Mindmap) 커뮤니티가 탄생했어요. 2019년 1월 단체 채팅방을 만들고 회원들과 함께 한 시간을 공저 쓰기 프로젝트로 정리하고 싶었어요. 이번 책은 공저 7기로 마지막 작업이에요. 리더로서 또 다른 경험을 해보는 시간이기도 했고요. 책 주제처럼 제 일에 대해 정리해 보고, 꿈꿔보는 시간이기도 했답니다.

공저 7기 《직업, 소명이 되다》 탄생을 위해 김동혁, 김상미, 김신혜, 김은경, 박선우, 이복선, 최덕분, 최연우, 한보리, 황금 작가님 함께 작업해 주셔서 감사해요. 서로 응원하고 도우셨던 모습을 통해 함께하는 힘을 배웠습니다. 이번 책이 현재 하는 일에 날개가 되었으면 합니다.

BBM 공저를 1기부터 맡아주신 자이언트 북컨설팅 이은대 작가님께도 감사 인사를 전합니다. 당근과 채찍으로 이 자리까지 이끌어주셨어요. 감사합니다.

《직업, 소명이 되다》는 제1장 나의 첫 번째 직업, 제2장 변화의 순간, 흔들리는 마음, 제3장 결단의 순간, 제4장 새로운 시작, 제5장 직업, 소명이 되다_ 총 5가지 이야기로 구성됐어요. 순서대로 읽어도 좋고, 끌리는 구절부터 봐도 괜찮아요. 어느 한 페이지에서라도 여러분이 찾고 있는 메시지를 발견하시면 좋겠어요. 읽어주셔서 감사합니다.

1인기업 도구마스터 책먹는여자 <최서연>

"이 정도 스펙이면 원하는 곳에 취업이 될까요?"
"아이도 잘 키우고, 일도 제대로 해내고 싶어요."
"좋아하는 일로 돈을 벌 수 있을까요?"
"직장에서의 갈등을 지혜롭게 해결하고 싶어요."
"다시 일할 수 있을까요?"

사회생활을 시작하기 전이나 경력 단절이 되었을 때, 무엇을 해야 나다운 일을 하는 것인지 헤매고 있었습니다. 그때마다 스스로에게 했던 질문들입니다. 시대가 변해도 직업이라는 단어 앞에서 우리가 하고 있는 고민은 그다지 달라지지 않은 것 같습니다. 여러 번 이직을 했고, 그때마다 다른 일을 맡았습니다. 직원이었던 적도, 사장이었던 적도 있었습니다. 어떤 쪽이든 쉬웠던 적은 없었지만, 지나고 보니 현재 하고 있는 일에 자양분이 된 것만은 분명했습니다.

정답이 아닌, 나다운 답을 찾아가는 과정에서 《직업, 소명이 되다》 글을 쓸 기회를 만났습니다. 10명의 작가들이 모여 각자의 직업 속에서 펼쳐진 도전, 방황, 희망, 성취, 가치관에 대해 써 내려감니다. 직업과 삶의 조화, 의미에 대해 답을 찾고 계신다면 10명의 작가들이 걸어온 직업에 관련된 다양한 스토리가 도움이 될 수 있을 거라고 생각합니다. 미숙한 모습으로 시작한 사회생활에서 어떤 노력을 해야 했었는지, 이직은 언제 어떻게 하게 되었고, 사회생활의 어려움은 어떻게 극복했는지. 이런 시기를 거치고 있는 누군가에게 진심이 닿길 바라며 쓴 글입니다.

이 책은 총 5장으로 구성되어 있습니다. 제1장은 첫 번째 직업에 대한 배경과 작가들에게 어떤 의미였는가를 이야기합니다. 제2장은 변화의 순간과 직장 생활에서 흔들렸던 순간들, 다른 삶을 꿈꾸게 된 계기에 대해 나눕니다. 제3장은 새로운 출발을 결정하게 된 순간의 아픔과 희망, 그리고 현실적인 방법들에 대해 적었습니다. 제4장은 새로운 환경에서 어려움을 극복하는 10가지의 이야기를 만나실 수 있습니다. 마지막 제5장에서는 현재의 직업에 이르기까지의 경험을 통해 작가들이 생각하는 직업의 의미와 메시지를 전달합니다.

퍼스널 브랜딩과 나다움을 강조하는 세상에서 살고 있습니다. 공저로 만난 작가들과 함께 나다운 모습을 잃지 않고 일하는 방법에 대해 생각해 볼 수 있는 기회였습니다. 직업의 가치와 소명에 대해 글로 남길 수 있도록 도와주신 자이언트 북컨설팅 이은대 대표님, 책먹는여자 최서연 작가님 감사합니다. 공저로 귀한 인연이 되어주신 김동혁 작가, 김상미 작가, 김은경 작가, 박선우 작가, 최덕분 작가, 이복선 작가, 최연우 작가, 한보리 작가, 황금 작가에게도 감사의 마음을 전합니다.

모자란 글이지만, 불어오는 바람에 흔들릴 때마다 단 한 분만이라도 용기를 얻을 수 있는 글이 되었으면 하는 바람으로 썼습니다. 함께 읽고 같이 성장했으면 좋겠습니다. 매일 웃을 일만 있는 것은 아니지만, 그래도 웃으며 일할 수 있는 삶을 살기 위해 이 글을 읽고 있는 모든 분들이 직업에 대한 나만의 가치와 소명을 찾게 되시기를 마음을 담아 응원합니다.

김신혜

contents

제 2 장

변화의 순간, 흔들리는 마음

제 3 장

결단의 순간

제 4 장

새로운 시작

직업, 소명이 되다

제 1 장

나의 첫 번째 직업

1

기술이 없다면 몸으로

김동혁

하루하루 의미 없는 시간을 보내고 있었다. 성장하면서도 재미있는 일이 그다지 많지는 않았다. 나의 삶에 재미란 그저 기타를 치며 노래를 하거나 야구장에 가서 큰 소리로 응원하는 것뿐이었다. 그렇게 소리를 지르다 보면 잠시나마 마음에 후련함을 느낄 수 있었다. 그 당시 왜 사냐는 물음에, '부모님보다 먼저 갈 수는 없지 않은가?'가 나의 대답이었을 정도로 무기력했다. 왜 그랬을까? 생각해 보면 스스로 원하는 것을 찾고, 또 이뤄내는 경험을 하지 못해서인 것 같다. 자연스레 수동적인 생활에 익숙해져 갔다. 역시나 대학 진학도 하고 싶은 전공을 지원한 것이 아니라 단순히 점수에 맞게 지원했으니, 당연히 열심히 하지도 않아 결과도 만족스럽진 않았다. 그냥 술에 술 탄 듯, 물에 물 탄 듯 존재감이 없었다.

그러다 미국에 갈 기회가 생겼다. 아들의 모습을 본 어머니가 걱정도 되고, 답답했던지 먼저 미국에 가보는 게 어떻겠냐는 제안을 해 주셨다. 이미 누나가 미국에서 대학을 졸업해 캘리포니아로 이사하여 취업도 한 상태였다. 누나가 미리 미국에 자리를 잡고 있으니 그곳에 가서 새롭게 시작해 보라는 의미였다. 미국에 가면 고생될 게 분명히 보였지만, 다른 결정을 할 이유가 없었다. 군대도 건강상의 이유로 면제 판정을 받았다. 그래서 군대 갔다 오는 셈 치기로 했다. 미국에 간다고 하니 여유가 좀 있나 싶겠지만, IMF로 인해 집안은 좋지 않았다. 아니 매우 어려워진 상황이었다. 그 당시 갈빗집을 운영하고 있었다. 시외권에 있다 보니 주 고객은 보통 낮에 모임을 하는 주부들이나 회식 손님이 많았다. IMF로 모든 고객층이 한꺼번에 줄어들었다. 형편이 어려워진 상황에서 아버지는 미국으로 가겠다는 나의 결정에 반대하셨다. 그런데도 고집을 굽히지 않자 편도 비행기 표와 한 학기 ESL 등록금만 약속해 주셨다. 미국에 도착하고 나니 적응할 수 있는 시간이 많이 보장되지는 않았다. 말도 문화도 익숙하지 않았지만, 사정을 고려해서 할 수 있는 상황이 아니었다. 무엇이든 해야 했다. 미국에 가기 전 여러 일을 해보긴 했지만, 주로 집안의 일들이나 그저 용돈을 버는 수준이었기에 직업이라 할 수는 없었다. 아마도 절실함의 차이로 직업이라 인정하고 싶지 않았나 보다.

스스로 일자리를 찾아 구했던 일을 첫 번째 직업이라고 한다면, 미국에서 한국인이 운영하는 세탁소에서 옷 배달을 하는 일이었다. 이것도 어쩌면 직장이 아니라 아르바이트가 아닐까 생각하는 분도 있을 수 있다. 하지만 월급의 용도 차이를 생각해 보면 어떨까? 어떤 일자리든 생활비를 벌기 위함인지, 용돈을 벌기 위함인지에 따라 구별된다고 생각한다. 미국에서 세탁소 일은 식당 웨이터나 주방, 밤 청소, 페인트칠 조수 등과 같이 특별한 기술이 없는 사람들이 한인 업체를 통해 구할 수 있는 일 중 하나였다. 이 일을 선택한 계기는 교회에서 구인 소식을 듣게 된 후 바로 연락을 드렸다. 세탁소 옷 배달의 주된 일과는 거래처인 소규모 세탁소에서 빨래를 수거해 와서 세탁 후 다시 가져다주는 일이다. 이 일은 하루에 출퇴근 시간까지 합쳐 12시간 이상의 운전을 해야 했다. 운전을 오래 해야 하는 일이 쉬운 것은 아니지만, 그래도 용돈 아닌 생활비를 벌 수 있다는 것에 감사하며 일을 했다. 사실 언어는 열심히 공부하고 적응하면 된다지만, 일을 구하는 데 있어서 가장 큰 어려움 중 하나가 유학생이 공식적으로 할 수 있는 일이 여러 제한에 막혀 있다는 것이다. 그래서 한국인이 운영하는 업체에서 현금으로 받을 수 있는 일을 선택하는 것이 일반적인 것이었다. 그렇게 미국에서 시작한 세탁소 일은 어렵고 힘들더라도 견뎌내야만 했다.

옷 배달 일은 크게 두 가지로 나뉘는데 하나는 운전이고, 다른 하나는 옷들을 잃어버리지 않고 챙겨가는 것이었다. 빠르게 일에 적응하려 노력했지만, 생각보다 쉽지 않았다. 매일매일 옷을 가져

16

오고 또 가져다주는 일은 정확하게 옷을 챙겨가는 것도 중요하지만, 배달 시간까지 지켜야 하므로 최대한 빨리 운전코스를 외워야 하는 것이 급선무였다. 외워야 할 운전코스는 4코스였고, 이후에는 세탁소마다 특징을 알아야 했다. 또 옷걸이에 걸린 셔츠를 기준으로 차에 싣고 내릴 때 한 손에 100장 이상을 한 번에 옮겨야 할 때도 많았다. 빨래 수거와 납품만 하면 영어 쓸 일이 많이 없을 줄 알았는데, 세탁 상태에 따른 요청을 전달하는 등 여러 공지해야 하는 일들이 있어서 영어를 사용할 기회가 많았다. 거래처분들이 중남미 계열이나 아시안 계열이 많아서 영어를 알아듣는데 쉽지 않았다. 그래도 익숙해지니 상대의 언어나 발음이 들리기 시작했다. 조금씩 세탁소 일에 적응해 갔다. 옷 배달을 하면서 곤란한 일 중의 하나는 비가 오는 날이었다. 거래처에 따라 옷의 비닐 포장을 원치 않는 곳도 있었는데, 최대한 비를 맞지 않도록 옮기는 것이 중요했다. 이때는 우산을 쓰고 옮길 수가 없어서 단순히 빨리빨리 움직이는 방법밖에는 없었다.

아침 식사는 보통 새벽에 출근해서 커피와 도넛으로 끼니를 때웠다. 그나마도 배달할 옷들이 많으면 식사는 그냥 건너뛰기 일쑤였다. 점심은 만만하게 햄버거였다. 그나마 어머니가 미국에 계실 때는 식사와 도시락을 챙겨주셔서 한결 편했다. 나중에는 옷 배달을 대신해 내근직으로 옮겼다. 셔츠를 한 장 한 장 비닐에 포장하는 작업을 했는데, 보통 하루에 셔츠만 2,500장 내외를 빨고 다려서 포장하는 일이 쉽지만은 않았다. 몇 시간씩 한자리에 서서 셔츠를 비닐에 한 장씩 포장하다 보면 그 자체로 다리에 알이 배어 고생한 적도 있다. 그래도 사고의 위험이 없으니 운전보다 마음은 한결 편했다. 안에서 일할 때 가장 중요한 것은 세탁물의 주인을 잘 찾아 포장하는 것이었다. 물론 사람이 하는 일이다 보니 가끔은 셔츠가 안 보이기도 하는 실수가 발생했다. 그러면 직원 대부분이 히스패닉 계열이었기 때문인지 다 같이 나의 실수로 몰아가 마음이 불편했던 적도 있었다. 세탁소의 일이 가장 크게 기억되는 이유는 첫 직장이란 것도 있지만, 미국 사회에서 버틸 힘을 키웠던 곳이라 더 크게 자리 잡은 것 같다. 미국에서 경험했던 일들을 돌아보면 세탁소 옷 배달을 시작으로 직원들이 모두 퇴근하면 사무실에 들어가 청소하는 일, 웨이터, 주방보조, 꽃 배달 등등 여러 종류이었는데, 모두 생활비를 벌기 위함이었다. 또 어떤 때는 세 가지 일을 뛰어본 적도 있고, 야간 일을 했던 적도 있다. 역시나 가장 월급이 많았던 건 식당에서 웨이터로 일을 할 때였는데, 아무래도 월급과 팁을 따로 받다 보니 월급을 저금하고 팁으로만 생활을 할 수 있었다.

돌아보면 직업에는 귀천 없다고 하지만, 내 경험에 비추어 보자면 자신만의 기술이나 재능을 쌓아 '실력 발휘'를 할 수 있는 직업을 갖는 것이 가장 현명하다고 판단된다. 일이라는 것이 하고 나면 보람도 있고, 나름대로 사회에 기여도 한다는 생각이 있어야 할 맛이 나는 법이다. 직업에 대해 생각하는 모든 이들이 나처럼 후회하는 일 없이 자신만의 분야를 정하여, 공부하고 노력하는 정성을 기울였으면 좋겠다.

모든 경험은 다 이유가 있다

김상미

나의 전공은 시각디자인이다. 그런데 나는 전공을 살리기가 싫었다. 왜냐하면 디자인이라는 직종은 밤을 새워야 하는 경우가 많다. 광고동아리 활동을 하며 광고 공모전에 응시했지만, 결국은 매번 낙방이었다. 취재기자, 카피라이터 등 글 쓰는 일을 직업으로 삼고 싶었다. TTL 광고를 집행하던 화이트커뮤니케이션에서 대학교 4학년 때 '조동원의 카피 교실' 수업을 들었다. 실제 광고대행사를 경험할 수 있는 건 정말 놀라운 일이었다. 디자인 전공자인 내가 광고회사 AE나 기획실에 들어가기는 하늘의 별 따기처럼 어려웠다. 어느 날 신사동 거리를 거닐다가 '좋은 광고'라는 옥외 간판이 눈에 띄자 무작정 들어갔다.

한참 회의 중이었는데 "저 이 회사에 취업하고 싶어요. 여기서 일하려면 어떻게 해야 하나요?" 나의 막무가내 성격은 이때부터 있었나 보다. 회사 대표가 "잠깐 여기 앉아보세요. 왜 광고회사에서 일하고 싶어요?"

"저는 디자인 전공자이고 광고동아리 활동을 했어요. 뭐든 시키는 일은 다 할게요. 여기 회사 상호가 너무 좋아요. 왠지 운명 같아서 저도 모르게 들어왔네요."

회사 대표는 명함을 주면서 다음에 다시 오라며 나를 돌려보냈다. 나를 미친 사람 취급하지 않아서 얼마나 다행이었던지. 이렇게 많은 건물과 회사 중에 내가 일할 곳이 있을까? 전공과 원하는 직종이 다를 경우 어떻게 해야 할까? 나의 인생이 어디로 흘러갈지? 그 당시로서는 밤하늘의 별을 따기 위해 사막 위를 걸어 다니는 심정이었다.

취업사이트에 이력서를 올려놓아도 디자인회사 쪽에서만 연락이 왔다. 언론사 취업사이트에 유료 광고도 해보았다. 아무도 나에게 글 쓰는 걸 허락하지 않았다. 그러다가 어느 날 '아파트신문'이라는 곳의 편집장이 면접을 보러 오라고 했다. 교대역에 있는 사무실은 TM팀이 빠진 사무실의 한 공간이었다. 뭔가 어수선하고 여러 사업팀이 맞물려 있었다. 편집장은 전기신문에서 일하다가 같이 일하던 팀원을 데리고 이곳에서 새로운 신문을 만든다고 했다. 여자는 나 혼자인데 잘 적응할 수 있냐고 물었다. "물론입니다. 길거리 취재도 자신 있어요." 나는 그 당시 정말 무엇이든 할 각오가 되어 있었다. 그렇게 나의 첫 직장이 생겼다.

안양, 평촌 지역을 돌아다니면서 눈에 띄는 매장에 들어가 취재 요청을 했다. 편집장과 팀장을 따라다니면서 여성 인터뷰가 있으면 나도 동행했다. 아무래도 같은 여성이 있으면 적대감이 풀어지기 때문이다. 진짜 4개월도 안 돼서 회사 대표가 신문사업부를 접겠다고 했다. 이제 몇 부 발행해 보지도 못했는데 실업자가 되는 건가? 회사에선 팀원들에게 노트북이 한 대씩 지급이 되었다. 나는 가지고 다니기 무거워서 사무실 서랍에 보관하고 다녔다. 어느 날 회사 대표가 전화를 해서 노트북 비밀번호가 어떻게 되냐고 물었다. 순수하게 비밀번호를 알려 드렸다. 남자직원은 "밀린 월급도 못 받았는데 노트북이라도 챙겨야지?" 비밀번호를 왜 알려줬냐고 핀잔을 줬다. 처음부터 내 물건이 아니었다. 제대로 월급도 받지 못한 채 나의 첫 번째 직장은 씁쓸하게 막을 내렸다. 1년도 안 된 나를 누가 경력직으로 써줄까? 취업했다고 좋아했는데 또 다시 백수가 되었다. 직장 찾아 삼만리 또다시 구직활동을 이어갔다.

충무로에서 일하는 대학교 동기로부터 전화가 왔다. "너 요즘 놀고 있다면서? 우리 회사는 홈쇼핑 카탈로그를 만드는 곳이야. 홈쇼핑 카피라이터로 일해 보지 않을래?" 그 당시 난 찬밥, 더운밥 가릴 처지가 아니었다. 면접을 보러 사무실을 찾아갔다. 충무로는 인쇄업체의 메카로 불리는 곳이다. 디자인 작업을 하면 인쇄업체에 넘기기 전 교정, 교열과 디자인 감리를 보기 위해 가야 하는 곳이 충무로였다. 대학교 시절 학교 과제를 위해 마감에 쫓기며 충무로에서 밤을 많이 샜다. 디자인하는 곳을 벗어 날려고 했지만 역시나 도돌이표처럼 또다시 충무로에 터를 잡았다. 홈쇼핑 카탈로그 디자인과 편집을 하는 외주 업체였는데 디자이너가 훨씬 많았다. 취재기자 겸 카피라이터는 오로지 나 하나였다. 나를 가르쳐 줄 선배나 팀장은 없었다. 영등포 지역 케이블TV 취재기자와 CJ 홈쇼핑 카탈로그 카피 문구 작성이 나의 주 업무가 되었다. 취재를 핑계로 외근할 수밖에 없는 근무 환경이 너무 좋았다. 나는 역시 사무실에서 가만히 앉아서 일할 타입이 아니었다.

이때부터 나는 일탈을 꿈꾸기 시작했다. 답사동호회에 가입해 주말이면 산과 바다, 그리고 이름난 사찰을 찾아 여행을 다니기 시작했다. 현실에 만족하지 못하니 잠시라도 콧바람을 쐬지 않으면 다시 일할 힘을 얻지 못했다. 1년이 지나자 팀장에게 마음껏 여행하기 위해 퇴사를 하겠다고 했다. 팀장은 "상미 씨, 앞으로 뭐 하고 살지? 계획 없어요? 그렇게 무작정 그만두면 어떡해요?" 나는 뒤돌아보지 않았다. 그 당시 나는 찾아보면 일할 곳은 얼마든지 있다고 자신했다. 지방에 있는 동호회 사람들을 찾아다니며 그동안 마음껏 여행을 다니지 못한 한을 풀었다. 그 다음 직업은 여행사였다. 젊었을 시절, 나는 내가 하고 싶은 것에만 집중했고, 채워지지 않으면 언제든 그만둘 준비가 되어 있었다. 이직을 정말 밥 먹듯이 했었다.

　꼭 전공을 살려서 직업을 선택할 필요는 없다. 지금은 네일리스트로 일하지만, 왜 좀 더 일찍 내 사업을 할 생각은 하지 못했을까? 그 당시에는 모두 취업을 하는 분위기라서, 1인 창업을 하는 사람이 정말 없었다. 경력이 있어야 나만의 회사를 차릴 수 있다고 생각했다. 직업을 여러 번 바꾸면서 나는 자유로운 영혼이었다. 새해 첫날 오키나와 4박 5일 여행상품이 15만 원에 뜬 것을 보고 당장에 가야겠다고 결심했다. 안 보내주면 사표도 불사하겠다고 생각했다. 당시 광고회사 실장이 여행 때문에 회사를 그만두는 나를 이해할 수 없다고 했다. 나 자신도 그런 나를 이해하지 못했다. 하고 싶은 건 꼭 해야만 하는 성격인 걸 어떻게 하겠는가? 정말 막무가내 좋아하는 일만 하고 싶었던 시절이었다.

　젊었을 때는 다양한 경험을 해보는 것이 좋다. 나처럼 회사를 자주 바꾸라는 것이 아니다. 내 길이 아니다 싶으면 과감히 정리하는 결심도 필요하다. 시간이 흐르고 나면 그 모든 다양한 경험이 나의 재산이 된다. 여행사 근무 경험으로 상담 실력이 늘어났고, 디자인 업무 경험은 네일아트라는 직업으로 이어졌다. 취재기자, 카피라이터로 일했던 경험은 글 쓰는 것에 대한 관심을 갖게 만들었다. 살다 보면 잘 되는 일도 있고, 나와 맞지 않는 일을 하게 되는 때도 있다. 이런저런 경험들이 쌓이고 또 쌓여서 지금의 나를 만들었다고 믿는다. 의미 없는 순간은 없다. 남은 삶에서도 나는 꿈을 향해 나아가려고 한다. 인생의 빛깔은 내가 칠하기 나름이다. 과거의 경험들은 나에게 새로운 길을 향한 밑거름이 되어 주었다.

미생

김신혜

대학 졸업을 앞두고 앞으로 무슨 일로 사회생활을 시작해야 하나 막막했었다. 같은 과 동기들은 대부분 식품회사에 연구원으로 취업하거나 관련 계열의 공무원이 되기 위한 준비를 했다. 그리고 일부 동기는 대학원이나 유학을 가기도 했다. 나 역시 더 공부하면 나은 삶을 살게 되지 않을까 하는 막연한 기대가 있었지만, 형편상 취업을 미룰 수는 없었다. 학점은 괜찮았지만, 스펙에서 마땅히 내세울 것이 없었기에 취업도 쉬운 일은 아니었다. 설령 쉽게 취업이 된다고 해도 집과 멀리 떨어진 곳에 취업을 하면 생활비나 기타 비용을 어떻게 감당해야 하나 싶었다. 걱정거리는 끊임이 없었지만, 그대로 있을 수는 없었다. 경제적인 독립이 간절했는데, 다행히 운좋게도 지역 은행에 취직이 되었다. 많지 않은 월급이었지만, 아르바이트를 하면서 벌던 금액에 비하면 큰돈이었다. 열심히 일해서 쌓여있던 학자금 대출도 갚고, 출퇴근용 차도 샀다. 만만치 않은 직장생활에 출근하는 발걸음이 가벼울 리는 없었지만, 경제적 독립만큼은 감사한 일이었다.

직장에서 내가 할 수 있는 일은 많지 않았다. 선배들과 똑같은 유니폼을 입었어도 할 줄 아는 일이 별로 없었기에 앉아있는 자리가 가시방석처럼 불편하기만 했다. 초보운전 딱지를 차에 붙이고 다니는 것처럼 이마에 신입이라고 붙이고 다녔으면 좋겠다는 생각이 하루에 열두 번도 더 들었다. 하지만 그 기간은 딱 3개월, 실수를 너그럽게 봐주는 기간은 쏜살같이 지나가 버렸다.

수습기간이 지난 후에도 백과사전 저리 가라 할 만큼 두꺼운 업무방법서는 낯설기만 했다. 마감 후에는 전산 키를 모두 금고에 보관했기 때문에 다시 화면을 켜서 예습이나 복습을 할 수가 없었다. 종이로 출력해서 보고 외운 것으로 실전 업무를 처리해야 하는 상황은 늘 데스크 앞에서 나를 얼어붙게 만들었다. 요즘은 신입 교육을 어떻게 하는지 모르겠지만, 나는 하루가 멀다 하고 꾸중을 들으면서 일을 배웠다. 내방 고객이 통장이랑 현금을 꺼내면 '아~ 입금업무구나!' 하며 안도의 한숨을 쉬었고, A4용지와 통장을 내밀거나, 그마저도 없이 신분증을 들이대면 심장이 마구 뛰었다. 전산업무 프로세스가 모두 기억나지 않는 업무를 해야 하는 순간이면 극도의 긴장감과 스트레스가 밀려왔다.

첫 발령지였던 지점이 도심지에 있어서 그랬는지, 유독 다른 지점에 비해 까다로운 고객들이 많았다. 통장에 자동으로 계산되어 나오는 이자 금액을 굳이 수기로 계산해 달라고 하는 등 심장을 쫄깃하게 만드는 고객이 잊을 만하면 나타났다. 각종 마감 서류들과 시재(당일 거래한 현금 실물) 마감에 하루도 눈 밑이 맑을 날이 없었다. 그런데도 그만두지 않고 버틸 수 있었던 이유는 딱 하나다. 직장이라는 상대에 지기 싫었기 때문이다. 입사 1년 차 때는 사고 안 치고 하루를 무사히 보내는 것만 해도 다행이었다. 매 순간이 긴장이었다. 안면홍조까지 생겼지만, 프로페셔널하게 일하는 모습을 꿈꾸며 버텼다. 유니폼이 사회의 명함 같아서 자랑스럽게 여겨지기도 했다. 호되게 업무를 배운 덕분에 2~3년 차가 되면서 직장 생활이 점점 익숙해졌고, 할 만하다 느끼는 날도 많아졌다. 시간이 지날수록 체감하는 업무의 강도가 점차 나아지는 듯했지만, 그렇지 않은 것들도 있었다. 업무 중에 화장실을 편하게 갈 수 없다거나, 매일 하는 시재 마감에서 오는 스트레스가 그런 것들이었다.

매년 하던 직장인 건강검진에서 스트레스의 흔적을 발견했다. 연차가 쌓일수록 가볍게 찾아왔던 위염은 위경련, 십이지장궤양이 되었다. 스트레스가 익숙해져서 몰랐을 뿐 몸은 계속 힘들어하고 있다는 걸 건강검진 때마다 인지하게 되었다. 나만 그런 것이 아니었다. 직원들마다 질병도 다양했다. 정수리가 휑해진 걸 본 손님이 "어머, 아가씨~ 탈모샴푸 써야겠다."라고 대놓고 이야기하는 통에 거울에 비친 정수리를 애써 확인하게 되는 누군가도 있었다. 직급에 관련 없이 스트레스라는 이름 앞에서는 모두가 같은 입장이었다. 신입 때는 대리만 돼도 편하겠다고 생각했지만, 과장 앞에서 쩔쩔매는 건 매한가지였다. 과장쯤 되면 연봉도 올라가고 얼마나 좋을까 싶었지만, 그 역시 한 명의 직장인에 지나지 않았다. 다들 그렇게 직장이라는 틀 안에서 갑이 되기도, 을이 되기도 하면서 미생으로 살아가는 것 같았다.

세상은 호락호락하지 않았다. 취향도 적성도 몰랐고, 그저 사회인으로서 구실을 해야 했기에 앞에 놓인 선택지에서 적당히 고른 직업이었다. 인간관계의 적정선, 하얀 거짓말, 적당한 의무를 몰라 시도 때도 없이 치이고 넘어졌다. 대담하고 기가 세지 못한 탓에 울다가 잠든 날도 많았지만, 그래도 포기하고 싶지 않았다. 힘들다는 이유만으로 퇴사하는 것은 내 기준에 낙오나 다름없었다. 버티는 것이 눈물겹게 힘든 날도 있었지만, 동전의 양면처럼 좋은 점, 나쁜 점 다 가진 곳이 직장이려니 하며 지나왔다.

서당 개 삼 년이면 풍월을 읊는다던가. 은행원 3년 차쯤 되어가니 종이 위에 늘어선 긴 숫자에 놀라지 않고, 실수에도 조금은 능구렁이처럼 대처할 수 있는 대범함이 생겼다. 제법 사회생활에 대한 눈치도 생겼다. 상사의 눈에는 여전히 미생에 지나지 않았을지 모르나, 그때의 나는 '이쯤이면 제법 괜찮은 직장인 아닌가?' 하는 만족감 같은 것도 가끔 느끼곤 했다. 튀지도 밀리지도 않게 직장 생활을 하는 요령도 생겼다. 직장생활이 고된 것은 분명했지만, 사회생활을 통해 세상을 배울 수 있었다. 나는 직장에 노동을 제공했고, 직장은 월급 이외에도 눈에 보이지 않는 여러 가치들을 주었다. 내가 생각하는 타이밍에 그 가치들을 받은 건 아니었지만, 가치 교환 타이밍은 다를 수 있으니까. 사회생활도 그런 거라고 생각했다. 기브 앤 테이크이면 좋지만 기브, 기브. 테이크, 테이크일 수도 있는 거라고.

선명하게 드러나는 무언가가 없다고 해서 이룬 것이 없는 것은 아니다. 때로는 그 어떤 무기보다 하루하루 쌓아 올린 모든 경험들이 나답게 살아갈 수 있는 무기가 되기 때문이다. 나에게 첫 직장은 미숙했던 모든 것 그 자체였다. 한없이 작아 보이고 실수투성이인 내 모습이 싫었고, 지적받고 깨지는 경험은 결코 유쾌하지 않았지만, 이제는 안다. 미숙하고 쓸모없어 보이던 경험들이 얼마나 사람을 성숙하게 만드는지. 결국 하루하루 쌓아 올린 시간이 보상을 가져다줄 테니까, 서툰 처음을 두려워할 필요는 없다.

4

나의 첫 번째 직업은
독립에 의미가 있었다

김은경

　내 첫 번째 직업은 피부 관리사였다. 때가 되면 직업을 가지는 전문대학 졸업 반. 전공을 살린다는 포장으로 조기 취업을 했다. 월반하듯 직장인이 되었다. 미용과 관련된 일이, 여자로 인생 주기를 보내면서도, 나이가 들어서도, 경력을 인정받으며 일할 수 있는 직업이라고 생각했다. 사장이 되면 정년의 제한도 줄어드는 것이 장점으로 보였다. '미용'이라는 용어가 나 또한 예쁘고 세련되게 만들어 줄 것이라는 희망이 이 직종을 선택한 이유였다.

　피부 관리실이 많지 않았던 2000년. 협회에 등록된 곳으로 취업을 권하는 지도 교수의 추천이 있었다. 큰 도시로 가보고 싶었다. 하지만 내 힘으로는 부족했고, 기회도 생기지 않았다. 취업으로 객지 생활이 시작됐다. 생각지도 않았던 '경주'로 갔다. 살던 곳에서 벗어나고 싶었다. 신세계를 찾고 싶었다. 말 많은 양반 동네 '안동'을, 취업이라는 핑계로라도 나오고 싶었다. 여자는 하면 안 된다, 여자는 이래야 한다는 이야기가 발목을 잡았다. 주어진 제약이 부모님과 마찰의 이유가 됐다. 누구 집 손녀, 어느 집 딸로 더 많은 역할을 해야 했다. 이해가 안 되기도, 억울하기도 했다. 얌전한 척, 도리를 아는 척 지내느라 버거웠다. 의견을 이야기한 것뿐인데도 되바라졌다는 것으로 마무리됐다. 찢어진 눈을 하고 나를 대변할 기준들을 찾아 헤매던 중학생 시절의 내 모습이 떠오른다. 곧 폭발할 것 같다. 불똥을 튀게 할 자리만 살핀다. 누가 봐도 '별나다'를 이마에 붙여주고 싶었을 것이다. 원하는 것을 표현하면 부딪히게 되고, 남의 눈을 신경 쓰고 사는 게 힘들어 탈출구가 필요했다. 혼자서도 잘할 수 있다는 어설픈 자신감. 부모님에게서 멀어져 보고 싶은 마음이 강한 때였다.

카세트테이프를 돌리듯, 20여 년 전 경주의 기억을 되감아 본다. 그 시절의 여러 곳을 구간 반복한다. 숙소가 따로 있었던 상황이 아니라, 피부 관리실에서 동기 관리사들과 함께 지냈다. 일하는 곳과 잠드는 곳이 같았다. 피부 관리실 침대에, 낮에는 손님이 눕고 저녁에는 내가 누웠다. 직장에서도 일하랴, 살림하랴 경주에서의 생활은 바빴다. 원장 내외와 생활하는 곳은 달랐지만, 피부 관리실 바로 옆이 원장의 집이었다. 공동으로 쓰는 공간이 많았던 탓에 일과 쉬는 곳이 분리되지 않았다. 22살이면 성인이지만 원장

내외를 포함한 매 끼니 식사며, 원장의 개인적인 일 처리까지 할 것들이 많았다. 업무영역의 일만 하고 싶었고, 정해진 시간 없이 추가로 생기는 일들을 피하고 싶었다. 조용히 쉬고 싶었다. 간섭은 없지만 기대고 싶은 마음, 대접받고 싶은 마음이 늘어났다. 그만두려니 부모님 생각이 났다. 몇 달도 못 버티고 변덕을 부린다는 소리를 들을까 봐 용기가 나지 않았다. 충전이 부족한 탓에 달랑거리는 전원으로 하루를 버티는 듯 지냈다. 손님들도 성가셨다. 돈 자랑하러 오는 게 아닌가 하는 생각이 들었다. 손님들이 나를 초라하게 여기는 것 같았다. 괜스레 퉁명스럽고, 쌩하게 굴기도 했다. 요즘만 같아도 일과 감정을 분리하려 했을 텐데, 손님이 많으면 좋다며 신나게 일했을 것을. 그런 상황들이 서럽고, 초라한 나를 보게 만들어 힘들었다. 못나다 싶다가도 짠하게 느껴지기도 한다. 그들 때문이 아니라, 내 마음 때문에 그렇다는 걸 첫 직장에서는 몰랐다. 지금이라면 하는 일에서 재미를 찾고, 요구 사항들도 말할 수 있을 텐데, 그러지 못해 아쉬운 첫 직장이다.

첫 직장에서의 나는 일에 대한 열정이나 의미보다 그저 나를 움켜쥐고 살기에 정신이 없었다. 받는 것이 당연하다고 생각했다. 어리고 복잡한 마음으로 지내는 애처로운 나를 알아보고, 챙김을 받아야 한다고 생각했다. 나누어도 되는 것들까지 경계 태세로 움켜쥐었다. 하나도 빼앗기지 않으려고 사는 사람처럼, 모나게 굴었던 것이 반성된다. 속마음이 뭔지 몰랐던 경주의 풋내기를 돌봐주지 못해 미안하기도 하다. 첫 직장에서 일했을 때보다 5년, 아니 3년만 지났어도 상황을 개선하려고 행동했을 것이다. 하지만 에너지가 부족했을까? 고정관념에 사로잡혀 힘든 것까지 놓지 못하고 잡고 있었다. 버텨야 다음이 있는 줄 알았다. 안동에서의 습관처럼 감정들을 눌러 두기만 했다. 부모님과 떨어져 지내는 것은 나쁘지 않았다. 가까운 사람과 부딪히는 일이 줄어드는 것만으로도 좋았다. 생활에 안락함이 줄었고, 해야 하는 일이 늘었다. 얻는 게 있으면 잃는 것도 있는 것이 당연한 일이라고 생각하고 넘겼다. 하지만 일과 개인 생활의 경계가 없는 것이 힘들었다. 직장 동료와 함께 방을 얻었다. 마사지 오일이나 크림이 묻어서 얼룩지고 눅진한 기름 향을 달고 퇴근했다. 땀에 젖어 끈적하고 늘어진 몸을 개인 공간에서 쉬게 되었다. 급여로 받던 봉투 역시 퇴근 무렵의 나 같은 모양이었다. 그런 35만 원으로 한 달을 살았다. 돈이 무섭다는 걸 알았다. 기본적인 생필품, 필요한 것들을 갖추고 사는 게 만만치 않았다. 돈만 벌면 사는 게 해결되는 일이 아니라는 걸 그때 비로소 알게 됐다. 신날 줄만 알았던 '혼자 살기'는 보이지 않던 것을 보이게 했다. 막연하긴 해도, 독립의 참 의미를 몸으로 마음으로 느끼고 깨달았다. 혼자 사는 게 어떤 것인지 여실히 느끼게 해준 시간이었다.

첫 직업에 대해 글을 시작했을 때, 그려졌던 이야기의 끝은 꽤 달라졌다. 직업 자체에서 가치를 찾을 줄 알았다. 처음 돈을 벌고,

서비스직에 종사해 본 것에 의미가 있다고 적어 갈 것이라고 확신했다. 첫 직장이 그 시절 나에게 주었던 것을 알게 되었다. 직업으로서의 의미보다 불편했던 상황에서 벗어나는 것에 의미가 있었다. 부모님을 떠나 '혼자 살기'를 시작해 본 일이, 의미가 있었다는 결론을 얻었다. 첫 직장이 내게 준 뜻이 '독립'이라는 것은 상상도 하지 못했다. 사람들이 첫 직장에서의 의미가 꼭 성과라야 할까? 나 같이 혼자 살아가야 하는 세상을 마주하는 것이 의미가 있는 사람들도 있지 않을까? 미흡한 시작이던 첫 직업 역시 살아가는 한 조각이지 않을까? 성과가 작으면 어떤가? 초라해 보이면 어떤가? '일' 그 안에서 혼자 살아가는 시작을 경험했다면, 그것도 의미가 있다고 생각한다. 혼자 살아가는 방법을 다 찾아서 제법 성과를 내고 살아간다는 말은 하지 못한다. 하지만 예전보다 편해졌고, 주변도 돌아보며 사는 시간이 늘어나고 있다.

5

나의 직업! 당당하게 말할 수 있으면 '성공한 인생'이라고 생각했다

박선우

평생을 양궁선수로 살 것 같았다. 오랜 시간 동안 매일같이 새벽에 일어나 12시간씩 운동을 했다. 힘들었다. 하지만 최선을 다해서 견뎠다. 초등학교 때부터 대학교 2학년 때까지 방학도 없었다. 새벽 6시부터 일어나 새벽 운동으로 하루를 시작하고 밤 8시가 되어야 끝이 났다. 어려서부터 시작한 선수 생활은 그렇게 하루하루 할수밖에 없는, 해야만 하는 운동으로 하루를 시작하고 마쳤다. 그런 생활을 참 오래도 했다. 다른 길은 생각해보지도 않았다. 찾아보지도, 상상조차 해보지도 않았다. 그렇게 초등학교 4학년 때부터 대학교 2학년 때까지 앞만 보고 달려왔다.

대학교 2학년 때 졸업과 동시에 실업팀이나 지도자의 길을 선택해야 했다. 둘 다 내가 원하는 길은 아니었다. 운동선수가 아닌 다른 삶을 살아보고 싶다는 생각이 들었다. 운동을 멈춰본 적이 한 번도 없기에 막막했다. 그렇지만 계속 머무르면 우물 안의 개구리가 될 것 같았다. 아니 우물 안으로 더 깊이 빠져들 것 같다는 생각이 들었다. 선수로만 살아왔던 지난날들이, 그 시간들이 아깝다는 생각이 들었다. 우물 안에서 나갈 때가 되었다! 그만둘 때가 되었다고 생각하니, 앞으로 무엇을 할지 생각해보지도 않았지만 모든 것을 최대한 빨리 정리해야겠다는 마음뿐이었다. 그런 선수 생활이 미래를 책임져 줄 수는 없었다.

매일 새벽 6시에 일어나 운동으로 시작하던 생활이 끝이 났다. 하루라도 손에서 놓게 되면 큰일이라도 날 것 같던 활. 화살을 한동안은 바라보고 싶지도 않았다. 그렇게 힘든 선수 생활을 멈추고 나서 한두 달을 아무것도 하지 않은 채 보냈다. 그러다가 용돈이 떨어졌다. 성인이라 부모님께 손을 벌릴 수는 없었다. 무엇이라도 해야 했다. 무작정 나가서 길거리 전봇대 아래에 비치되어 있는 벼룩시장을 들고 펼쳐보았다. 하고 싶은 일이 아닌 당장 할 수 있는 일, 아니 나를 뽑아주는 곳이라면 어디든 가야겠다고 생각하고 전화를 돌렸다. 다행인지 첫 번째로 전화를 건 곳에서 면접을 보고 합격을 했다.

나의 첫 직장은 사장님, 과장님, 나, 이렇게 셋밖에 없는 작은 업체였고, 나는 사무를 보는 일을 담당했다. 종일 서 있었던 선수 생활과는 달리 종일 앉아있는 사무직은 적응하기 힘들었다. 그것보다 더 힘든 것은 성과를 내야 하는 일이 아닌, 매일 같은 일을 반복하고 하루를 마무리한다는 것이었다. 지금 생각해보면 너무도 당연한데, 그것을 견디지 못했다. 직장 생활에 만족하지 못하고 퇴근 후 간호학원에 다녔다. 저녁에는 학원, 주말에는 병원 실습을 했다. 환자를 간호하는 일, 건강에 대해서 알아가는 것, 뭐라도 배워보고자 시작했던 간호는 적성에 잘 맞았다. 병원 실습을 하다가 간호사가 목에 걸고 있는 명찰을 보며 '내가 걸게 된다면 어떨까?' 생각했다. 병원의 직원이 되는 것이 어느 사이에 미친 듯이 원하는 목표가 되어 있었다. 목표가 생겼으니 가능했던 하루하루였다. 쉽지는 않았다. 아무것도 보이지 않았다. 간호사가 되어야겠다는 생각뿐이었다. 30대에 누구에게라도 당당히 말할 수 있는 직업을 갖게 된다면 성공한 인생이라고 생각했다. 내 나이 22살에….

간절히 원하고, 바라고 노력했다. '간절히 바라고 원하면 온 우주가 돕는다.'는 그 말을 나는 정말 믿었다. 그리고 꿈은 이루어졌다. 우여곡절 끝에 간호대에 입학했다. 두 번째 대학 생활이 시작되었다. 첫 봉사 활동을 성모병원에서 했다. 모두가 가족 같은 편안한 병원, 직원들이 모두 행복해 보였던 성모병원! 수녀님들이 반갑게 맞이해 주셨던 병원에서 봉사 활동을 하면서 취업을 결심했다. 모두가 웃고 있는 천국 같은 곳에서 간호사 명찰을 달고 함께 웃고 있는 나를 상상했다. 무조건 여기다! 싶었다.

대학 생활을 하는 동안에는 한시도 게을리하지 않고 목표를 향해 모든 것을 다 걸었다. 성모병원에 합격했다. 꿈꾸었던 병.원.직.원이 되었다. 간호사가 되었다. 꿈을 이뤘고, '성공한 인생'

이라고 생각했다.

간호사로 합격을 하면 대기 시간이 있다. 두세 달간의 대기 시간을 갖자 드디어 병원에서 연락이 왔다. 입사를 위한 오리엔테이션을 2박 3일간 진행했다. 오리엔테이션에서 신입생들은 1초도 긴장을 풀지 못했다. 병원이라는 직장은 긴장을 풀어버리는 순간 환자에게 피해를 줄 수도 있는 상황들에 노출이 되어있는 곳이다. 익숙해지기 위해서 신중하고 집중해야 했다.

오리엔테이션 마지막 날 근무지를 선택할 수 있다. 1지망 수술실, 2지망 중환자실을 선택했다. 대학을 다니며 수술실 실습을 할 때 느꼈던 것은 의료인이 되려면 수술실의 경험이 중요하겠다고 생각했다. 모든 것의 기초가 수술실에서 시작된다는 생각을 했기 때문이다. 두 번째로 좋았던 곳은 중환자실이었다. 중환자실에서의 의료진은 신기하리만큼 차분했다. 어떤 응급 상황이 생겨도 서두르거나 소리를 크게 내는 일이 없이 신속하고 차분하게 모든 것이 이루어졌다. 그런 차분함을 배우고 싶었다. 환자의 숨소리 하나에 귀를 기울이는 중환자실 간호사가 되고 싶었다. 드디어 발령이 있는 날, 나의 첫 부서 발령은 중환자실이었다. 하늘을 날 듯이 행복했다.

근무를 시작하고 한 달은 프리셉터(신규 교육간호사)와 모든 시간을 함께했다. 프리셉터와 나는 추가로 지원되는 인력이 아닌, 근무에 바로 투입이 되는 인력이므로 따로 연습의 시간이 주어지거나 여유가 있지는 않았다. 함께 근무하는 직원들도 신입직원과 함께 근무하는 날은 초긴장 상태이다.

선배의 모든 것을 눈으로 보고, 귀로 들으며 온몸으로 느끼고, 몇 번이고 확인하면서 배우고 또 배웠다. 익히고 또 익혔다. 그리고 드디어 직접 업무를 진행하게 되었다. 한 명의 환자가 아닌, 다섯 명 정도의 중환자를 파악하고 간호하는 일은 한시도 다른 생각을 할 수 없을 만큼 집중력이 필요했다. 내가 생각했던 중환자실 의료진들의 여유는 해보지 않은 사람들이 생각하는 겉모습이었다. 그저 집중상태에서 흐트러지지 않으려고 정신을 붙들고 있었던 것이었다. 하루 혼자만의 업무를 시작했을 뿐인데 눈앞이 캄캄했다. 미래가 보이지 않았다. 나는 과연 선배들처럼 될 수 있을까?

병원에서 신입 간호사인 나와 동기들은 폭탄이었다. 조용하기만 했던 중환자실에서 한 시간에 한 번 이상 우리의 이름이 불리곤 했다. 지금 생각해보면 신입 간호사였던 우리가 병원 생활에 적응하고, 힘들어하던 한두 달 정도의 시간 동안 더 힘들었던 사람들은 함께 근무하는 직원이었을 것이다. 그 사실을 그때는 알지 못했다. 모든 업무에서 반 이상은 지적을 받을 수밖에 없는 상황이었다. 우리는 지적을 받기만 하면 되지만, 그들은 모든 책임을 함께 어깨 위에 올리고 있었으니, 매년 초가 되면 폭탄 같은 신입 간호사들이 반가울 수는 없었다. 업무에 익숙해지기 전까지는 하루하루가 숨막히게 긴장되는 순간의 연속이었다. 어느 사이에 나도 모르게 출근길에 습관처럼 성모마리아상 앞에 서 있었다. 가톨릭 신자도 아닌데 그 앞에만 가면 따뜻하게 안아주고, 내 마음을 읽고 있는 듯 바라봐 주는 것만 같았다. 한참을 서 있다가 항상 마지막에는 같은 소리가 들리는 듯했다. '모든 것은 네 탓이다.' 반문하지 않았다. 이해가 되었다. 힘들어하는 모든 상황이 나아지려면 방법은 한 가지밖에 없다는 것을 너무도 잘 알고 있었다. 내 탓으로 빨리 받아들이고 열심히 노력하는 것 말고는 답이 없었다.

간호사가 되고 싶은 꿈을 이루면 나의 미래는 1분 1초가 꽃길인 줄 알았다. 하루하루가 행복하고 멋있을 줄 알았다. 손으로 오른쪽 머리를 밖으로 날리고, 왼쪽 머리를 밖으로 또 한 번 날리며 자신감 넘치는 모습으로 출근하는 내 모습을 지난 몇 년간 그려왔었다. 박선우 간호사가 아닌, 신규간호사라는 호칭이 사라지기 전까지는 상상할 수 없는 모습이었다. 처음이라는 시작은 힘겹다. 삶 그리고 죽음의 경계에서 일하는 우리의 처음은 더더욱 혹독하고 매서웠다. 조금의 실수도 용납하지 않는 의료인의 삶을 선택하고 완벽해지기 위해서 자신 스스로 갈고 닦았다. 어느덧 환자를 안전하게 케어할 수 있는 경력 간호사가 되었다. 꽃길은 아니었지만, "저의 직업은 간호사입니다."라고 어디서든 당당히 말할 수 있게 되었다.

6

내게 다가온 세상

이복선

초등학교 때부터 가장 친했던 친구는 인문계 고등학교에 진학하여 대학에 갔다. 가난한 가정형편으로 오빠는 실업계로 진학하였고, 친구처럼 대학에 들어가고 싶었지만, 그것은 정서적으로 통할 수 없는 것이었다. 한동안 슬프고 괴로워했지만, 분위기는 바뀌지 않았다. 가기 싫은 상업계 고등학교에 들어갔다. 공부 못하고 가정형편이 넉넉하지 않은 아이들만 오는 학교 같다고 생각하고 한동안 마음을 잡지 못했다.

고등학교 3학년이 될 즈음 친구들과 같이 지금은 별로 쓸모가 없는 여러 가지 자격증을 취득했다. 그 당시 상업계 학교 선생님들은 학생을 은행에 취업시키는 것이 최고의 목표로 생각해서 학생들이 자격증에 집중할 수 있도록 적극 지원해 주셨다. 현재는 경리라는 말을 별로 들을 수 없다. 90년대 초반 상업계 학생들은 대부분 은행원이나 경리직 사원으로 취업했다.

그 당시 컴퓨터 자격증 가운데 처음으로 정보처리기능사 자격 증이 생겼다. 나는 학교 과목 중 특히 전산 과목에 관심을 가졌다. 그래서 학교 근처에 처음 생긴 컴퓨터 학원에 보내달라고 고집을 피워 부모님은 어려운 살림임에도 학원을 보내 주셨다. 얼마 후 춘 천까지 가서 자격증 시험을 보았지만, 두 번 떨어지고 나서 포기를 했다. 그때 포기하지 않았다면 나의 인생은 많이 달라져 있었을 것 이다.

그 후 거리가 멀어서 공부에 집중이 안 된다고 생각해 부모님께 말씀드렸다. 그러자 부모님은 어려운 형편이지만 학교 근처의 친 척 집에서 다닐 수 있게 해 주셨다. 스스로 부모님께 죄송한 마음 이 들었다. 3학년 때 자격증을 여러 개 취득한 나는 내신성적도 올 라갔다. 3학년 2학기에 들어서자 담임선생님의 추천을 받아 군인 공제회라는 곳에 취업했다. 입사 첫날 나는 근무 분위기도 전혀 모 른 채 출근했다. 그만큼 정보가 없는 상태에서 입사한 것이었다. 산천어 축제로 유명한 화천은 붕어섬과 평화의 댐이 유명하다. 북 한과 가까워 군부대가 곳곳에 있다. 보통의 남자들은 화천 하면 군 대, 특히 군대라면 화천을 많이 이야기한다. 초등학교에 다니면서 부터 위문편지며, 바쁜 농번기 때면 농민들을 도와주는 군인, 겨울 철이면 눈을 치워주는 군인, 집 앞으로 매일 훈련을 오가는 군인들 의 모습 등을 보면서 자랐다.

군인공제회는 각 부대에 물품을 제공하는 곳이었고, 조직문화

또한 군대식이었다. 그리고 직원으로 일하시는 분들은 모두 군대를 갔다 오신 분들이었다. 내가 하는 일은 강원도 전역의 부대에서 주문한 식자재 수량을 파악한 후 공장에 전달하여 만들도록 하고, 업무와 관련된 군인이나 외부 손님이 오면 커피나 음료를 준비하고, 사무실 청소를 하는 것이었다. 세상 물정 하나 모르던 신입사원은 늘 혼나는 게 다반사였다.

부대와 전화 통화는 원활하지도 않았고, 담당자들이 가끔은 장난스럽게 이야기했다. 일부러 작업량 전달을 늦게 주는 것도 있었지만, 후임이 아프다며 면회를 와 달라는 농담을 할 때도 있었다. 지금 생각해보면 나와 나이 차이도 별로 안 났는데, 어떻게 반응해야 하는지 몰라서 늘 당황했었다.

내가 자취를 하던 곳은 노부부가 손주를 키우는 집이었다. 어떤 이유로 키웠는지는 기억이 나지 않는다. 한여름에 여자들이 샤워를 할 수 있는 작은 공간이 있었는데, 그곳을 자주 이용하였다. 그런데 어느 무더운 여름날 옆방 아주머니들과 함께 그곳에서 샤워를 하고 나오니 주변에 할아버지가 서성거리고 계셨다. 소름 돋는 느낌이 들어서 그다음부터는 그곳에 가지 않았던 기억이 난다.

일주일에 한 번씩 시골집에 가서 반찬을 가져왔다. 그 당시 나는 뭔가 큰일을 하고 있다는 느낌이 들었다. 드디어 첫 월급을 타는 날 부모님께 내복을 사다 드렸다. 부모님은 기특해하며 고마워하셨다. 막내딸이 객지 생활을 하며 힘들게 번 돈으로 선물을 사다 드렸으니, 지금 생각해도 잘한 일이었다.

직장생활에서는 동료들이 연배가 높아 공감대 형성이 어려웠다. 보통은 지시에 따르는 것이 전부였다. 친구들은 나의 자취방을 참새방앗간처럼 여기고 자주 드나들었다. 시골집에서 가져온 반찬으로 밥을 해서 먹고 밤새 이야기하면서 놀았다. 가끔은 시내에 나가서 영화도 보고 닭갈비를 먹는 등 첫 직장생활을 재미있게 했다. 돌이켜보면 친구들과는 우정이 영원할 것으로 생각하고 서로 많이 의지하며 지낸 것 같다.

평화롭기만 하던 직장생활은 한 사건을 계기로 무너지게 되었다. 공장장님에게 주문 수량의 전달 과정에서 착오가 있어 주문량을 제때 못 맞춰주게 되었기 때문이다. 그래서 부대에 납품해야 할 수량이 턱없이 부족하게 되었다. 소장님은 불같이 공장장님에게 화를 내셨고, 그와 함께 공장장님은 나에게 심한 욕을 하면서 화를 내셨다. 순간 나도 울면서 대들었다. 어린 나이였지만 너무 부당하다는 생각이 들었다. 사실 욕이라는 것에 익숙한 사람은 없겠지만, 자라면서 부모님에게 막내라고 사랑만 받은 기억뿐이다. 이런 상황에서는 어떻게 대처하는 게 좋은지 잘 몰랐다. 그때는 같이 화를 내면 안 되는 상황임에도 워낙에 눈치가 없었다. 지금으로서는 나름 자기방어였다고 생각한다. 내 편이 되어 준 사람은 아무도 없었다. 당연한 이야기지만, 사람이니까 한 번은 실수할 수 있다고 생각하는데, 그분은 도무지 이해할 수 없었고, 분위기 또한 내 편이 아니었다.

바로 짐을 싸서 부모님 집으로 오게 되었다. 이야기를 들으신 부모님은 "조금만 참지."라고 하셨을 뿐 다시 가라고는 말씀하지 않으셨다. 그렇게 6개월간의 첫 직장생활은 끝이 났다. 학교에 다닐 때는 공부하기 싫어서 빨리 돈을 벌고 싶다는 생각뿐이었다. 추천서를 써 주신 선생님께 죄송했다. 막상 실직해 보니, 마음이 불편했다. 어쩌면 공부가 더 쉽다는 생각이 들었다. 공부는 거짓말을 하지 않는다. 성실하게 공부를 하면 결과는 정직하게 나온다. 그러나 직장생활은 확실히 다르다고 생각하였다. 순진하게도 세상은 늘 내 편이 되어 줄 것이라고 믿었지만, 직장은 살아남기 위한 치열한 곳일 뿐이었다. 그분도 본인의 밥그릇을 챙기고자 나에게 책임을 돌리고 불같이 화를 냈다고 생각한다. 지금은 그분이 참 고맙다는 마음뿐이다. 세상 물정도 모르고, 군대에 대한 성향도 잘 알지 못했기에 계속 근무했어도 분명 이런 일이 발생했을 것이다.

직장생활에서의 갈등은 있을 수 있다. 준비되어 있지 않으면 그 부분을 혼자서는 해결할 수 없고 반복될 것이다. 우리는 취업에만 관심이 있다. 능력에 앞서 자신이 취업하려는 곳에 대한 사전정보가 꼭 필요하다. 그 회사의 조직문화도 중요하다. 가장 중요한 것은 기본 예의와 갈등을 만날 때 충격에 대한 심리적인 부분이다. 퇴사하게 된 나의 자세도 바르지 못했다. 왜냐하면 다양한 상황에 대한 예측을 전혀 못 했기 때문이다. 첫 직장은 미래의 직장을 위해 스스로 단단해지는 배움의 장소이고, 함께 일한 분들은 훌륭한 인생 선생님이다.

7

고졸의 결핍을 안고

최덕분

스무 살이 되던 해, 1989년 2월 13일은 삼성 반도체에 입사한 날이에요. 저는 실업계 고등학교에 다녔어요. 고3 2학기에 들어서면 취직 시험이 시작되었습니다. 삼성 반도체는 대우도 잘해주고 월급도 많이 준다는 정보 덕분에 꿈을 갖게 되었어요. 그래서 삼성 반도체에 입사 지원서를 내어 합격 통보를 받았어요. 반가운 합격 소식을 엄마에게 전했을 때, 무심코 던진 엄마의 말 한마디가 상처가 되었어요.

"공장에 들어가는 데 뭐가 그리 좋으냐?" 무심코 던진 엄마의 말에 주르륵 눈물이 나왔어요. 섭섭함으로 자존감이 내려오며 주눅이 들었습니다.

그때부터 고민이 되었어요. 그 당시만 해도 사무직은 좋은 평판을 받았어요. 속마음으로는 예쁜 옷을 입고 사무실에서 일하고 싶은 욕구가 있었어요. 그런데 용기가 나지 않았어요. 청각장애가 있어 잘못 알아들어 실수할까 봐 불안했지요. 차라리 생산 현장으로 가면 편한 마음으로 일할 수 있다고 생각했어요. 생산직은 사무직보다 월급이 높아 노력만 하면 돈도 많이 벌 수 있다는 기대감도 있었지요. 가난한 엄마도 도울 수 있다는 생각에 결단을 내렸어요. 저의 속마음을 숨긴 채 입사일만 매일 기다리고 있었지만, 아무리 기다려도 소식이 없는 거예요. 담임선생님에게 여쭤봐도 모른다며 무작정 기다리라는 말만 반복했어요. 저에게 관심이 없는 담임선생님이 실망스러웠어요. 저의 마음은 점점 불안해졌어요. 어느덧 시간은 흘러 졸업식 날이 되었어요.

두렵고 떨렸던 1989년 2월 10일 졸업식 날. 졸업식을 마치면 입사를 못 한다는 생각에 심장이 콩닥콩닥 뛰었어요. 졸업식이 끝나자마자 함께 합격한 친구에게 혹시나 해서 물어봤어요. 그 친구는 이미 알고 있었어요. 사흘 뒤에 입사한다는 황당한 말을 들었어요. 친구 덕분에 입사 날짜를 알게 되어 얼마나 다행이었는지요. 그토록 기다렸던 입사 소식을 들었지만, 막상 가족 품을 떠난다는 생각에 뜨거운 눈물을 흘렸어요. 엄마와 함께 부안읍에서 가방과 속옷을 비롯해 몇 가지 옷을 샀는데요. 그 시간이 왜 이리도 서러울까요. 사흘 만에 떠나야 한다는 억울함도 올라왔어요. 졸업식 이후로 사흘 밤을 꼬박 할머니와 엄마 품에서 엉엉 울기만 했어요.

"아이고! 어린것이 타지에 고생하러 가서 어쩐다는 말이냐." 할머니의 흐느낌에 더 깊은 슬픔이 느껴졌어요.

드디어 집을 떠나는 날, 아침이 되었어요. 그날따라 유난히도 바람이 불고 흰 눈이 펑펑 내렸어요. 엄마는 따끈한 김치찌개를 끓여 아침 밥상을 차렸어요. 밥알이 넘어가지 않았어요. 그저 두 눈에서 주르륵 눈물만 하염없이 흘러내렸어요. 사랑하는 가족의 품을 떠난다는 불안감, 낯선 곳에 혼자 살아야 한다는 두려움이 엄습했어요. 시외버스 터미널에서 만난 친구들과 함께 김제역으로 가는 직행버스를 처음 탔어요. 차창 밖으로 함박눈이 펄펄 내리는 사이 김제역에 도착했어요. 김제역에서는 수원역으로 가는 기차표 좌석이 없었어요. 어쩔 수 없이 입석 표를 끊었는데요. 생애 처음으로 타본 기차 안은 서 있는 사람이 많았어요. 무표정한 친구들의 얼굴, 보이지 않는 미래의 두려움을 실은 채 수원역에 도착했어요. 유난히도 추웠던 날씨에 꽁꽁 얼어붙은 눈물 자국과 함께 사회에 첫발을 내디뎠지요.

고등학교를 졸업하고 사흘 만에 입사한 삼성반도체. 3교대로 웨이퍼를 생산하는 생산부서와 생활 조건이 잘 갖추어진 기숙사에서 첫 사회생활을 시작했어요. 모든 것들이 낯설고, 일을 배우는 과정이 참으로 어려웠어요. 특히 야근할 때는 눈꺼풀이 감기는 것을 참고 일한다는 게 힘들었어요. 일주일에 한 번씩 돌아가는 교대 근무로 몸이 적응되지 않아 피곤했어요. 피로가 누적되어 날마다 일을 마치면 잠만 잤어요. 점점 몸이 지쳐 갈수록 할머니와 엄마가 그리 웠어요. 보고 싶으면서도 엄마가 한편으론 원망스럽기도 했어요.

"공장에 들어가는 데 뭐가 그리 좋으냐?" 엄마의 말이 빙빙 돌기 시작했어요. '공순'이라는 말을 스스로 되뇌면서 자신을 깎아내리기 시작했어요. 서울에서 사무직으로 취업한 친구들이 만나자고 해도 만나지 않았어요. 어쩌다 야근이 끝난 주말에 친한 친구와 서울에서 만나면 비교가 되어 괴로웠어요. 삼성 본관 앞에서 회사 버스를 타고 기숙사로 돌아오는 길은 서글펐어요. 스스로를 자책하며 친구들과 만나지 않고 멀리했어요. 자격지심에 고독의 감옥을 만들어 혼자 지냈어요. 생산직에 있다는 부끄러움을 혼자 감당하는 저의 모습은 한심했어요. 부끄러운 일이 아닌데, 혼자만의 생각을 만들어 스스로를 구덩이에 빠뜨린 것이었지요.

그 당시에는 삼성 반도체 입사조건이 상위 30%였어요. 서류심사와 면접, 신체검사까지 당당히 합격하여 대기업에 입사했지만, 온전히 인정하지 못했어요. 그때 나이가 스무 살이었습니다.

어느 날이었어요. 기숙사를 향해 걸어가다 하늘을 바라봤어요. 문득 고생하시는 할머니와 엄마의 얼굴이 떠올랐어요. 제가 힘들어하는 모습을 두 분이 알게 되면 무척 걱정하실 것 같다는 생각이 들었어요. 그래서 '정신 차리자. 할머니와 엄마를 위해서라도 열심히 해보자.'라고 결심했어요.

환경에 대한 반응과 시선을 바꾸기 위해 배움을 시작했어요. 야근 후 아침에 4시간 잠을 자고 일어나 기숙사 교육장을 이용했어요. '훈민정음' 프로그램을 신청하여 문서 작성을 배웠어요. 컴퓨터 문서 작성법을 배우고 나니, 현장에 불합리한 점이 눈에 띄기 시작했어요. 현장의 불합리한 점을 찾아 제안서를 냈어요. 근무하면서 불편한 점을 발견하고, 업무개선의 제안 활동에 집중했어요. 그리고 훈민정음 문서를 활용하여 업무개선에 적용했어요. 문서 작성 후 코팅하여 설비에 시각화 과정을 꾸준히 실행했어요.

업무개선 활동이 누적되면서 제안서도 높은 등급을 받게 되었어요. 점점 '제안 상', '우수 여사원'으로 상을 받는 횟수가 늘어나며 실력을 인정받았어요. 그 덕분에 인사고과도 잘 받아 보너스도 두툼했지요.꾸준한 제안 활동과 지속적인 노력을 인정받아 사무직으로 발탁되었어요. 맡은 업무는 제조부서와 엔지니어 부서의 제안서 관리와 여사원 교육 담당이었어요. 한 가지의 배움을 경험으로 연결하여 성과와 보너스, 원하던 사무실에서 근무하게 된 행운을 누렸지요.

온 세상이 꽁꽁 얼어붙은 스무 살의 겨울날. 실업계 고등학교를 졸업한 덕분에 삼성에 입사할 수 있었어요. '고졸'이라는 결핍이 있었기에 밤낮을 가리지 않고 배움에 몰입했어요. 저에게 행운을 안겨준 '훈민정음' 프로그램 덕분에 현장을 개선할 수 있었어요. 현장에 집중하고 관찰력을 키워 아이디어를 많이 냈어요. 배움을 문서 작성으로 차별화하여 성장할 수 있었지요. 학력 결핍으로 배

움을 간절히 원하고 실행력을 높이며 노력했어요. 첫 직장 배움 덕
분에 고마워 컴퍼니 대표의 디딤돌이 되었어요. 고마워요. 사랑해
요. 덕분에 행복해요. 고사덕행

8

천안 ○○전기 미스 최

최연우

나의 첫 번째 직업은 엄마의 고모님 댁에서 운영하는 개인회사의 경리였다. 천안에서 전기 자재 판매 및 납품을 하는 곳이었는데, 회사라고 말하기엔 규모가 작았다. 하지만 전기 공사 업체, 기업이나 회사 등 거래처가 많았다. 대학을 중퇴한 후 집에서 놀고 있던 나는 엄마의 권유로 들어갔는데, 집이 대전이라 출퇴근도 어렵고 해서 친척 집에서 숙식하게 되었다. 자연스레 집을 떠나는 계기가 되었음은 물론이다. 집을 벗어나고픈 나에게는 해방의 기분으로 선택한 이유도 있었다. 그 당시 아버지는 잔소리 대마왕이었다. 특히 술을 드신 날에는 잔소리가 더 심했다. 그런 날은 이 층 내 방에서 문을 닫고 있곤 했었다.

나에게는 집에서 탈출하는 것이 목표였는데, 숙식이 제공되는 친척 집이니 더 마음이 놓였다.

하는 일은 정말 단순했다. 아침 일찍 공사를 하러 가는 업체들이 많아서 이른 아침부터 업무가 시작되었다. 계산도 하고, 외상 장부도 기록하는 일을 비롯해, 저녁에는 하루의 결산도 하고, 월말이면 외상으로 거래했던 업체들에게 계산서를 작성해서 보내는 업무들이었다. 처음에는 돈이 관련된 업무라 긴장했지만, 반복되는 업무이고 특별히 힘든 것이 없어서 금방 익숙해졌다. 손님이 많은 시간에는 정말 정신이 없었다. 가끔은 준비해놓은 점심을 먹지 못할 정도로 손님이 많았다. 사실 천안지역 전기 계통에서는 사업이 잘되는 곳이었다.

갖춘 물건도, 거래처도 많았다. 다행히 나는 손님들이 오면 커피를 타는 일은 없었다. 그 당시에는 다방에 커피를 시켰었다. 그러고 보니 지금 생각하면 드라마에나 나오는 옛날이야기 같다. 근처 다방에서 커피를 시키면 언니들이 보자기에 싸서 온 커피 보따리를 풀어 보온병에서 물을 따라 커피를 타 주었다. 처음에 나에게는 참으로 신기한 풍경이었다. 청자다방의 미스 하 언니는 단골이어서 지금까지 얼굴이 기억난다. 다행히도 TV에 나오는 것 같은 짓궂은 일들은 없었지만, 커피 보자기에 싸 와서 손님의 취향에 따라 설탕, 프림을 타서 주는 삼박자 커피는 나에게 기억에 남는 일이되었다.

한번은 사업이 너무 잘되는 게 배가 아팠는지 같은 종류를 판매하는 업체가 조세 포탈로 고발하여 사장님과 경리업무를 담당하던 나 역시 수갑을 차고 끌려가서 조사받는 일이 있었다.

조사를 받는 몇 시간은 나의 그때까지의 인생에 일어났던 일 중에서 가장 무서운 순간이었던 것 같다. 수갑을 차고 잡혀 오다니. 내가 무슨 잘못을 했지? 창밖을 바라보는데 지나가는 사람들이 너무 부러웠던 기억이 지금도 생생하다. 다행히 바로 풀려 나왔고, 그 이후 세무 관련 업무는 세무사에게 맡겼다.

사업은 여전히 잘되었고, 바로 맞은편에 건물을 신축하여 가정집과 같이 이전하였다. 그러면서 경리업무를 보는 여직원 한 명을 더 충원했다. 그 친구에게 업무도 가르쳐 주고 일이 분담돼서 조금은 편해지는 듯했다. 그때는 토요일도 근무했다. 일 자체가 재미있거나 보람이 있는 일이 아니었지만, 그냥 집을 떠나고 싶은 마음과 그러면서 돈을 버는 일이었기에 아무 생각 없이 지낸 것 같다. 더구나 밥을 해주는 할머니가 계셨는데, 음식 솜씨가 좋아서 내 입맛에 잘 맞았고 매일 맛있게 먹었었다.

그 당시 나의 낙은 토요일 저녁이나 일요일 대전에서 친구들 만나는 일, 대전에 가지 않으면 천안 유일의 백화점에서 쇼핑을 했었는데, 그 당시 대중음악 LP판을 모으는 취미가 있어서 많이 샀던 일이다. 변진섭, 이문세, 조용필, 해바라기, 들국화, 동물원 등등 많은 노래를 즐겨들었다. 그 시절의 노래들은 지금 들어도 너무 좋다. 동생이 여섯이나 있어서 결혼비용은 나 혼자 해결해야겠다고 마음먹고 월급을 받으면 용돈을 제외하고는 모두 저금했다. 31살에 결혼하기 전까지 7~8년은 근무한 것 같다.

나의 성격은 특별한 일이 없으면 익숙한 것이 더 편한 사람이다. 익숙한 공간. 사람, 거리, 카페 등등.

근무하면서 몇 번 그만두고 싶은 생각으로 두세 번 그만두고 몇 달을 쉬면 다시 또 사장님의 부름으로 근무하기를 반복하기도 했다. 중간에 미국에도 몇 달 있다가 오고, 방송통신대 영어과에 편입해서 공부도 했었다. 영어를 좋아하기도 하고 공부를 하고 싶어서 편입했지만, 사실 졸업하기는 힘들었다.

나의 청춘 20대를 온전히 보낸 나의 첫 직업 ** 전기업체 경리 미스 최! 사명감이나 보람이 있는 직업이기보다는 그저 생계 수단, 돈을 모으기 위해서 익숙한 편안함으로 지낸 나의 시간이었다.

그곳에서는 사귈 친구도 없었고, 일이 끝나면 귀가하는 같은 일상의 연속이었다. 지금이라면 그런 직장 생활을 할 수 있을까 싶기도 하다. 내가 좋아하는 일이 아니었기에 행복한 시간이었다고 이야기하기는 어렵다. 그때만 해도 직업을 나의 행복이나 만족으로 가지기보다는 돈을 벌기 위한 목적으로 직업을 선택한 경우가 더 많았다. 그리고 특별한 일이 없으면 그냥 계속 그렇게 살았다. 그래도 나는 저금을 한 덕에 부모님 도움 없이 결혼에 들어간 비용을 내가 다 충당하였다. 인내하며 착실하게 살아온 나의 20대. 그때를 되돌아보면 칭찬해 주고 싶지만, '내가 원하는 꿈을 펼치고 살았더라면 지금의 삶이 변했을까?'라는 생각도 해본다.

9

용의 꼬리보다
뱀의 머리를 선택하다

한보리

공부를 잘하게 생겼다는 말을 많이 들었다. 그러나 공부를 썩 잘하지 못했다. 사람들이 보는 이미지처럼 똘똘한 사람이 되고 싶었다. 공부 실력을 적당히 커버할 수 있는 전공을 찾아 들어간 것이 비서과였다. 뭔가 특별한 느낌이었다. 똑같은 복사를 하더라도 만인의 심부름꾼이기 싫었다. 회사의 대표가 시키는 일이라면 복사라도 감내하고 할 수 있을 것 같았다. 그렇게 자연스레 나의 첫 직업은 비서로서 발을 내딛게 되었다.

1997년도 졸업 무렵, 한국에 IMF 외환위기가 덮쳤다. 비서직은 일반 사무직보다 연봉이 높은 편이었지만, IMF를 겪으며 선배들에게 듣던 연봉이 반토막 났다. 친구들은 대기업만 고집하여 취업했다. 대기업 비서직은 그나마 연봉이 나쁘지 않았다. 하지만 대기업은 총무부 소속으로 임원실에 배치되어 일하거나 한 임원에게 2~3명이 배치되어 팀으로 일하는 경우가 많았다. 신입이면 중간 간부나 선임 비서의 비서로 일하는 것이 전부였다.

20대의 나는 용의 꼬리보다는 뱀의 머리가 되자는 확고한 철학이 있었다. 용의 꼬리처럼 일하기는 싫었다. 뱀이라도 머리처럼 일하고 싶었다. 그래서 대표의 능력으로 운영되는 중소기업을 찾기 시작했다. 또한 나 혼자 일하는 근무환경이기를 원했다. 대표 외에 나를 부려먹는(?) 사람이 있는 것이 싫었다. 괜찮은 모집공고를 발견하면 그 회사의 대표이사 관련 기사도 찾아보았다. 그렇게 찾은 나의 첫 직장이 국산 골프회사 L사였고, 대표이사의 비서직 자리였다.

종로 낙원상가 근처의 오래된 상가건물. 대기업처럼 세련되고 깔끔한 근무환경은 아니었다. 책상도 오래전 TV에서 보던, 서랍이 캐비닛처럼 달린 사무용 철제 책상이었다. 입사 첫날 직원들과 인사를 하며 비서 자리가 자주 바뀌었다며 오래 근무할 수 있냐는 질문을 받았다. 대표의 성격을 가늠할 수 있었다. 성격이 급하고 화를 잘 낼 것이라는…. 빙고! 직원들이 대표실 앞에 오면 대표의 기분 상태부터 물었다. 문밖으로 큰소리가 자주 들렸다. 재떨이가 날아다닌 것은 보지 못했으나 문에 뭔가 꽝 부딪치는 소리로 몸서리를 치기도 했다. 회사에서 나에게 일을 시키는 사람은 대표뿐이었다. 어떠한 임원도 내게 일을 시키지 못했다. 대표를 커버해 주는 존재로 나는 그들에게 충분히 인정받았다.

대단한 성격의 대표였기에 재미있는 사건들도 있었다. 숫기 없는 20대 중반이어서 그런지 대표에게 보고하거나 대화하는 일은 어색하고 불편했다. 일반적으로 대표실에 들어갈 때는 항상 노크를 한다. 차를 가져다드릴 때도, 업무보고를 위해 들어갈 때도 노크가 먼저였다. 대표실에 들어가면 어색해서 빨리 임무를 완수하고 밖으로 나가고만 싶었다. 어느 날은 차를 놓아 드리고 대표실 밖으로 나가려는 순간, '똑똑' 밖을 향해 노크를 했다. '……' 몇 초간의 정적 후 대표는 나를 쳐다보며 웃었고, 나는 민망해 뛰쳐나왔다. 뭐 이런 해프닝은 애교라 할 수 있다. 모임 스케줄을 잘못 체크해서 대표가 연말 모임 참석을 못 한 경우가 있었다. 엉뚱한 날짜에 그 장소로 간 것이었다. 있을 수 없는 엄청난 실수였다. 전화 너머로 대표가 노발대발하는 소리를 들으며 자책의 눈물을 흘렸다. 불같은 성격의 상사였지만 뒤끝은 없었다. 수습 모드로의 전환이 빨랐다. 감사한 일이다. 나의 작은 실수가 치명적인 결과를 초래할 수 있음을 가슴 깊이 새긴 날이었다. 털털한 성격이었지만 꼼꼼함과 차분함을 요구하는 비서라는 직업에 익숙해지면서 일에 즐거움을 찾아갔다.

부속실이라는 부서 명칭으로 혼자 일했다. 비서 업무는 대표의 일정관리, 전화 응대, 내방객 응대, 사내 회의 일정조율 및 준비 등이 있다. 대표의 인맥이 곧 VIP 고객이므로 각별히 관리해야 했다. 연말에 연하장 및 탁상달력을 제작해 대표의 인맥들에게 보내는 작업도 부속실의 업무였다. 명단 작업을 하니 1,000명이 넘었다. 1,000개가 넘는 연하장과 카탈로그를 접어 봉투에 넣고, 주소 라벨을 붙여 우편 송부까지 모두 혼자만의 일이었다. 혼자 일해서 편하기도 했지만 외롭기도 했다. 실수 역시 온전히 나의 몫이었다. 하지만 많은 일을 배웠다. 대표의 시각으로 일을 처리하다 보니 경영자의 입장을 이해하게 되었다. 주인의식이라고 표현하면 좋을까. 주어진 일을 하는 것보다 찾아서 일하게 되었다. 부분적으로 맡겨진 일을 하기보다는 전체적인 맥락을 알고 효율적으로 일하는 것이 좋았다. 한 기업을 이끌어가는 대표가 어떤 생각과 관점으로 일을 처리하는지 옆에서 관찰할 수 있는 시간이었다. 어릴 때 친구에게 '사장'이 되고 싶다는 말을 했던 적이 있다. 막연하게 '사장'이 되고 싶었다. 어쩌면 능력이 부족하다고 생각했던 어린 시절 '사장'이라는 꿈을 이루는 차선책으로 비서라는 직업을 택했던 것은 아니었을까, 생각해 보았다. 당장 될 수 없지만, 그들 옆에서 그들이 성공과 부를 이루는 모습을 보고 배우고 싶었던 것이 아닐까.

20대의 나는 자기계발에 대한 강박감이 있었다. 정체되면 안 된다고 생각했다. 일이 익숙해지면 지루함을 느꼈고, 새로운 일을 찾아 계속 회사를 옮겼다. 건축설계사무소, 섬유제조회사, 엔터테인

먼트 회사, IT 회사 등 다양한 직종의 업무를 배울 수 있는 곳으로 이직을 거듭했다. 그리고 2004년부터 5년여간 부동산개발회사인 B사 회장 비서로 일하며 건물 관리업무를 병행했다. B사에 근무하며 부동산에 대한 기초지식을 쌓았고, 건물관리 및 부동산 매물에 대한 견해도 넓힐 수 있었다. 참으로 다양한 직종을 경험했고, 다양한 직무를 하며 많은 업무를 배웠다.

20대의 나는 용의 꼬리보다는 뱀의 머리가 되어 확장과 방향 전환을 자유롭게 하고 싶었다. 그래서 중소기업 대표이사의 비서직으로 사회생활에 첫발을 내디뎠다. 덕분에 대표이사의 생각과 관점으로 일을 처리하는 방법을 배웠고, 혼자 힘으로 일을 주도적으로 관리하고 처리할 수 있었다. 나는 이후 다양한 분야의 회사를 경험하면서도 '비서'라는 직업을 놓지 않았다. 비서직으로 시작하여 관리직 업무로 영역을 확장해 나가기는 쉬웠다. 어떠한 조직이나 일도 정형화되어 있지 않다고 생각한다. 그 안에서 어떻게 일하느냐에 따라 조직과 업무의 방향을 변화시킨다. 따라서 직장생활의 확장과 전환을 도왔던 비서직은 내게 많은 기회를 안겨준 소중한 첫 직업이었다.

10

첫 직장에서 3년 참아내기

황금

나는 딸 다섯 중 막내다. 부모님은 딸들을 아끼시다 못해 걱정이 많으셨다. 타지 생활을 극구 반대하셔서 대학도 집과 가까운 곳으로 진학했다. MT도, 아르바이트도 공부에 방해된다며 반대하셨다. 학생으로서 본분만 지키기를 바라셨다. 스무 살의 나는 나만의 공간과 자유로운 생활을 원했다. 돈을 벌어 당당히 독립하자는 것이 내 삶의 목표가 되었다.

전기전자공학 전공으로 조기 졸업을 했다. 그러나 성적만으로 지원할 회사가 없었다. 대학원에 들어가야 하나? 고민이 많았다. 그때 타 대학에서 모집하는 반도체 설계전문가 6개월 과정이 눈에 들어왔다. 찾아가 문의하니, 짧은 기간 동안 교수님 강의를 듣고 도움을 받아 회로설계를 하는 과정이란다. 석사과정을 6개월

내 마치는 것 같아 토익 점수보다 취업에 도움이 될 것 같았다. 과정을 이수하기로 했다. 과정에서 회로설계 CAD를 다루는 법뿐만 아니라, 개인별 프로젝트를 계획하고 수행하면서 리더 능력을 키웠다. 프레젠테이션을 만들어 다수 앞에서 성과 발표도 자주 했다. 확실히 실무에 도움이 많이 됐다.

프로젝트의 최종 발표회 날이 되었다. 교수님을 포함하여 여섯 명의 심사위원 앞에서 발표하였다. 프로젝트의 배경 이론과 회로설계 결과에 대한 발표였다. 긴장은 됐지만, 질문에 소신껏 답변하며 마무리했다. 다섯 분의 심사위원은 각 중소기업의 임원들이었다. 이들은 심사보다 인재를 채용하는 것이 목적이었다. 발표 이후 동기 10명 중 8명이 취업했으니, 취업률이 높은 발표회였다. 다섯 회사 중에 내가 가고 싶은 회사도 있었다. 작은 규모에 성장 가능성이 있고, 독립의 꿈을 실현할 서울의 벤처회사인 N사였다. 하지만 나를 원했던 회사는 따로 있었다. 익산의 반도체 회사 A사였다. A사는 우리나라에서 반도체공장을 갖춘 몇 안 되는 회사 중 하나로, 그 분야에서는 잘 알려진 기업이었지만, 내가 프로젝트로 공부하던 초고주파의 제품은 없었다. 만약 간다면 공부를 새로이 해야 했다. 고민이 많았다. 교수님을 찾아가서 상담을 청했다. N사로 가고 싶다고 말씀드렸다. 교수님 말씀은 단호했다.

"전자공학에도 분야는 다양해! 네가 프로젝트를 했다고 초고주파 회로설계만 고집할 필요 없어. 아직 시작이니 다양한 것을 경험하는 것이 좋아. 그리고 익산 A사가 더 크고 조직도 탄탄해. 지금은 모르겠지만 어떤 일을 하느냐에 못지않게 회사 규모도 중요해. 좋은 기회니 입사해서 3년을 참고 다녀봐. 그 이후에 다른 회사로 옮겨도 충분해. N사보다 나은 회사도 갈 수 있어. 무엇보다 네가 A사에서 잘한다면 장차 졸업하는 후배들에게 기회가 많이 돌아갈 거야."

취업은 처음이라 교수님 조언대로 3년 근무를 약속하고 방을 나섰다. 그렇게 첫 직장 A사에 입사했다.

입사 첫날, 3시간의 짧은 오리엔테이션 후 연구3팀으로 배치되었다. 특채였지만, 3개월 전에 입사한 공채 신입사원들과 부서 배치 일정이 비슷하여 동기로 지냈다. (당시 같은 부서의 공채 신입사원이 내 남편이다. 동기로 지내다 4년 후 연인이 되어 결혼하게 되었다. 둘이 티격태격했던 시절들이 길었기 때문에 우리의 결혼은 A사 동료 사이에서 이슈였다.) 또, 반도체 설계전문가과정을 함께 공부한 동기 한 명도 2주 후 A사로 입사해 왔고, 내가 있는 연구3팀으로 들어왔다. 신입이 셋이라 우리 팀의 분위기는 젊고 활기가 넘쳤다. 어리숙했지만 동기들 덕분에 회사 생활에 빨리 적응할 수 있었다.

첫날 사무실을 보고 많이 놀랐다. 온 벽이 하얗고 탁 트인 사무실이었다. 칸막이도 없는, 툭 터진 큰 사무실에 50명 넘는 사람들이 앉아있었다. 팀원들은 마주 보며 앉았고, 팀장 자리만 틀어진 채 구분되어 있을 뿐 책상은 같았다. 초등학교 교실에서 3명일 때

분단(모둠) 형태를 생각하면 상상이 갈 것이다. 설계전문가과정을 지낸 대학 연구실에서 개인 칸막이와 이중 모니터, 개인 워크스테이션까지 두고 있었던 나는 사무실 환경에 충격을 받았다. 사무실이라 하면 칸막이와 ㄱ자형의 널찍한 책상은 기본일줄 알았다. '개인 프라이버시는 전혀 보장 안 되겠네!' 생각하고 있을 때 팀장이 말했다.

"내일부터는 FAB(반도체 공장) 생산라인에 들어갈 테니 화장 지우고 오세요."

헉. 반도체 공정은 미세 공정 디자인(10~100㎚)이기에 머리카락(약 100000㎚)과 화장이 파티클(오염)을 발생시켜 제품에 영향을 준다는 정도는 알았지만 당황했다. 기초화장에 입술만 바르는 정도로 연한 화장을 했던 나였는데 그마저도 안된다니. 첫 직장이라 준비한 정장에다 주근깨와 반 토막 눈썹을 드러낸 민낯이라니. 당황스러웠다. '내가 FAB 안으로 들어가서 일을 하는 거였구나.' 설계전문가가 아닌 라인에 들어가는 현장실무자가 된다는 생각을 하지 못했다. 이상적인 직장생활은 첫날부터 깨졌다. 이후 15년을 반도체 회사에 다녔다. 옷이나 화장 같은 치장에는 무심해진 이유이다.

회사에서 눈에 띄는 사실을 발견했다. 남녀 연구원 성비였다. 연구원 중 여자가 40%를 넘었다. 공대의 여자 성비 10% 이하에 익숙했던 터라 어색했다. 궁금증은 한 달이 되기도 전에 풀렸다. 내가 있는 팀의 팀장이 여자분이었는데, FAB Set-up 공신으로 능력을 인정받은 젊은 팀장이었다. 연구소장이 날 택했던 이유가 이거였다. 성차별은 거의 없었다. 덕분에 나도 목소리를 높이며 종횡무진 활동했다. A사의 최대 장점이었다. 선배의 바른 길잡이는 후배에게 기회가 되었다.

둘째 날부터 바로 실무였다. 선배를 따라 FAB 라인에 들어갔고 많은 부서 사람들을 상대했다. 그런데 연구부서는 보고 체계가 별났다. 제품별로 3개 팀으로 나눴을 뿐 프로젝트는 개인별로 주어졌다. 그리고 연구부 이사가 팀장이 아닌 팀원을 불러 프로젝트를 점검하고 간섭했다. 나도 입사 3개월부터 프로젝트를 맡기 시작했다. 이사 방으로 직접 보고하는 일이 잦았고, 직접 지시를 받았다.

보고는 보통 이런 과정이었다. 크게 숨을 한번 쉬고 이사 방에 들어간다. 방에는 담배 연기가 자욱하다. 넓은 책상 위 모니터 뒤로 눈썹이 올라간 얼굴의 날이 선 이사가 앉아 있다. 보고는 끝까지 하지도 못하고 중간에 말꼬리가 잡혀 혼난다. 상황을 이해 못한다느니, 내용이 뒤죽박죽 섞였다느니 혼이 난다. 말문이 막혀 가만히 듣고만 있다. 얼른 나가서 일하라고 독촉하듯 쫓겨 나온다. '휴우~' 문을 닫고 참았던 숨을 쉰다. 어쩌다 제품에 사고가 났을 때는 일주일을 그 방으로 출·퇴근해야 했다. 남자 직원에게는 욕하며 재떨이를 집어 던졌다는 소문이 들렸으니, 난 그나마 양호한 편이었다.

다른 직원들과 달리 난 못 견딜 정도로 힘들지 않았다. 고등학교 때 담임이 히스테리가 많았던 덕분인가. 일 경험이 없었던 나는 회사도 비슷하겠지 생각했다. 무참히 밟혔던 다음 날에도 아침부터 달려가 나름대로 생각한 해결안을 말씀드렸다. 그러면 이사는 어이없다며 한번 웃고 나서 차분히 다시 논의했다. 당돌한 나를 좋아했다. 상황이 바뀌지 않으면 정면으로 부딪치자는 마음이었다. 생산 현장에서 벌어지는 돌발적인 사건들을 수시로 해결해야 했다. 결정이 빨라야 했다. 사람까지 적으로 만들기 싫었다. 불편한 감정을 쌓지 않는 성격이 되었다. 문제는 직접 부딪히면 의외로 쉽게 해결되는 법이다.

꿈을 실현할 기회가 왔다. 동종업계 K사에서 대리급 경력사원을 모집했다. 내가 하던 제품 개발 업무를 국내뿐 아니라 해외에서도 진행하는 확장판 업무를 하게 되는 것이었다. 해외 출장도 기대할 수 있었다. 그리고 근무지가 서울이었다. 입사 지원을 했고, 유사 경력으로 가볍게 서류를 통과했다. 서울 본사에서 면접을 보았다. 본사는 눈이 휘둥그레질 정도로 좋았다. 면접 전에 들른 화장실에서 열심히 카메라 셔터를 누를 정도였다. 작은 대나무 정원과 휴게 벤치가 여자 화장실 내 한쪽에 있었다. 핫플레이스가 따로 없었다. 입사하고 싶은 마음이 커졌고, 좋은 분위기에서 본 면접은 통과였다.

A사에서 3년을 넘긴 시점이었다. 스스로 오뚝이라고 생각했던 3년은 사무 능력, 문제 해결 능력뿐 아니라 자신감을 주었다. 이후

4번째 직장까지 연구원의 경력 16년간을 이어갈 경력을 만들었다. 원하는 환경에서 시작하는 행운은 없었다. 다만 주어진 환경을 받아들이고 적응하며 환경을 만들어냈다. 스스로 해냈다는 자긍심은 직장생활을 오래 있게 하는 질긴 힘이 되었다.

제 2 장

변화의 순간, 흔들리는 마음

버티고, 버티고, 버티기

김동혁

여러 가지 이유로 미국에서 생활하는 동안 전 세계적으로 화제가 되었던 '9.11 사건'이 일어났다. 그때는 LA 다운타운에서 꽃 배달을 하고 있었는데, 배달을 위해 건물에 들어서면 전보다 검색과 보완이 더욱 철저해졌다. 상황이 유학생이나 이민자에게 점점 어려워졌다. 새로운 계획이 필요했다. 나이도 한 살 한 살 먹어 가는데 계속해서 단순노동만 할 수는 없었다. 계속 미국에서 생활할지, 그렇지 않으면 한국으로 돌아가야 할지 선택에 따라 준비해야 할 것이 달랐다. 결국은 미국에 남기로 했고, 이를 위해 더 안정적이고 미래를 계획할 수 있는 직장이 필요했다. 이제는 미국의 문화와 영어도 어느 정도는 적응했던 터라 기술을 배우기로 했다. 보통많이 배우는 기술은 컴퓨터 조립, 전자제품 수리 등등이 있었는데, 내가 배우기로 한 기술은 요리였다. 요리로 정한 이유는 평소에 관심도 많아 전문적으로 배워보고도 싶었고, 또 아무런 관심도 없는 일을 영어로 배우기는 더욱 힘들 것 같았다. 요리학교는 많이 있긴 하지만 음식 재료비도 있으니 그만큼 등록금이 비쌌다. 요리학교에 갈 학비도 없었지만, 다행히 미국에는 'adult school'이라는 제도가 있다. 신분에 상관없이 영어나 직업기술을 무상으로 가르쳐 줘 사회에 적응할 수 있도록 하는 제도이다. 그곳에서 기초적인 양식을 배웠다. 당연하게도 주방에서 쓰는 용어도 함께 배울 수 있었다. 영어로 하는 수업을 따라가기는 쉽지는 않았다. 요리라는 분야에 관심이 많았기에 재미있게 배울 수 있었다. 이 배움을 통해서 가장 유익했던 건, 식당에 지원해 볼 수 있는 용기를 낼 수 있게 되었다는 것이다.

첫 식당은 샌드위치 가게였다. 샌드위치 가게는 오전과 점심시간이 바쁜 시간이다. 이곳은 전통적인 음식점은 아니지만, 빠르게 취업할 수 있는 곳이었다. 또 가게를 운영하는 요령을 배우게 된다면 현실적으로 저렴한 비용으로 가게를 열 수도 있고, 또 주 5일 근무에 일찍 끝나서 이후의 시간을 활용할 수 있는 장점이 있었다. 내가 하는 일은 핫플레이트 메뉴를 하는 것이었는데, 샌드위치에 들어갈 고기 볶음류나 볶음면을 만드는 것이다. 미국에는 이런 샌드위치 가게와 비슷한 종류의 가게 종류가 몇 가지 더 있는데, 중식 스타일과 일식 스타일의 포장 전문점도 있다. 물론 중식과 일식도 모두 경험해 보았다.

약간 소프트한 포장전문점을 경험했던 나는 좀 더 깊게 들어가고 싶었다. 그간 저금했던 돈을 모아 일식 전문학원에 등록했다. 일식을 선택한 이유는 동양인이 만드는 동양 음식이라는 이미지가 컸다. 어떤 의미냐 하면, 동남아인이 운영하는 이태리 식당을 웬만해선 가고 싶다는 생각이 안 들 것이다. 전문가적인 이미지가 없어 보인다는 게 정확한 표현일 것이다.

일식 전문학원이라도 전체적인 일식을 배우는 것이 아니라 일식용 밥 짓기, 생선회 뜨기, 초밥 만들기. 롤 만들기 같은 것들이었다. 수업은 그날 요리에 대해 한 번 만드는 것을 보여주면 끝날 때까지 혼자 연습하고, 완성하면 선생에게 보이는 것이 다였다. 수업이 예상과는 달라 좀 실망은 했지만, 원하는 만큼 연습을 할 수 있었기에 그런 점은 좋았다. 학원으로 취업공고도 들어오기에 취업하기 전까지 열심히 연습하고, 질문도 많이 해서 음식을 하는 요령을 더 많이 들을 수 있었다. 그렇게 연습하다 취업하게 되었다. 미국인이 많이 사는 동네의 일식당이었다. 단순한 일식 요리에서 회와 디저트까지 취급하는 곳이었다. 정식 식당이다 보니 전보다 주방에서 일하는 사람도 많았다. 나의 주 업무는 설거지는 당연했고, 샐러드용 채소를 씻고 준비하는 일이었다. 적응을 조금씩 해나가면서 롤의 기본인 캘리포니아 롤을 만드는 것으로 발전했다. 이곳에서 일하면서 지워지지 않는 기억이 있다. 좋았던 기억은 점심시간에 혼자 주방을 지킬 때였다. 스테이크 주문이 들어왔는데 굽기

정도가 처음 들어본 Extra Rare로 요청했다. 주방장도 찾을 수가 없어 혼자 만들어야 했다. 바로 석쇠를 달군 후에 고기를 올려 빠르게 양면에다 격자무늬를 만들어 내보냈다. 다행히 손님도 만족했다는 반응을 전해 들었다. 혼자서 오더를 처리하는 것을 보며 이제 한 사람의 몫을 하는구나, 주방에 필요한 사람이 되었다고 하는 효능감을 확인했던 장면이었다. 반면 좋지 않은 기억은 특별히 이유는 잘 모르겠지만, 주방장이 화가나 분풀이한다고 프라이팬을 던졌는데 내 발목에 맞고 말았다. 당황도 되고 황당하기도 했다. 그래도 당황한 주방장이 모르쇠로 넘어가진 않고 일이 끝난 후 따로 밥을 사주며 사과해 주었다. 이전까지는 미처 생각하진 못했는데 주방에는 기본적으로 칼이 있고, 뜨거운 기름도 있어서 너무 위험한 곳이라는 것을 깨달았다.

일식당에서 일하는 동안 느낀 점은 음식 만드는 것을 좋아한다는 것과 주방에서 일하는 것은 매우 다르다는 점이다. 사실 일식당에서 일하기 전에는 음식 하는 걸 좋아해서 만들 때 재료의 원가를 따지지도 않고, 만드는 시간이 제한이 없이 만들었다. 단지 음식을 먹은 사람들의 반응만 있을 뿐이었다. 하지만 식당에서는 원가와 맛도 중요하지만, 음식을 만드는 속도가 매우 중요하다는 걸 깨달았다. 아무리 음식을 맛있게 만들어도 주문을 빨리빨리 처리하지 못한다면 식당 운영을 하는 의미가 없을 것이다. 그렇게 미국에서 식당 운영하는 법을 배웠다. 요리법은 한국이나 미국이나 대동소

이하더라도 가장 큰 수익은 위생법이나 요령을 익힌 것이다.

미국에서 계속 지낼 계획을 세우고 열심히 노력만 하면 어려운 일은 발생하지 않을 것 같았다. 이제는 미국 생활에 적응도 하고, 영어도 유창하진 않더라도 불편하지 않을 정도로 성장했다. 그래서였을까? 미국에서는 항상 서바이벌, 즉 생존이 최우선 과제였다. 평소에도 건강에 자신하는 정도의 건강 상태는 아니었는데, 억지로 끌고 가려고 했던 시간이 길어지자 몸이 조금씩 버티지 못하고 탈이 나기 시작했다. 미국의 의료비는 상상도 못하게 비싸서 병원에 가기도 어려웠다. 실제로 타고 다니던 차를 바로 폐차해야 할 정도로 사고가 난 적이 있었는데도 병원에 가지 못하고 그냥 버틸 수밖에 없던 때도 있었다. 다행스럽게도 주위의 도움으로 토요일마다 한의대학교에 가서 의대생들에게 임상시험 대상으로 지원하면 저렴하게 침술치료를 받을 수 있었다. 또 나중에는 우연히 알게 된 고등학교 선배의 소개로 한의원에서 물리치료를 받을 수도 있었다. 그런데도 몸이 점점 회복되지 않고 안 좋아지니, 미국에서 지내겠다는 계획을 수정할 수밖에는 없었다.

미국 생활에서의 직업들을 돌아보면 흔히 하고 싶은 일, 잘하는 일, 비전을 찾는 일, 경험을 쌓는 일 같은 것이 아니었다. 그냥 현재를 버티기 위해 하루하루를 충실할 수밖에 없던 시간이었다. 그런데도 이렇게 버티는 것에 나 스스로 점수를 줄 수 있다면, 하고 싶지 않은 일이나 어렵고 힘든 일들을 만나더라도 무조건 도망치지 않았다는 것이다. 물론 그 당시에는 힘들고 어려워서 느낄 수는 없었지만, 내가 진정으로 하고자 하는 일을 만났을 때, 그 일을 시작할 힘을 길렀다고 생각한다. 내가 하고 싶은 일이 무엇이든 간에 그 일을 하기 위해서는 시간과 돈이 필요하다. 시간은 내 마음대로 할 수 있는 것은 아니지만, 돈은 지금 당장 어렵고 힘들더라도 준비할 수 있다. 돈이 있어야 하고 싶은 일이 생겼을 때 과감하게 투자할 수 있고, 그 일로 수입이 생길 때까지 버틸 수 있지 않겠는가.

인생은 로또 번호가 아니다

김상미

꿈에 그리던 여행사에 입사했다. 몰디브 여행을 전문으로 하
는 신혼여행사였다. 우선은 수많은 리조트의 설명과 요금을 외워
야 했다. 그래야 상품을 설명하면서 팔 수 있기 때문이다. 취업 동
기들과 2주일간 같이 교육을 받으면서 친해졌다. 5명의 동기가 없
었다면 나는 벌써 그만두었을 것이다. 여행사는 홍대 본사와 강남,
분당, 대구, 부산 등 지방에도 지사가 있을 정도로 몰디브 하면 알
아주는 곳이었다. 일한 지 1년이 지나자 몰디브 인스펙션을 할 기
회가 주어졌다. 그동안 고객님들에게 다녀온 것처럼 이야기하는
게 힘들었는데 이제야 가보는구나. 설레었다. 싱가포르를 경유해
서 도착한 몰디브는 한밤중이었다. 현지 사무실에서 일하는 한국
인 직원을 만나자 반가웠다. 늘상 전화통화만 하던 사이였는데, 얼
굴을 보니 목소리와 얼굴이 매칭되었다.

푸르른 바다. 속이 훤히 보이는 몰디브 바다는 그야말로 지상 낙원이었다. 왜? 신혼 여행객들이 좋아하는지 알 수 있었다. 하루에 서너 군데 리조트를 돌면서 객실을 둘러보고 설명을 들었다. 우리 여행사는 몇몇 리조트에 GRO를 파견하고 있어서 한국인 직원을 만나자 반가움이 앞섰다. 낯선 나라에서 외국인과 한국인 손님을 상대하는 건 어떤 경험일까? 영어가 다들 능통해야 하는 조건이 있지만 말이다. 클럽메드 카니에 가니 한국인 주방장도 있는 게 아닌가? 우리가 왔다고 김치 주먹밥까지 해주었다. 타지에서 먹는 주먹밥이라니 새로웠다. 이곳은 밤마다 드레스 코드가 있으며 다양한 쇼가 열린다. 클럽메드 카니는 올인크루시브로 별도의 차지 없이 아침, 점심, 저녁을 모두 제공하는 곳이다. 클럽메드 카니를 열심히 팔아야겠다고 다짐했다. 인스펙션을 다녀오자 자신감이 붙어 더 열심히 상품을 팔 수 있었다. 이후로 태국 코사무이도 인스펙션을 갈 기회가 있었다. 여행사를 다니면 매일 여행을 다닐 수 있겠지 생각했지만, 사실은 그렇지 못했다. 1년에 1번 인스펙션을 다녀올 기회가 주어졌다.

여행사의 업무는 기존에 하던 일과 달랐다. 걸려오는 전화를 누가 가장 빨리 받느냐가 관건이었다. 많은 영업직원 중에서 업무평가는 오늘 하루 실적을 얼마나 올렸는지? 업무일지로 평가받아야만 했다. 매일 업무일지를 쓰면서 상담 전화 몇 건, 계약 몇 명 등 나 자신을 스스로 평가한다는 게 쉽지 않았다. 영업 일을 처음 해

봤기에 이런 환경이 낯설었다. 종일 실적이 없는 경우 옆자리 직원에게 고객 DB를 받기도 했다. 업무일지는 매일 이사의 책상에 올라가 사인을 받고 나서야 내 자리로 돌아왔다. 사장은 우리에게 이렇게 말했다. "모르는 사람한테 전화하는 것도 아니고 걸려오는 전화를 받는 인바운드 상담은 쉬운 것에 속한다. 하루에 1건도 실적을 못 올린다는 건 말도 안 된다. 밥 먹을 자격이 없다." 새로운 신입직원 들어올 때마다 넘치는 혈기에 전화 받기가 점점 더 어려워졌다. 그렇다고 티 나게 선배가 혼자 모든 전화를 얌체처럼 받을 수도 없고, 지금 생각해도 쉬운 일이 아니었다. 혼자서 조용히 일하는 타입인데 공격적인 영업은 나에게는 사실 벅찼다. 그 힘든 걸 버틸 수 있었던 것은 업무가 끝나고 동기들과 술집에서 회사 이야기로 스트레스를 풀 수 있었기 때문이다. 연말이면 모든 지사를 통틀어서 최고의 영업 상을 발표했다. 영업 실적 2등을 해서 보너스를 받은 적도 있다. 함께 일하던 동료 팀원들의 팀워크가 없었다면 불가능한 일이었다. 젊은 후배들과 힘든 줄 모르고 새벽 4시 공항 샌딩을 나가 신혼여행 가는 손님들을 배웅했다. 참 열심히 일하던 순간이었다.

사건은 예정된 예고 없이 찾아온다고 했던가? 나에게도 정말 히스테릭한 왕진상 손님이 있었다. 쉬고 있던 일요일 오전 사무실 후배로부터 전화가 걸려왔다.

"주임님! OO 고객님 어머니한테서 연락이 왔어요. 신혼여행인데 비행기 자리가 옆자리가 아닌 서로 떨어져 가게 되었다고 책임 지라고 난리예요. 당장 인천공항으로 오래요." 이미 비행기는 떠났다. 못 탄 것도 아니고 성수기 가을 시즌에는 종종 자리가 떨어져서 가기도 한다. 여행사 항공권은 블록 자리로 싸게 가져올 수 있다. 그래서 항공권 자리 배정은 짐 수속절차를 밟을 때 배정된다. 웬만하면 신혼 여행객이라서 옆자리로 배정해 주지만, 가끔가다 핫한 날짜에는 3-3-3자리 배열일 경우 부득이 떨어지기도 한다. OO 고객 어머니에게 전화를 드렸다.

"쌍년, 니가 우리 아들 자리를 떨어뜨려서 보냈냐? 우리 아들이 어떤 아들인 줄 알아. 당장 비행기 자리 못 바꿔. 인천공항으로 빨리 와서 자리 바꿔 놔."

"고객님 진정하세요. 이미 비행기는 떠서 싱가포르로 가고 있어요. 못 탄 게 아니잖아요. 싱가포르 항공 계산대 직원에게 항의하셔야죠. 여행사 좌석은 싸게 가져온 자리라서 자리 배정을 저희가 못 해 드려요. 6시간 비행이에요. 싱가포르에서 몰디브 들어갈 때 또 5시간 가야 하는데, 그때는 자리 배정이 옆자리로 되어 있을 거예요. 제가 지금 인천공항 간다고 해도 달라지지 않아요."

태어나서 이렇게 막무가내인 손님은 처음 봤다. 우리 아들은 늦게 가지 않았다. 나보다 우리 아들이 더 까다로우니 돌아와서 보자며 씩씩대셨다.

역시나 그 아들은 돌아오자마자 여행사로 전화를 걸어왔다. 첫째, 자리 배정이 왜 떨어져 가야 하나? 둘째, 숙소에서 첫날 녹이 슨 물이 나왔다. 최고의 숙소에서 어떻게 이런 일이 발생할 수 있냐? 셋째, 피부에 물집이 생겨서 너무 아프다. 어떻게 보상할 거냐? 정신적인 피해보상도 해 달라. 우선 회사에 보고하고 피해보상을 해줄 수 있는지 문의를 했다. 숙소에 녹이 슨 물 때문에 피부가 뒤집힌 것인지? 햇빛 알레르기인지? 꼭 병원에 가서 진단서를 가져와 달라고 했다. 병원비는 여행자보험에서 해결해 줄 것이다. 안심을 시켰다. 신부 쪽에 전화해서 물어보니 몰디브의 강한 햇빛 알레르기 때문에 그런 거니 너무 신경 쓰지 말란다. 사건은 여행자 보험 연락처를 알려 주고 회사에서 보유하고 있던 사은품인 일회용 수중카메라를 제공하는 것으로 일단락되었다. 신랑이 돌아오기까지 어머니와 몇 번의 통화만으로도 이미 나는 진이 다 빠져 있었다. 이렇게 여행사의 업무는 언제 어떻게 무슨 일이 벌어질지? 모르는 살얼음판을 걷는 기분이었다. 고객님이 아차 하고 갈아타는 비행기를 못 타거나, 현지에서 객실 내 금고에 넣어 놓은 예물 반지가 없어지거나, 수영을 못 하던 신랑이 물놀이 갔다가 주검이 되어 오기도 했다. 휴일에도 마음 편하게 쉴 수가 없는 직업이 여행사 일이었다.

이런 경험들이 다시는 여행사 취업을 희망하지 않게 만들었다. 정말 좋아하는 일은 취미로 하라는 말이 있지 않은가? 직업이 되는 순간 좋은 면과 나쁜 면을 동시에 다 경험하게 된다. 여행사에서 일하는 직업을 가진 분들을 진정으로 존경한다. 현지에서 사건이 생기면 모든 책임은 오롯이 여행사 몫이 된다. 코로나가 오면서 여행업은 정말 폭격을 맞았을 것이다. 내 주변에도 여행사를 정리하는 분을 봤기 때문이다. 나 또한 2008년 리먼 사태를 겪으면서 희망퇴직을 권고받았다. 여행사는 경기불황을 타는 업종이기 때문에 인력비가 가장 크게 작용된다. 다시는 돌아가고 싶지 않은 나의 여행사 시절, 참 치열하게 살았다. 3년의 여행사 경험은 로또처럼 빙그르르~추첨을 해야지만 당첨인지? 탈락인지? 아닌지 알 수가 있었다. 경험해 봐야 이 길이 나의 길인지 알 수 있다. 설령 당첨되지 않더라도 그 경험은 내 삶에 문신처럼 새겨지는 기회가 되었다. 삶이 때로는 내 생각과 달리 다른 길로 제시해 줄 때가 있다. IMF, 쓰나미, 리먼 사태, 코로나 등 우리가 예상하지 못하는 자연재해나 경제불황은 계속 찾아온다. 왜 삶의 파도는 이중, 삼중으로 찾아오는 것일까? 잠시 신을 원망하기도 했다. 나를 크게 쓸려고 찾아온 것이다. 인생이라는 파도 앞에 잠시 주춤했지만, 다시 오뚝이처럼 일어난 나 자신을 칭찬한다.

회사를 해고하기로 했다

김신혜

상사들처럼 한 직장에서 오래 일하고 싶었다. 시간이 지나면 자연스럽게 승진하고 무탈하게 정년을 맞이하는 삶을 바랐지만, 안타깝게도 나는 그렇지 못했다. 출산휴가, 육아 휴직이라는 제도가 있었지만, 허울 좋은 제도일 뿐이었다. 먼저 결혼한 여직원들의 퇴직 과정을 보면서 쓴웃음만 나왔다. 축하받아 마땅한 일인데, 결혼을 앞둔 여직원들의 얼굴이 밝지만은 않았다. 자신들의 젊음과 열정이 녹아든 직장에 청첩장을 내밀 때는 특별한 각오가 필요했다. 어떤 생채기가 날지 알 수 없었기 때문이었다. 청첩장은 시한부 직장 생활을 선고받는 것이나 다름없었다. 대부분의 여직원들은 계속 일하고 싶어 했지만, 회사에서 순순히 받아들일 리 만무했다.

연차로 보나, 업무 처리능력으로 보나 탁월한 여직원 J를 보며 직장에 대해 많은 생각을 하게 됐다. 그녀는 깔끔한 일 처리와 똑똑한 업무능력을 가진 금융과 베테랑 직원이었다. 하지만 결혼 후 J는 업무 능력과 무관하게 생산 공장으로 발령을 받았다. 생산 공장에 금융과 베테랑 직원이 가면 안 될 이유라도 있냐고 물으면 달리 대답할 길은 없지만, 억지스러운 인사라는 생각을 지울 수 없었다. 회사는 '여'직원들을 회사의 인재라고 생각하지 않는 듯 보였다. 아무리 업무 능력이 좋아도 승진 시험의 기회조차 주어지지 않았다. 이런 상황들을 지켜보면서 이곳에서 더 나은 삶을 꿈꿀 수 있을까 하는 생각이 들었다.

상사 중 여자는 없었다. 처음에는 그런 것을 이상하게 생각하지 않았다. 그저 적임자가 없어서 그런 거라고만 생각했다. 그러다 어느 순간, 같이 입사한 동기인데도 여직원에게는 연차에 상관없이 '주임'이라는 호칭마저 생략하고 'OO 씨'로 부른다는 것을 알았다. 회사에서 직함은 어떤 업무를 담당하고 책임지는지를 나타내는데, 직함이 없으니 앞으로 올라갈 곳도 없구나 싶었다. 그야말로 무명이었다. '여'직원들이 그런 처우를 받는 것이 남자 직원들에게는 일종의 보호막이 되었을지도 모른다. 비슷한 시기에 입사했지만, '여'직원은 그들의 경쟁 상대에서 제외되었을 테니까. 첫 직장은 서로를 남, 여로 가를 수밖에 없는 곳이었다. 그들과(남) 우리는(여) 전혀 다른 기대감으로 직장생활을 할 수밖에 없었다. 누구를 걱정할 처지는 아니었지만, 가장이 되고 지켜야 할 가족들이 생긴 '남'

직원들의 삶을 보며 때로는 측은한 마음이 들었다. 그들의 생애 주기를 보며 처지에 어울리지 않는 공감을 하곤 했다.

J는 억울하다 생각할 수 있는 상황에서도 밝았다. 부서만 달라졌지 여전히 같은 직장이긴 했으니까 그랬는지도 모른다. 신속한 업무 처리능력은 달라진 부서에서도 빛을 발했다. 신혼이던 그녀는 생산 공장에서 일하는 동안 임산부가 되었다. 임산부가 근무할 수 있는 환경이 아님에도 인사이동은 없었다. 생산 공장의 환경을 익히 알고 있었기에 그런 상황이 비극적으로 느껴졌다. J는 그만두지 않았다. 그때의 나는 미처 내가 겪어보지 못한 일들을 먼저 겪고 있는 J에게 응원을 해야 할지, 위로를 해야 할지 알 수 없었다. 퇴근 후 함께 식사를 할 때면, 나의 일이 될지도 모른다는 마음으로 열심히 회사를 욕했던 것 같다. 정신적인 스트레스는 잠깐이나마 해소되었을지 몰라도 임산부로서 쉽지 않은 생활이었을 것이다. 임신 5개월 차. 그녀는 결국 유산이 되고 말았다. 왜 이렇게 되어야 하는 걸까. 이런 처우를 보고 결혼 후에도 계속 회사에 남겠다고 말할 수 있는 '여'직원이 몇이나 될까. 마음 깊이 속상했고, 회사가 바란 것이 이런 체념인지도 모르겠다는 생각도 들었다.

J는 진저리를 치며 퇴직했다. 결혼부터 퇴직까지의 과정을 지켜보며 그녀의 자리에 나를 대입해 봤다. 혼자의 힘으로 허물기에는 너무 단단한 벽, 그 벽과 싸우다 보면 소중한 것을 잃을지도 모

른다는 불안감이 느껴졌다. 분노해도 결국 체념하게 되는 현실, 그런 현실을 보며 직장이라는 곳에서 내가 할 수 있는 일은 아무것도 없다는 생각이 들어 허탈했다. 사람답게 살기 위해서 돈 버는 것이라 생각했지만, 아이러니하게도 이게 사람 사는 건가 싶기도 했다. 선택지는 너무 좁았다. 총성 없는 전쟁터에서 마음의 생채기도 많이 났다. J의 퇴직 이후로 한동안 씁쓸한 기분을 떨칠 수 없었다. 하지만 먹고사는 문제는 현실이었고, 당장 나에게 닥친 일이 아니라는 이유로 서서히 무뎌졌다. 해가 뜨고 지는 것처럼 출근하고 퇴근했다. 시간은 무색하게 흘렀고, 회사는 서로가 늘 하나였다는 듯 똑같이 돌아갔다. 10년을 넘게 애사심을 갖고 일했던 직원을 도려내듯 내보낸 곳 같지 않게 말이다. 누군가 청첩장만 내지 않는다면 보통의 날들이 계속 이어질 것처럼 보였다. 직장이라는 피라미드는 위로 올라갈수록 자기의 입지를 굳히기가 쉽지 않아 보였다. 모든 자리마다 고충이 있었고, 살아남기 위해 각자의 노력이 필요했다. 그렇다 하더라도 조금 더 공정했으면, 조금 더 인간적이었으면 어땠을까 하는 생각이 들었다.

시간이 흐른 후 나도 J와 같은 입장이 되었다. 그녀와 마주 앉아 회사 험담을 할 때, 같은 상황이 되면 어떻게 할지 생각해보지 않은 것은 아니었지만, 같은 상황이 되고 보니 씁쓸함만큼은 지울 수가 없었다. 퇴사를 결심했을 무렵, 결정을 만류하는 이가 있었다. 이런 전례를 계속 남겨서는 안 된다면서. 도와줄 테니 마음 약해지지 말라며, 손을 내밀어준 것은 고마웠지만 누구를 위한 일인가 싶기도 했다. 떠난 마음은 쉽게 돌아서지 않았다. 청첩장을 주문하던 날, 회사를 퇴사하기로 결심했다. 평생 회사를 다닐 수 있었더라도 언젠가 떠나야 한다는 생각은 했겠지만, 아마도 안전지대를 벗어나는 것이 쉽지는 않았을 것이다. 어쩌면 회사가 아니라 어떤 종류든 '안전지대'를 놓지 못하는 마음이 더 발목을 잡는 게 아닐까 싶기도 했다. 진짜 마음속에 남았던 미련은 회사가 아니라 '안전지대'였을지도 모른다. 모든 일은 마음먹기 나름이니, 어떤 쪽이든 스스로 만족하는 선택을 하고 싶었다. 비록 상황은 달라지지 않았지만 길을 만들어 가는 사람은 나니까. 지금이 바로 퇴사하기 딱 좋은 타이밍인지도 모른다고 생각했다. 살아오던 방식에서 방향을 바꿀 때에는 저항이 생기기 마련이다. 나에게 퇴사는 방향을 바꾸기 위한 저항이기에 더 이상 낙오가 아니었다.

4

일 이외의 활동들이
일과 이어지니 직업관도 바뀐다

김은경

학원, 피부 관리실, 그리고 제품 회사, 스파, 미용학과 조교. 이력서의 일부를 가져왔다. 남들이 보면 전공과 관련해 다양한 일을 할 줄 알겠다 싶다. 하지만 뭐하나 완성하지 못한 것 같아 아쉬움이 남는다. 강사로 일할 수 있는 미용학원이나 제품 회사의 교육부, 그리고 학교에 지원해 일했다. 원하던 직무에서 가장자리만 맴돌았다. 능력이 안 된 곳도 있었고, 밀려난 적도 있었다. 회사의 상황이 바뀌어, 입사는 교육부로 하고 경리를 본 적도 있으니 말이다. 직장에서는 잘 풀리지 않고 있을 때, 외부 강의를 해 볼 기회가 생기곤 했다. 의미는 있었지만, 활동한다고 말할 수 있을 정도로 이어가지는 못했다. 구체적인 노력이 적었다. 열망과 시간을 연결할 줄 몰랐고, 마사지라는 육체노동의 보상으로 쉬고 즐기는 것들을 주고 싶기도 했다. 대학 졸업 10년. 현장에서의 일도 기술과 유행이 변하고 있었다. 가진 기술도 구식이 되어갔다. 틈틈이 교육에 참여했지만, 손에 익지 않거나 원리가 부족해 적용이 불편했다. 단순히 행위만 하는 기술자가 되고 있었다.

친구들이 하나, 둘 결혼이라는 문으로 사라졌다. 나만 결승점을 못 찾고, 쉬운 길을 어렵게 가는 듯했다. 결혼을 변하고 싶지 않은 핑계로 삼았다. 만나는 남자도 없으니 결혼할 일은 없었다. "결혼하면 어차피 못 해." "결혼하면 다 바꿔야 하니까. 지금은 넘어가. 아직은 참아."라며 아무것도 하지 않았다. 원하는 것에 대한 노력보다 결혼을 앞세워 숨었다. 결혼에 대한 가치가 크지는 않았다. 하지만 포승줄로 묶인 듯 '결혼'이란 단어가 나를 제한하고, 불안감을 주고 있었다. 주말은 일과 관련한 교육, 회사와 엮인 인연들로 시간을 보냈다. 발전하고 싶었다. 졸업 10년, 편입했다. 평일에는 일하고, 주말에는 공부하는 2년으로 시간을 채웠다. 주말을 졸업장이라도 받는 시간으로 바꿔 쓰고 싶었다. 일과 학교를 병행하기가 쉽지는 않았다. 하지만 비슷한 분야의 다양한 사람들과 같이 배우는 일은 활력이 되었다. 학교와 연결된 인맥이 주는 신선한 즐거움. 새것을 배운다는 기쁨이 있었다. 낡아가는 것에서 벗어나고 싶었다. 졸업 후에도 큰 변화는 없었다. 이전과 같은 일상으로 돌아와 연차만 쌓는 직장 생활을 했다. 최소로 일하고 급여는 많이 받고 싶었다. 역마살인지, 호기심인지, 퇴근 후 재미있는 것들을 찾아 회사에서의 캐릭터와 정반대인 부케로 이중생활을 했다. '여성

자기계발 카페'에서 활동했다. 저녁 시간도 활용하고, 사람들을 만나는 일이 즐거웠다. 외롭지 않아서 좋았다. 서로의 재능을 나누고 공유했다. 지방에 살 때는 경험해 보지 못한 의미 있는 시간이었다. 그 안에서 나는 어떤 사람인지 조금씩 알게 되었다. 직업에서 벗어나 활동한 시간이, 원하는 것들을 표현해 보는 용기도 낼 기회를 만들어 주었다. 부모님과 살던 때와 다르게 나의 의견을 불편해하는 사람이 없어 좋았다. 사람들 사이에서 안전하다는 감정을 느꼈다. 평안함을 알게 되었다. 불뚝거리는 성질도 누그러들었다. 직업과 관련해 만난 사람의 수는 적지 않았다. 하지만 직장생활 동안 마주한 그들에게 '을'의 입장으로 직접 길들인 탓일까? 청소년기도, 서비스직으로 일한 시간도 누군가의 원함을 챙기기 바빴다. 살피고 제공하느라 애를 썼다. 그렇게 남들을 보고 살았다.

변화가 없다고 생각했지만, 진학과 일 이외의 활동들이 나에게 변화의 시작점이 되었다는 것을 알게 되었다. 졸업장만 남았다고 생각했던 편입은 시간을 쪼개 쓰게 만든 시작이었다. 과제용 노트북을 장만한 덕에 커뮤니티 활동도 경험하고, 오프라인 모임도 해봤다. 주변의 사람들이 바뀌었다. 이 경험들이 농촌살이를 잘 적응할 수 있도록 도와줬다고 생각한다. 혼자라는 고립감을 해결해 보고 싶었다. 나와 비슷한 나이의 사람들도 만나고 싶었다. 온라인에서 소통을 찾았다. 예전의 경험이 없었다면, 지방에서 서울뿐 아니라 전국의 사람들과 소통해 볼 마음을 낼 수 있었을까? 스스로 방법을 찾는 것을 망설이기만 했을 것이다. BBM과 만나게 되면서 시간 관리, 독서 모임, 온라인 세상의 활동들에 눈을 떴다. 가고 싶고, 하고 싶은 것들을 해보고 있다. 시골에 살면서 해볼 수 없었던 다양한 경험과 타이틀이 늘어나면서 '일'을 인식하는 기준도 변한다. '나의 일'로 여기기 시작한 것들을 정리해 본다.

첫째, 본업인 한우농장과 농사다. 결혼으로 얻은 직업 농부. 농사철마다 한고비씩 넘어간다. 농장 일도 내 위치와 의미를 찾으려 노력하고 있다. 30명 가까운 사람들과 함께 소를 키우는 프로젝트 '소확행'을 만들 때, 피부 관리실에서 일한 경험이 도움이 되었다. 그때의 시간이 없었다면, 사람들을 대하는 것이 불편해 머릿속에 있는 것들을 현실에서 만들어 볼 생각도 하지 못했을 것이다.

둘째, 강의할 수 있는 사람이다. 마지막 직장의 퇴사 전 배웠던 '시간 관리'가 시골살이의 성과를 정리하고, 만들어 주었다. 도구로 쓰게 된 '3P 바인더'는 농사와 농장 일에 관한 것들을 돌아보고, 시기마다 할 일을 잊지 않게 해주었다. 결혼 초, 농사짓고 소 키우는 일로 변한 생활에 스스로도 명확함이 없었다. 주부나 농사일이 성과로 보이지 않아 그랬을 것이다. 해야 하는 일로만 여기지 않고, 대학병원 협진 스파에서 일하던 것 같이 즐겁게 일해 보고 싶었다. '뭐 하고 사나?' 하는 마음이 들지 않도록 나를 끌어주고 싶었다. 시골 생활이 주는 평안함이 있었지만, 한편으로는 직장, 사람과 멀어진다는 불편한 마음이 들었다. 나이를 먹을수록 농사일만 할 줄 알게 될까 봐 두려웠다. 노동만 할 수 있는 내가 될까 봐 걱정됐다. 혼자 하는 일에 익숙해져 주변과 맞추는 일이 성가시게 느껴지면 어쩌나 싶었다. 그때 온라인 커뮤니티 BBM이 사람들과 소통하고, 배움을 할 수 있는 기회를 만들어줬다. 시간관리 도구로 쓰는 바인더도 여러 사람과 같이 쓰고 서로의 방법을 나눌 수 있어 힘이 되었다. 바인더의 사용은 일의 구조화와 개선에 도움을 줬다. 아이디어를 만들고, 실행하고, 그것들을 시간과 연결하는 작업을 해줬다. 3년 차 사용 때, 강의 요청이 생겼다. 기록한 것이 강의할 기회로 변했다. 그 시작으로 2021년부터 '바인더 코치'로도 활동하고 있다. BBM과 협업해 온라인 강의도 한다. 안 하면 편한데 굳이 힘들게 하냐는 사람들도 있다. 하나도 잘 못 하면서 일만 벌이는 나를 볼 때면 그들의 말이 맞다 싶다. 그렇지만 이제는 숨고 싶지 않다. 미루고 싶지 않다. 보이지도 않는 줄로 자신을 묶어두고, 의기소침해지고 싶지 않다. 사람들을 만나고 소통할 수 있는 시간이 좋다. 이곳에서의 역할을 제외하고, 원하던 것을 하며 사는 순간도 있어 좋다. 농사꾼으로 나이 들어도 유동성 있게 변할 수 있다는 확신이 생겼다. 이런 일들이 이곳 생활에 집중하게 만드는 에너지를 주기도 한다. 노력하고 살고 있다는 것에 만족감이 생긴다. 결과물을 가져다줄 때면, 크기에 상관없이 스스로가 대견한 마음도 든다. 이것이 강의의 끈을 놓고 싶지 않은 이유다. 농사를 짓는 사람들이 해야 하는 일의 고정관념을 버리고 싶다. 일도, 활동 지역도 상관없이 자유로움을 만들며 살고 싶다. 언젠가 농사짓는 사람들, 농촌의 다문화 아이들과도 바인더를 나눠 보고 싶다.

셋째, 글을 쓰는 사람이다. 2022년, 첫 책 《리딩퍼포먼스》를 썼다. 출간 후, 해마다 한 권의 책을 내어보기로 결심했다. '여성 자기계발 카페'의 구성원으로 활동하던 2010년, 《그들의 청춘을 질투하기엔 젊다》라는 책의 인터뷰에 참여한 적이 있다. 문서로 질문을 주고받고, 만나서 인터뷰를 했다. 책이 만들어졌다. 저자는 아니었지만, 내 이야기가 담긴 책이 생겼다. 단편적이던 생각이 정리되어 실물로 받아본 첫 경험이었다. 그때가 두 번째 책의 원고 작업을 하는 요즘의 시간과도 이어진다고 생각한다.

출근해서 고정적인 수입이 있는 일만 '직업'이라고 생각했다. 문경에서 소 키우고 농사짓는 2023년, 일에 대한 정의가 달라졌다. '해보고 싶은 일, 가지고 싶은 타이틀을 위해 시간을 들이는 것'도 나의 직업이라고 생각하자고 마음을 바꿨다. 흩어져 있던 지난 시간이 모인다. 모든 것들이 이어진다. '의미 없는 것은 없다.'라는 말을 느끼고 있다. 꾸준함도 이어진다. 문경 생활 6년 차. 주변 사람들도 위의 3가지가 나의 일이라고 인식하기 시작했다. 모든 변화의 시작은 생각이라고 한 말이 떠오른다. 나만의 색깔 가득한 일을 만들어 내고 싶다. 꾸준히 끌고 가고 싶다.

출산 후 선물 받은 '주부'라는 삶

박선우

대학병원 중환자실 간호사 5년 차. 어느 순간 나에게 간호사라는 직업은 나이트 근무가 아니라면 어렵지 않은 병원 생활이 됐다. 신입 간호사들이 들어오는 연 초만 아니라면 크게 이벤트가 없는 여유 있는 중환자실 생활을 이어갔다. 여유 있는 중환자실이라고 함은 환자의 심장박동이 멈추거나 멈추려 하는 순간에 소리 없이 빠르게 응급처치를 하고, 환자의 심장이 정상으로 돌아오면 또 소리 없이 빠르게 각자의 환자를 돌보기 위해 흩어지는 분주하지 않은 상황을 '여유'라고 표현하고 싶다. 온전히 환자에게만 집중할 수 있는 시간들… 여유 있는 시간들….

처음 보는 사람들은 매일매일이 이벤트라고 이야기하겠지만, 우리에게는 너무도 당연한 일상이었다. 하루하루 가슴이 벅차고 '그래, 내가 꼭 필요한 사람이었지?'를 가슴 깊이 느끼며 왼쪽 머리를 밖으로 한 번, 오른쪽 머리를 밖으로 한 번 찰랑거리는 자존감 넘치는 간호사가 되어 있었다.

병원은 제2의 집처럼 느껴질 때도 많았다. 행사라도 진행될 때면 근무시간 외에도 당연하다는 듯이 빠짐없이 참석하고, 매달 진행되는 업무 교육도, 직원들 모임도 나를 많이 성장시키는 일과 중 하나라고 생각했다. 지금 생각해보면 병원에서 원하는 직원의 틀에 맞춰진 교육을 좋아하고, 행사에 잘 참여하며 투덜거리지 않고, 업무 외의 시간도 병원에 충성하는 백 점짜리 직원이었다.

식당에 들어설 때, 메모판 가득 그달에 생일인 직원들의 이름이 적힌 카드에 축하 인사를 적으며 '참 좋은 병원이다. 나의 선택이 옳았어!'라고 매번 생각했다.

그런 나에게도 견디기 힘든 시기는 있었다. 아니, 주기적으로 오는 시련의 사건이 있었다. 그것은 의.료.기.관.평.가!! 병원 평가를 하게 되면 다음 평가 때까지 병원 이름 앞에 등급이 부여된 채로 몇 년을 보내야 하므로 최고의 등급을 받고 싶은 게 전 직원의 마음이었을 것이다. 그렇기에 모두가 하나가 되어 평가를 위해서 몇 달 며칠을 철저하게 준비하고, 또 준비해야 했다. 팀을 이뤄서 평가 관련 책 한 권을 외우고 익히며 병원에 피해를 주지 않기 위해서 최선을 다해 거의 매일 근무가 끝나도 병원에 세 시간 이상을 남아서 외우고 연습했다. 직원 한 명의 잘못으로 병원의 등급이 결정될 수 있으니, 평가를 준비하는 기간은 정말이지 분위기는 '살얼음판' 그 자체였다. 평가를 마치고 최고등급을 받으면 환호보다는 '아~살았다. 너무 다행이다.' 하는 안도감이 생겼다. 지금 생각해봐도 충성을 다했던 직원들의 모습이 눈에 선하다.

그렇게 좋아하고, 충성을 다하던 병원을 휴직하게 되었다. 원하는 휴직이 아니라 어쩔 수 없는 육아 휴직⋯결혼을 하고 2년 동안 아이가 생기지 않았다. 어느 날 사주팔자를 보게 되었는데, 부부 사이는 좋은데 아이는 없다고 이야기를 해주셨다. 연애를 오래 해서 그런지 둘만의 시간을 좋아하는 우리 부부는 아이가 생기지 않더라도 잘 지낼 수 있을 것 같았다. 그렇지만 신기하게도 시간이 지날수록 불안해졌다. 어떻게 하면 임신을 할 수 있을지를 알아보기도 하고, 더 시간이 지나도 괜찮을까? 조심스럽게 걱정이 되기도 했다. 그러다가 결혼한 지 2주년이 되어가던 어느 날 임신 사실을 알게 되었다. 기다리고 기다리던 순간이기에 뛸 듯이 기쁜 마음도 잠시 임산부와 함께 근무하는 직원들에게 미안한 마음이 생겼다. 임산부로 지내는 중환자실은 정말이지 고통의 나날이었다. 두 시간에 한 번씩 환자들의 체위를 변경할 때마다 배가 침대 안전 바에 닿아서 힘을 줄 수가 없었고, 나로 인해서 나이트 근무가 늘어난 동료들에게 미안하고 눈치가 보였다. 결혼한 간호사라면 누구나 겪는 과정이지만, 나이트 인력이 보충되지 않은 이유로 임신한 간호사는 동료들에게 죄인이었다. 9개월까지 그렇게 견디다 육아

휴직에 들어갔다. 신혼여행 말고는 3일 이상을 쉬어본 적이 없어 휴직이라는 기간은 무엇을 해야 할지 계획도 없이 시작되었다. 그런 탓인지 하루가 길게 느껴졌다. 자고 또 자도 시간이 흐르지 않았다. 아기를 위해 시간을 보내고자 태교를 위한 활동을 하고, 임산부 요가도 열심히 다녔다. 쉬다가도 문득 환자들은 잘 지내고 있을까? 지금 병원은 바쁜 시간인데… 나이트 근무에 어떤 이벤트가 있었을까? 하면서 몸만 휴직 중인 생활을 이어갔다. 그렇게 휴직 중에도 마음은 병원에 있는 생활을 하다가 익숙해질 때쯤 유도분만을 하고 출산을 하게 되었다. 진통만 12시간을 겪고 힘겹게 자연분만을 했다. 분만과정이 힘들어서 탄생의 기쁨보다는 신체의 고통과 책임감의 무게가 더 크게 느껴졌다. 얼굴은 핏줄이 다 터져서 반점이 가득하고, 눈을 뜨고 누군가와 마주할 수 없을 만큼 충혈되어 있는 공막, 몸은 내 몸이 아닌 것처럼 불편했다. 산부인과 병동으로 옮기는 사이 엘리베이터에 거울로 바라본 얼굴은 정말 충격적이었다. 일주일이 지나도 불안함과 육아의 두려움이 나아지지 않았다.

천국이라던 조리원도 나에게는 그저 창살 없는 감옥 같이 느껴졌다. 3주 예약을 했지만, 2주 만에 퇴소하고 집으로 왔다. 집에 와서 조금은 나아졌지만, 밤만 되면 하염없이 눈물이 흘렀다. 산후우울증이었다. 생각해보니 휴직하는 그 순간부터 우울감이 조금씩 생기기 시작한 것 같다. 그만큼 병원을 쉰다는 것에 대한 불안감이 나에게는 정말 큰일처럼 다가왔던 것 같다. 병원에서 쉴 틈 없이 근무하고, 쉴 틈 없이 발전하고, 끊임없이 다람쥐 쳇바퀴 돌 듯 돌아가야 한다고 생각을 하고 지내왔던 것 같다. 그게 맞고, 당연하다고 생각했다. 병원은 나의 꿈이었고, 어쩌면 병원에 있는 내가 '진정한 나'라고 생각했던 것 같다.

출산휴가는 3개월이니 조금만 참아 보자고 나를 다독였다. 그리고 한 달이 지나갈 때쯤부터 산후관리를 해주는 관리사님과 엄마의 도움 없이 육아를 시작하게 되었다. 아기와 나 둘만 남으니 정신없이 하루가 돌아갔다. 육아를 전담하다 보니 오히려 누군가의 도움을 받을 때보다 더 쉽게 느껴졌다. 내 방식대로 많은 것을 바꾸고 적용하다 보니 산후우울감도 많이 사라졌다. 시간이 지나 호르몬이 정상으로 돌아오면서 나아진 것이리라. 그때는 알지 못했다.

산후우울감이 사라지고 본격적인 육아가 시작되었다. 병원 동기들이 아닌, 조리원 동기들과 매일같이 연락을 주고받고, 전공 책이 아닌 육아서적을 밤새 시간이 가는 줄도 모르고 읽었다. 아기와 함께 시작하고 끝나는 하루는 나만의 시간이 없다는 단점이 있었다. 하지만 하루 반 이상을 웃게 되는 평화로움이 가득하다는 장점도 있었다.

출산 후 간호사로 다시 돌아갈 수 없을 거라는 생각으로 나 자신을 괴롭혔다. 아기는 나 아니면 누구도 돌봐줄 수 없는 상황이었는데, 엄마라는 이름으로 경력을 쌓을 수 있다는 것을 생각하지 않았다. 모든 걸 내려놓고 제3의 직업 주부로 열심히 다시 경력을 쌓아보자, 결심하고 나니 나와 아이의 하루하루가 별처럼 빛이 났다.

6

흔들리는 바람

이복선

　평생을 농사일에 몸을 쓴 엄마는 젊은 나이 때부터 허리가 좋지 않으셨다. 밤만 되면 다리가 저리다고 제대로 잠을 못 주무셨고, 가끔은 잠결에 다리를 주물러 드려야 했다. 회사를 그만두고 빈둥거리는 나를 보고 안타까웠는지, 그 당시 엄마의 허리를 지압 치료해 주시던 먼 친척분이 서울의 한 직장을 소개해 주셨다. 두려움과 호기심으로 서울로 상경했다. 90년대 초는 지금처럼 치안이 잘 되어 있는 상황은 아니었다. 가방 하나 달랑 들고 상경한 나는 마중 나온 언니를 따라 친척이 소개해 준 직장으로 가게 되었다. 버스를 오래 탈 기회가 없었기 때문인지, 나는 조금만 멀리 가도 심한 멀미를 했다. 어지럽고, 토하고, 앞이 캄캄해서 어찌할 바를 몰랐다. 약을 먹어도 똑같은 현상이라 얼굴이 하얗게 변했다.

미아리의 어느 한 변두리에 도착했다. 꼬불꼬불한 길을 잘도 찾아 새롭게 직장생활을 하기로 한 장소가 내 눈앞에 펼쳐졌다. 언니는 나를 두고 본인의 직장으로 가면서 무슨 일이 있으면 전화를 하라고 했다. 막막한 상황이었다. 늘 누구의 보호 속에만 있다가 이제는 정말 혼자라는 생각이 드니 두려웠다. 내가 일할 곳은 대형 볼링장으로 숙소도 제공되었다. 그때는 볼링장이 많이 성장하고 이용고객도 상당수 늘어나는 추세였다. 주변에는 다양한 공장이 많았고, 볼링장은 젊은이들의 데이트 장소라고 볼 수 있었다. 안내해 주신 분은 점수 계산하는 법과 내가 주로 할 일을 알려 주셨다. 한 번도 관심이 없었고, 시골에서는 접할 수 없는 곳이라 너무도 생소했다. 설명을 잘 듣고 잘해 보리라 마음먹었다. 그곳에서 간단한 업무를 배우고 나서 선배를 따라 숙소를 배정받았다. 방이 여러 개로 한 방에 7~8명이 생활하고 있었고, 좁은 현관에 놓인 신발이 20켤레 이상은 되었다. 선배는 볼링장으로 복귀하고 혼자 숙소에 가방을 내려놓았다. 순간 담배 냄새가 너무 심하게 났다. 여자들만 있는 곳인데, 이상하다고 생각했다. 주변을 살펴보니 재떨이에 수북이 쌓여 있는 담배꽁초가 눈에 띄었다. 순간 '내가 여기서 오래 못 버틸 것 같다.'는 생각이 들었다. 집, 학교에서 담배는 나쁜 것, 여자가 피우면 절대 안 되고 불량한 것이라고 배웠다. 머릿속에 그것이 떠오르다 보니 갑자기 여기서 탈출해야겠다는 생각이 들었다. 다급히 공중전화로 가서 다시 언니를 불렀다. 언니는 빨리 와 주었고, 멀미 나는 버스를 타고 다시 언니가 지내는 곳으로 갔다.

언니는 신혼집이 아닌 신혼 방에서 어쩔 수 없이 동생을 챙겨야 하는 상황이 되었다. 아무런 생각 없이 머물던 나는 그날 저녁 형부가 사 온 통닭을 너무나 맛있게 먹었다. 시골에서는 결코 먹어 볼 수 없는 튀김통닭이었고, 카레를 약간 섞어 바삭하게 만든 것이었다.

몇 시간 만에 또 실업자가 된 나는 빈둥거리며 하루하루를 형부네 집에서 보냈다. 친구도 없고, 길도 몰라 외출하는 것이 불가능한 상태였다. 며칠이 지나자 언니가 아는 분의 소개로 건설회사 사무실에 경리로 출근하게 되었고, 그때 처음으로 지하철을 타보았다. 김포공항 부근에서 교대역까지 갈아타고 출근했는데, 3개월 정도 다니는 동안 지하철에서 소매치기도 당했다. 그런데 출근 4개월이 되어도 사장은 월급을 줄 생각을 하지 않았다. 나는 더 이상 참을 수 없어서 건설회사 경리를 그만두게 되었다. 다시 빈털터리 실업자가 되었다. 소개해 준 언니는 미안해했다. 서울에서 직장생활을 잘해 보려고 했는데 생각대로 되는 일이 없었다. 사기꾼을 제대로 만난 것이다. 어린 마음에 어디다 하소연할 곳도 없어 스스로 상처를 많이 받았다. 이불을 뒤집어쓰고 한동안 울기도 했다.

되돌아보면 그때는 다양하게 공부해서 원하는 회사에 입사하는 방법이나 정보를 알 수가 없었다. 스스로 찾아볼 생각도 하지 못했고, 나에게 정보를 준 사람도 없었다. 또 몇 달이 지났고, 집 근처의 작은 전자부품 도급 업체의 경리로 다시 취업이 되었다. 마음을 내려놓아서 그런가, 너무 편안했다. 근처 직업고등학교 교장 선생님이 사장님이셨다. 지하에서 일하고, 식사도 거기서 해결했다. 직원들은 "이 양!"이라고 불렀고, 직원들 월급도 계산하는 한편, 재무적인 사항을 학교와 회사로 다니며 사장님께 보고했다. 이곳에서는 월급이 제대로 나왔다. 본연의 업무가 끝나고 시간이 남으면 공장일을 도왔다. 자꾸 돕다 보니 제품 만드는 일을 계속하게 되었는데, 가만히 앉아서 오랫동안 하는 작업은 쉬운 게 아니었다. 몇 개월을 다니고 나니 이곳의 분위기를 파악할 수 있었다. 직업학교 교장 선생님인 사장님이 큰아들에게 회사를 차려 준 것이었고, 취업이 어려운 직업고등학교 학생들이 가끔 이곳에서 일하는 모습을 볼 수 있었다. 부사장인 큰아들은 늘 따로 밖으로 돌았다. 며칠에 한 번 와서 대충 돌아보고 나가는 식이었다. 책임감이 없는 관리자였다.

중간에서 사장님께 어떻게 전달해야 할지 참 난감했다. 또한 놀러만 다니는 부사장이 얄밉게 느껴졌다. 장래성이 없다는 생각이 들었다. 지하에서 근무하는 것이 내 적성에 맞지 않았다. 일 년 동안 일하면서 다양한 사람들을 만났다. 돈은 많이 벌지도 못했고, '나는 왜 이렇게 살아야 하지?'라는 생각이 머릿속에 맴돌았다. 다른 친구들은 대학에 들어가 하고 싶은 공부를 하면서 남자친구도 사귀고 하는데, 나 자신이 비참하게 느껴졌다. 고민을 계속하던 중에 안정되고 대우가 좋다는 전기회사를 소개받았다.

'이제는 안정된 직장에서 일하게 되었구나!'라는 생각이 들자 마음에 여유가 생겼다. 그때는 건설사무실, 봉제공장, 전자제품 공장 등이 취업하기가 가장 쉬운 곳이었다. 지금처럼 최첨단 전자제품을 대기업에서 생산하는 것과는 달리, 소기업이 중심이 되어 도급 업체와 협력하는 구조였다. 새롭게 근무하게 된 전기회사는 넓은 사무실 공간에 과별로 세부적으로 구성돼 있었다.

나는 비서업무를 보게 되었고 총무, 경리로 나누어져 있었으며, 제품을 만드는 공장은 다른 지역에 있었다. 나는 사무실 업무를 보다가 손님이 오면 커피를 타서 드리면 되었다. 힘든 업무는 아니었고, 회사의 분위기도 좋았다. 회사 동료보다는 사장님과 이야기하는 시간이 많았으며, 사장님은 자상하면서 철저한 분이었다. 직원들에게도 동기부여를 많이 해 주셨다. 나에게 다른 공부를 해보라는 말씀이 기억이 난다. 일을 더 시키려고만 하는 사람들을 만나다가 직원에게 도움을 주려는 분을 만나니, 신기하면서도 감사했다.

돌이켜보면 그래서 회사가 잘 운영되었다고 본다. 무슨 일이든 오래가려면 혼자만의 욕심으로는 잘 될 수가 없다. 나는 6개월 정도 열심히 근무했다. 회사도 안정적이고 월급도 꼬박꼬박 나왔다. 그런데도 이상하게 채워지지 않는 그 무언가가 내 안에서 꿈틀거리고 있었다. 상업계 고교에서 취득한 주산, 부기, 타자, 한자, 펜글씨 자격증이 전부인 나였지만, 나의 적성에 맞는 일은 이런 것이 아니라는 생각이 시간이 흘러감에 따라 더욱더 강하게 느껴졌다. 더불어 열심히 하려는 열정도 조금씩 사라지기 시작했다.

사장님은 어느 날 나를 불러 놓고 말씀하셨다. 다른 직장을 가도 좋으나, 갈 곳을 마련한 뒤에 그만두는 게 올바른 생각이라고 조언하셨다. 그렇지 않고 공부를 할 생각이라면 회사를 다니면서 공

부를 하고, 마친 뒤에 더 좋은 곳으로 가라고 하셨다. 그렇게 말씀
하시는데도 나는 퇴사를 결심했다. 대책도 없으면서 퇴사하게 되
었다. 그 사장님께 감동한 것은 내가 일한 일수를 계산하여 월급을
주신 부분이다. 당연히 포기하고 있었는데, 안 주셔도 뭐라 얘기할
수 없는 상황이었다. 비록 적은 금액이지만 정확히 계산하여 주는
이런 분이 회사를 경영하니까 탄탄한 기업이 되는 것이라 생각했
다. 사람을 소중히 생각하는 기업만이 존경받고 지속적으로 성장
하는 기업이 된다는 사실을 경험했다.

7

육아와 직장 사이에서

최덕분

'퇴근해야 하는데, 또 회식이라니. 딸을 어떻게 해야 할까?' 8개월 된 딸을 같은 아파트에 사는 친구에게 맡기고 출근했어요. 회식으로 인해 늦게 딸을 데리러 간다는 미안한 마음이 들자 고민이 되었어요. 과장님의 눈치가 보여서 회식에 참석하지 않으면 마음이 불편했어요. 업무로 인해 퇴근이 늦어지면 또 갈등이 시작되었어요. 친구에게 부탁의 말을 해야만 하는 상황이 늘어나면서 점점 의기소침해졌어요. 남편은 퇴근 후 학교에 다녔기 때문에 어쩔 수 없이 혼자 감당해야 했어요. 육아와 회사 중 하나를 선택하고 싶었지만 포기할 수 없었어요. 현장에서 3교대 근무를 하다가 사무실로 발탁되었기에 놓치고 싶지 않았어요. 원하는 업무를 맡았고, 인정을 받고 있어 더욱더 갈등이 생겼어요. 잘 나가는 워킹맘으로 두 마리 토끼를 다 잡고 싶었거든요.

변함없이 아침 6시면 곤히 잠들어 있는 딸을 안아 유모차에 태워야 했어요. 유모차에 태우는 순간부터 울기 시작하는 딸의 모습을 볼 때면 마음이 아팠어요. 13층까지 올라가는 엘리베이터 안은 딸의 울음소리로 가득했어요. 친구 집 현관문 앞에서 딸을 건네주는 순간, 얼굴이 빨개지며 떨어지지 않으려는 딸의 몸부림으로 아침마다 전쟁이었어요. 시간이 흐를수록 울음소리가 커지며 불안정한 정서를 보였어요. 저와 떨어지지 않으려는 7개월 된 딸의 모습을 보며 갈등이 깊어졌어요.

'아, 나는 무엇 때문에 회사를 다니는 걸까? 내 욕심 채우자고 계속 다녀야 하나.'

아침마다 자책하며 출근했던 저는 뭔가 결단을 내려야 했어요. 회사를 선택해야 하는지, 딸을 선택해야 하는지. 슬펐어요. 원하던 업무를 즐거운 마음으로 하면서 만족감이 가득했거든요. 그래서 10년간 다닌 직장을 그만둘 용기가 나지 않았어요. 다니고 싶은 욕구가 강할수록 딸의 정서는 점점 불안감으로 커져만 갔어요.

회사와 육아를 선택하는 갈림길에 있었던 찰나에, 마침 IMF가 터졌어요. 회사에서는 명예퇴직 신청을 받는다는 소식이 들렸어요. 명예퇴직보다 회사 일을 더 하고 싶었어요. 저의 욕심만 채우는 모습을 본 가족들은 모두 한마디씩 했어요.

"아이는 엄마 손으로 키워야 해. 그래야 정서적으로 안정되어 잘 클 수 있어. 나중에 후회하지 말고 결정을 내려." 언니들의 충고에 다시금 고민이 되었어요. 더는 시간을 미룰 수가 없었지요.

퇴근 후 친구 집에 갔어요. 현관에 놓여있는 유모차 안에서 평온한 모습으로 잠들어 있는 딸의 얼굴을 보았어요. 순간적으로 눈물이 나오더니 갑자기 미안해지는 엄마의 마음.

'엄마 욕심 때문에 아침마다 널 울리게 해서 미안해. 이젠 엄마가 너와 함께 놀아줄게.' 딸의 얼굴을 보면서 마음의 결단을 내렸어요. 저보다 딸을 위한 미래를 선택했어요. 마음이 변하기 전에 얼른 명예퇴직 신청서를 써서 제출했어요. 사직서를 쓰는 순간에 눈물이 핑 돌았어요. 20대 열정의 청춘이 몸담아 있던 곳. 최선을 다한 만큼 인정을 받아 우수사원도 되고 행복한 일터였는데, 막상 사원증을 내고 떠나가야 한다는 생각에 속상했어요. 그렇지만 '엄마'이기에 딸을 선택했던 1998년 8월 30일은 퇴직 날이 되었어요. 마지막 날 사원증을 반납한 후 상사와 동료들에게 인사를 하고 나왔는데요. 사무실에서 정문까지 홀로 걸어가며 만감이 교차했어요. 다시는 못 올 길을 걸으며 터벅터벅 걸어 나왔지요.

약 10년간 다녔던 회사를 그만둔 후 본격적인 육아와의 전쟁이 시작되었어요. 집안일과 육아가 서툴러 어려움도 많이 겪었어요. 저도 모르게 어느덧 연년생 삼 남매 엄마가 되었어요. 고등학교를 졸업하자마자 자유롭게 직장 생활을 하였기에 집안 살림에는 별 관심이 없었지요. 연년생 삼 남매를 키우다 보니 집안일이 산더미처럼 쌓여만 갔어요. 식사 준비, 우유병 삶기, 기저귀 갈기, 설거지,

빨래 개기 등 매일 반복되는 일상에 점점 지쳐 갔어요. 육아에 대한 정보가 없다 보니 의식주 해결만 하기에도 버거웠어요.

끝이 없는 가사 일에 지쳐 쓰러져 있을 때면 후회가 되기도 했어요.

'내가 퇴사하지 않고 계속 회사에 다녔더라면 어땠을까? 지금보다도 덜 힘들었겠지?' 회사 일보다 육아와의 전쟁이 몇 배 더 힘들다는 걸 깨달으며 서글퍼졌어요. 다시 돌아갈 수 없는, 첫 직장 생활을 그리워하며 점점 무기력증에 빠지게 되었어요.

그러던 어느 날이었습니다. 연년생 삼 남매를 잘 키우려면 자녀교육에 대한 정보와 책을 많이 읽혀야 한다는 윗집 언니의 조언이 있었어요. 저는 책을 읽지 않고서도 나름대로 컸기 때문에 필요성을 느끼지 못했어요. 그 언니가 다섯 번 넘게 권유할 때마다 거절했어요. 여섯 번째 권유하는 언니에게 미안한 마음이 들어 더는 거절할 수 없었어요. 할 수 없이 막내딸을 업고 수원에 있는 전집 교육장에 참석했어요. 처음 들어본 '뇌 발달' 이론을 들으며 신세계를 경험했어요. 강의를 들으며 '아, 정말 무지했던 엄마였구나!' 후회와 자책감이 몰려왔어요. '엄마'라는 역할에 대해 깊이 들여다본 소중한 시간이 되었어요. 3일 연속 강의를 듣는 동안 아파트 언니가 막내딸을 돌봐주었어요. 3년 만에 가진 '배움'의 시간이 너무나도 행복했어요. 자녀교육에 대한 강의를 들으며 책의 중요성을 알게 되었어요. 큰마음을 먹고 삼백만 원 넘게 처음으로 전집을 구입

했어요. 막상 아이들에게 책을 읽어주려니 쉽지 않았어요. 책을 읽어주는 것보다 관심이 있는 건 책을 소개하는 일이었어요. 무지했던 책의 세상을 누군가에게 알려주고 싶은 마음이 커졌어요. 8개월 된 막내딸을 업고 친구들을 만나기 시작했어요. 책을 소개할 때마다 거절을 당했어요. 거절이란 상처를 받고 한 달 만에 일을 그만뒀어요. 한 달 동안 영업을 배우면서 또 다른 뭔가 꿈틀거리는 저의 모습을 발견했어요. 마음먹고 해보고 싶었지만, 삼 남매 '엄마'의 역할과 일을 동시에 한다는 것이 참으로 버거웠어요. 그래서 다시 전업주부로 돌아갔어요. 연년생 삼 남매의 육아 맘으로 돌아간 저는 점점 무기력증으로 지쳐 갔어요. 또 다른 저를 간절히 찾고 싶어졌어요. 진심으로.

육아와 직장을 동시에 잘 해내며 살아가기란 결코 쉽지 않다고 생각해요. 워킹맘으로 살아가는 모든 분들에게 따뜻한 박수와 응원의 마음을 보내요. 어린 삼 남매의 엄마로, 영업의 직장을 동시에 한 달 동안 감당했던 그 시간. 그 버거움으로 직장보다 '엄마'라는 직업을 선택함도 삶의 지혜였다는 걸 이 글을 쓰며 깨달아 봅니다. 고마워요. 사랑해요. 덕분에 행복해요. 고사덕행

8

워킹맘으로 산다는 것

최연우

5.4.3.2.1.

드디어 한 세기가 바뀌었다.

1999년에서 2000년, 새로운 밀레니엄 시대로 들어섰다. 나도 나이가 40이 되어간다고 생각하니 마음이 왠지 급해졌다. 31살에 결혼하여 아이 셋을 낳고 키우면서 집에서만 지냈는데, 여자가 나이 40을 넘으면 취업도 어려울 것 같았다. 신문 기사에서 한 교육회사의 1기 유아 방문교사 모집 광고를 보고 지원했다. 결혼 후 9년간 경력이 단절된 채 살아오다가 과연 내가 취업이 될까 생각하고 지원했는데 합격이 됐다. 처음으로 사교육계에 발을 디딘 기회가 된 것이다. 아이 셋을 둘째 형님께 맡기고 6박 7일 동안 교육을 받았다. 유아 교사를 선택한 이유는 아이들이 어린 관계로 늦게까지 일을 할 수가 없어서 6시 정도면 끝나는 유아 방문교사로 지원을 한 것이다. 처음으로 조카가 쓰던 핸드폰을 물려받아 나만의 핸드폰도 준비하여 워킹맘으로 첫발을 디뎠다. 내가 하는 일은 신청한 가정을 방문하여 교구를 가지고 아이들이 한글을 떼는 데 도움을 주는 교사였다. 막내 또래의 아기들에게 목소리 높여 시선을 집중시키며 한글을 가르치는 일은 쉽지만은 않았다. 비가 오거나 눈이 오면 축축이 젖어 질퍽거리는 신발을 벗고 남의 집을 방문하는게 참 힘들었다. 약속된 시간에 방문했는데, 없거나 아이가 잠이 들어서 할 수 없으면 근처 놀이터나 공원에서 시간을 보내야 했고, 또 배가 고픈데 수업 때문에 혼자라도 먹어야 해서 결국은 식당을 찾아서 들어갔다. 혼자 밥을 먹는 용기는 그때부터 가지게 되었다.

차도 없었고 초, 중 학습은 아파트 한 동이나 두 동에서 끝나는 경우가 많았지만, 유아 학습은 초창기여서 의정부 동부지역의 모든 동을 넘나들며 다녀야 했다.

그렇게 2년을 보내고 팀장이 되었는데, 햇빛 좋은 5월의 어느 날 놀이터에 아이와 엄마가 행복하게 놀고 있는 장면을 보면서 갑자기 왠지 모를 눈물이 흘렀다. 내가 뭐 하는 거지? 우리 아이들은 종일반에 보내면서 아이들과 함께 놀이터에 갈 시간 없이 나는 다른 집 아이들에게 한글을 가르치러 다니다니, 갑자기 설명하기 힘든 회의가 몰려왔다. 나는 회사를 그만두었다.

몇 달은 집에서 아이들과 쉬면서 지냈지만 아이 셋의 교육비, 그리고 집에만 있는 것도 답답해서 다시 일을 알아보았다. 특별히 전문적인 기술이나 지식을 갖고 있지 않아서, 그래도 평범하게 할 수 있는 교육계로 알아보다가 출근하지 않고 재택으로 하는 교사가 있음을 알고 지원했다.

2003년 재택으로 근무하면서 초등학생을 실시간 화상으로 가르치는 삼성출판사의 w회사였다. 컴퓨터로 실시간 화상 수업을 하는 건 그 당시에 획기적이었다. 맡은 학년 아이들의 과목을 공부하면서 아이들이 자기 주도 학습을 하는 데 도움을 주는 역할을 했다. 이렇게 아이들의 학습을 지도하는 교육업에 근무하고 있었지만, 사실 내 아이들의 교육은 내 마음대로 되지 않았다.

아이 셋 다 공부에는 관심이 없었다. 처음에는 스트레스를 받았지만, 마음을 비우니 편안해졌다. 공부를 잘하길 바라는 건 엄마의 욕심임을 깨달았다. 아이들이 진정 원하고 행복한 일을 했으면 하고 마음을 고쳐먹었다. 그렇게 10년을 근무하다가 막내가 중학생이 되면서 나도 초등학습을 졸업하고 싶어서 중등학습으로 이직했다. 그 전에 서울시가 지원하는 저소득층 아이들을 위한 온라인 학습을 주관하는 곳에 근무했는데, 그곳은 한 달에 한 번 담당한 아동 복지센터 아이들을 방문하여 교육하기도 했다. 그곳은 입사 후일 년 만에 서울시장이 바뀌면서 없어졌다. 사실 그런 학습은 저소득층 아이들에게 필요했는데 조금 아쉬웠다.

나의 업무는 오후 세 시에 회사 메신저를 접속하면서 시작한다. 재택으로 하는 일은 출근을 매일 하지 않아 편한 점도 있지만, 집안일과 회사 일이 분리되지 않는 단점도 있다. 남편이 일한다고 생각하지 않는 것이다. 집에서 근무하고 있으니 집안일을 도와주지도 않았고, 오히려 수업이 다 끝나고 나올 때까지 저녁 밥상을 아이들과 함께 기다리고 있는 남편이 너무 미웠다. 아이들이 아직 어리니 같이 저녁도 차려서 먹고, 숙제도 봐주고 하면 좋을 텐데, 남편은 전혀 도움을 주지 않았다.

사람이 말을 하는 일을 직업으로 가진 건 기운이 빠지는 일이다. 9시, 어떤 날은 더 늦게 수업을 마치고 방문을 열고 나오면 사실 손가락 하나 움직이고 싶지 않을 때가 많았다. 밥을 안 먹고 있는 식구들의 밥을 차려주고 밀린 집안일을 하면서 내가 누구를 위해서 이렇게 사나 싶었다. 누구에게인지 모를 화가 치밀었다.

가만히 생각해보면 서로 대화의 기술이 없었던 것 같다. 남편과 언쟁한 후 남편이 잘 해보겠다고 장담해도 결국은 다시 제자리로 돌아가는 남편. 진짜 남의 편이었다.

밖에서는 친절하고 다정한 사람이 집에서는 대접받기만을 원했다. 나도 직장 일을 하는 사람인데 집안일까지 혼자 하려니 힘들었다. 많은 갈등의 시간. 달라지지 않는 환경. 결국은 내가 바뀌어야 달라지는 것이었다. 문제는 다른 사람에게서 찾아야 할 게 아니라 나에게도 있었다. 내가 마음을 비워 내려놓고, 받아들이고. 그러기까지는 많은 시간이 흘렀고, 상처받는 일들도 많았다. 대한민국에서 워킹맘으로 산다는 것은 쉬운 일은 아니다. 물론 자상하게 같이

상의하며 지내는 부부들도 있지만, 대부분은 집안일과 직장 일 두 가지가 다 워킹맘의 몫인 경우가 많다. 서로 가진 생각들을 대화로 솔직하게 이야기하고 개선해 나가야 서로의 감정도 상하지 않고 가정도 행복하다고 생각한다. 피곤하다고, 달라지지 않는다고 마음을 먼저 닫고 있을 것이 아니라 남편을 비롯한 가족들과 서로의 생각을 진솔하게 나누는 시간을 갖지 못했던 그 시간이 아쉬움으로 남는다.

9

열심히 살아도
불행이 찾아올 때가 있다

한보리

둘째 아이를 출산할 무렵인 2010년경 잠시 쉬던 중 부동산개발 회사 B사의 회장에게 연락을 받았다. 내가 거주하는 고양시 일대에 토지 매입 후 개발하려고 하니 다시 와서 일을 해보지 않겠냐는 제안이었다. 예전 근무할 때도 회장의 성격이 보통이 아니었기에 정신적인 스트레스를 받으며 근무한 경험으로 상당히 고민되었다. 하지만 육아를 병행하며 가까운 거리에 규칙적인 출퇴근 시간이 보장된 직장이 낫겠다 싶어 각오를 다지고 출근하기로 했다.

고양시에 매입했다는 3만 평의 임야와 과수원이 모두 나지(나무나 풀이 없이 흙이 그대로 드러난 땅을 말한다.)로 바뀌어 있었다. 허허벌판 땅 위에 컨테이너 2개동으로 꾸며진 사무실과 이동식 간이화장실뿐이었다. 또한, 건축허가가 날 때까지 수개월이 소요되어 회장은 농지로 활용하고자 했다. 회장은 부농의 아들이었다. 어린 시절의 추억을 재현하고 싶었던 걸까. 장비를 동원해 2,500평의 땅을 밭으로 만들었다. 언덕배기 땅이라 500평 단위로 계단식 밭 5개를 만들었다. 그리고 그곳에 배추와 무를 심었다.

재입사를 11월 1일에 했다. 딱 배추, 무 수확 철이었다. 인허가 업무는 설계사무소 일이기 때문에 개발 현장사무실에서는 할 일이 없었다. 둘째 아이 낳고 100일이 되자마자 어린이집에 맡기고 서둘러 입사했는데, 오롯이 농사일만이 나를 기다리고 있었다. 나를 포함한 직원 4명이 그 넓은 밭의 배추와 무를 수확하는 일에만 몰두했다. 몸도 힘들고, 억울했다. 그렇다고 적은 인원으로 일하는데 나만 힘들다고 빠질 수는 없었다. 노동으로 수련하는 시간이었다. 쪼그려 앉아 끝없이 솟아 나온 배추와 무를 뽑았다. 뽑은 후 밭고랑에 모아놓은 배추와 무를 보관 장소로 옮기는 작업 또한 만만치 않았다. 지금 여긴 어디? 나는 누구? 노동의 연속이었다. 한 달을 수확 일만 했던 것 같다. 몇 날 며칠의 농사일은 부동산개발회사가 아닌 농장에 취업한 것 같았다. 출산 후 6개월도 안 된 몸이라 이 때의 노동은 후유증을 남겼다. 비 오는 날 삭신이 쑤신다는 말이 어떤 의미인지 뼈저리게 공감한다고나 할까. '내가 이렇게까지 하며 먹고 살아야 하나?'라는 자괴감과 체력적 한계로 설움에 북받쳐 울었다. 관둘 생각도 했다. 하지만 지난 5년여간 상사로 모셨던 세월과 또다시 만나게 된 인연임을 생각해 신중하기로 했다.

그렇게 버티고 버텨 배추, 무와의 씨름이 끝이라 생각했는데 또 하나의 재앙이 시작됐다.

"뽑아 놓은 배추와 무로 현장 일꾼들 먹이자!"

굴착기로 옮겨 쌓아 둔 배추와 무가 산더미였다. 그 배추와 무를 갖고 김장을 하겠다는 것이다. 조금 나아진 것이라면 파출부 사무실에서 아주머니 몇 분을 더 불렀다는 것이다. 그래도 산더미처럼 쌓인 배추와 무를 다듬고 씻는 일이란 하루 이틀로 끝나지 않았다. 주말에도 출근해 김장에 동참하였다. 그렇게 산더미처럼 쌓아 놓은 양의 김장을 그 해 4번을 했다. 배추김치, 총각김치, 무김치, 갓김치까지… 그 해는 '김장 재앙' 그 자체였다. 퇴사를 결심하는 수준의 체력전이었다. 그쯤 인허가 절차가 마무리되며 본업이 시작되면서 몸과 마음을 추스를 수 있었다. 두 달 동안 몸이 고되 괴로웠지만 참고 이겨낸 만큼 김치는 맛있었다. 김치들은 인기가 좋았다. 현장에서 일하시는 분들이 맛있게 드시는 것을 보니 뿌듯했다. 다시 못할 경험이었다. 가끔 머리가 복잡할 때면 단순, 무식하게 극한의 노동을 경험했던 그 시절이 떠올라 웃곤 한다.

본격적으로 공사가 시작되었다. 2만5천 평에 한옥마을을 조성하는 공사였다. 대지 300평에 60평 한옥 20채를 건축하는 규모의 공사였다. 토목공사를 시작했고, 회장은 전국에서 불러 모은 한옥 목수들과 미팅을 수시로 했다. 나는 인사, 총무 업무는 물론 인력업체를 통한 인력 투입부터 함바 식당의 식자재 구매, 새참 준비, 현장에서 요청하는 주요 건축자재들의 견적을 받고 발주하는 일 등 일당백 역할을 해내야 했다. 건축현장 근무 경험이 없었지만, '이런 일은 해보지 않았는데…' 라는 핑계 따위는 통하지 않았다. 사방에 물어가며 일했다. 각종 건축자재를 주문할 때에는 규격과 용도 자체를 몰라 거래처에 묻고 공부하며 주문했다. 어떻게든 최선이 아니면 차선의 답을 찾으려 애썼다. 이런 업무 스타일은 비서직으로 근무하며 생겼다. 상사에게 '모릅니다.', '안 됩니다.', '못하겠습니다.'라는 말을 하는 것은 무능한 것이라 배웠으니까. 덕분에 업무량은 버거웠지만 많은 것을 배우고 경험했다. 업무 역량도, 권한도 커졌다. 고민하고 노력하면 세상에 풀지 못할 일은 없으며, 어떻게든 해결할 길이 생긴다는 것을 체득했다.

현장 흙바닥에서 4년을 구르며 정말 많은 일을 했다. 허허벌판 나지에서 20채 한옥과 도로가 생기면서 마을과 같은 모양새가 되었다. 회장은 '건강한 집'을 짓겠다는 사명이 있었다. 벽체 마감을 전통방식으로 시공하려고 했다. 고전 한옥방식으로 황토, 참숯, 우뭇가사리, 찹쌀 등의 천연재료 사용만 고집했다. 살림하는 주부의 입장에서 흙이 부스스 떨어지는 황토보다 시멘트, 벽돌 마감을 선호한다고 말씀드렸지만, 전혀 들으려 하지 않았다. 그 고집이 답답했다. 건축에서는 시간이 돈이다. 회장은 황토벽을 연구하며 시간을 아니, 돈을 쓰고 있었다. 대출금과 이자는 부담스러운 금액이었다. 그래도 회장은 건축 자금 조달에 대한 자신감을 드러냈다. 완공까지 갈 길이 멀었는데 어떻게 이끌어갈지 의문이 들었지만, 내 걱정일 뿐 회장은 전혀 걱정하지 않았다. 나도 내가 건축사업을 모르기 때문이라 생각하고 걱정을 덮고 회장을 믿었다.

하지만 준공을 앞두고 큰 문제가 생겼다. 내 근심이 현실로 나타난 것이다. 준공이 완료되면 건축물로써 등기가 되고, 이를 담보로 대출할 수 있다. 그 대출금으로 마무리 공사를 진행하게 된다. 그런데 준공이 지적불부합지로 포함되며 행정상의 문제로 제동이 걸렸다. (지적정리과정에서 불명확한 측량성과와 제도 방법에서 발생하는 오차 등 여러 원인으로 발생하는 현상으로 지적공부의 등록사항과 실제 토지 현황이 일치하지 않는 경우를 말한다.) 해결을 위해서는 측량 후 토지 소유주간 합의를 거치고 토지등록사항 등을 정리, 면적증감에 따른 조정금을 내는 등의 복잡한 행정 과정을 거쳐야 한다. 수개월 혹은 몇 년이 걸릴 수도 있는 것이다. 준공일은 기약이 없어졌다. 회사의 자금은 바닥이 났으며, 거래처 대금 미결제로 독촉 전화는 나날이 늘어났다. 나의 업무는 수많은 업체의 독촉 전화를 받고 민, 형사 관련 소송 서류들을 받는 일들이 되었다. 내 삶의 불행은 이때부터 시작되었다. 회장의 제안으로 사업 일부를 내 명의의 사업자등록증으로 진행하였기 때문이다. 사업자등록증의 대표자로서 노동청, 경찰서, 법원으로 출근할 일이 많아졌다. 암울한 긴 터널로 들어간 것이다.

어느 날 출근길에 차를 되돌렸다. '누구를 위해 출근하고 있나?', '무엇을 위해 살고 있나?', '왜 나에게 이런 일이 생겼을까?'라는 질문을 던졌다. 지금 사정이 어려워진 회사는 급기야 월급까지 밀렸다. 그 무렵 남편도 사업에 실패했다. 우유를 사려고 카드를 긁었는데 잔액 부족이었다. 차에서 한바탕 울었다. 차 안 거울을 보니 허름한 작업복에 삶에 찌든 무표정한 여자가 있었다. 내가 아니었다.

열심히 살아도 불행이 찾아올 때가 있다. 항상 'YES', 'OK'가 되도록 일했다. 상사에게 'NO'라고 말하는 것은 무능한 것으로 생각했다. 숨 가쁘게 열심히 살았다. 열심히 일한 만큼 좋은 일이 찾아올 것이란 희망으로 살았다. 하지만 난 회사가 원하는 일을 잘할 뿐이었다. 내 목표가 아닌 상사의 바람대로 생각하고 행동했었다. 결국 상사가 짊어져야 할 채무와 법정 공방까지 내가 짊어지고 끌려 다니게 됐다. 이전에는 생각하지 못했다. 내가 그토록 힘들었던 이유가 내 인생의 주도권을 남에게 주었기 때문이라는 것을 말이다. 현실에 좌절하고 세상을 원망해 보아도 피할 방법은 없었다. 이런 생각들이 물밀듯 밀려온 어떤 날, 출근하지 않았다. 이제 앞으로 어떻게 살지 생각해야 했다. 내 인생의 하프타임이 필요했다.

10

만만한 게 나야?

황금

두 번째 직장 K사 9년 차 때 일이다. 난 둘째를 임신하고 있었다. 당시 3년 동안 이어진 생산직 파업과 반도체 경기 침체로 회사의 경영 상태는 좋지 않았다. 위기 극복이라며 전 직원을 모아놓고 경영설명회를 자주 했다. 결국, 사무직 대상으로 희망퇴직을 받는다고 공지가 내려졌다. 연구팀이라고 예외는 아니었다.

희망퇴직 의사를 묻는 면담이 시작됐다. 한 사람씩 그룹장 방으로 불려 들어갔다. 나는 출산을 세 달 앞두고 있었고, 출산 이후 첫째 아이 때와 같이 6개월 육아휴직을 계획하고 있었다. 희망퇴직은 전혀 생각하지 않았다. 차례가 되어 담담히 그룹장 방으로 들어갔다. 그룹장은 평소와 같은 잔잔한 미소로 날 맞았다. 희망퇴직 소식을 들었냐고 묻길래 이미 들어 알고 있다고 말했다. 그런데 씩 웃으며 한마디 한다.

"네가 대상인 거 알고 있지?"

무슨 소리지? 권고사직이라는 거야? 희망퇴직으로 생각했던 내가 순진했나? 그리고 다른 사람도 아닌 내가 대상이라고? 믿기지 않았다. 난 몰랐다고 했다. 전혀 예상하지 못한 일이었다.

"음, 아이 둘 키우며 회사 복직하기 힘들 텐데, 근무 연수별로 위로금도 챙겨준다니 좋은 기회잖아?"

'정말 날 생각하고 하는 말인가? 기회라고? 그런 기회 잡고 싶은 마음 추호도 없다고!'

그동안 동료들이 타사로 이직했어도 꿋꿋이 자리를 지켜왔다. 40종이 넘는 제품을 개발 완료하고 양산 안정화하며 고전분투했다. 실무 능력으로 연구소에서 다섯 손가락 안에 들었다. 그런 내가 정리대상이라고? 바보같이 회사에 충성하며 보람을 느꼈다니. 억울한 마음이 복받쳐 올라왔다. 임신 중인 상태에 받아들이기 힘든 말이었다. (임신 중에는 작은 일에도 슬프거나 화가 난다. 감정변화가 곱절로 크다.) 퇴사일까지 2주를 눈물로 보냈다. 억울하고 화가 나서 잠도 못 잤다. 그룹장은 몰라도 나를 아끼는 개발부장은 다른 목소리를 냈어야 했다. 하지만 그 역시 아무 말도 못 하고 얼굴을 돌렸다.

며칠 뒤 희망퇴직자들을 모아 설명회를 열었다. 거기에서 누가 대상인지 처음 알게 되었다. 이거였군. 대상자의 기준이 상식 밖이었다. 25년 이상의 부장급은 딱 한 명 있었다. 그는 1년 후 정년퇴직을 앞둔 분이라 정말 기회가 된 듯했다. 그 외의 사람들은 다 원치 않은 퇴직자임이 확실했다. 8~15년 차 대리·과장급 들이었다. 부장은 한 명도 없었다. 누구의 결정인지 뻔했다. 억울해도 구차하게 매달리지 않았다. 이런 사람들 사이에 남기 싫었다. 9년을 열심히 일했는데 임신 중에 이런 상처를 안겨 주다니….

그렇게 두 번째 직장을 그만뒀다. 예상하지 못했던 퇴직이었다. 그때 받은 상처는 오래갔고 아팠다. 당시 어떤 말도 나를 달랠 수 없었다. 10년이 지난 지금은 내가 내게 위로의 말이 가능해졌다.

"네가 못해서가 아냐! 그리고 그 회사가 세상 전부도 아니야. 작은 연못이었을 뿐이야. 상황은 기분 나쁘지만, 회사를 나오는 건 '기회'야. 그곳을 나와야지 더 좋은 환경과 기회가 만들어지고, 자유도 있는 거야. 속상한 마음 크겠지만, 툴툴 털어내고 또다른 생활을 즐겁게 맞아."

희망퇴직은 실업급여를 받는 조건이라 출산 후 신생아를 안고 실업급여 수급을 위한 활동을 해야 했다. 고용센터를 방문해서 교육을 듣거나 취업 활동 이력을 센터에 제출하는 일이었다. 번거로우면서 자존심 상하는 일이었다. 의무적으로 구인사이트에 이력서를 올리고 신생아 육아에만 전념했다. 그런데 내 경력이 영 쓸모없진 않나 보다. 구인사이트를 보고 헤드헌터들이 앞다퉈 연락해 왔다. 내게 딱 맞는 회사가 있다며 말이다. 그들이 제안한 회사는 주로 한 곳이었다. 나도 잘 아는 곳으로 당시 Power 사업부를 확장하며 경력사원을 많이 충원하고 있었다. 그곳은 남편이 다니는 회사이기도 했다.

둘째를 낳고 6개월(퇴사 후 8달)이 되었을 때 취업을 결심하고, 남편을 통해 회사로 이력서를 전달했다. 최대한 두 아이를 키우며 일하기에 편한 부서로 지원하기 위해서였다. 회사 상황을 잘 아는 남편의 배려였다. 빠르게 두 번의 면접이 진행됐다. 회사는 남편을 신뢰했고, 이곳으로 이직한 전 회사 동료들의 좋은 평들 덕분에 면접은 순조로웠다. 내가 일할 부서는 청주 본사에 있었다. 때문에, 남편도 부서를 옮겼고 청주로 이사했다.

청주로 오며 시어머니를 모시며 M사의 회사 생활을 시작했다. 아직 젖먹이인 둘째를 염려하여 시어머니께 도움을 요청드리니 감사하게도 만사를 제치고 마산에서 청주로 올라와 주신 거다. 덕분에 아이들 걱정은 거의 하지 않았다. 맞벌이 생활은 점점 안정되어 갔다. 그때의 일은 어머니가 계셔서 할 수 있었던 일이었다. 아이들 돌봄도 고되셨을 텐데, 퇴근 시간에 맞춰 따끈한 밥을 차려주신 어머니가 아니었다면 포기했을 것이다. 따뜻한 가정을 알게 해 준 어머니께 감사드린다. 항상 변함없는 마음으로 지켜보며 배려해 주신 어머니이시다.

개발부서 중 편한 부서라도 업무가 만만치 않았다. 시스템이 이

전 회사와 달랐고, 시급하게 해결해야 할 일들이 쏟아졌다. 매일 아침 일일 업무보고도 부담이었다. 남편과 같은 회사에 있더라도 사무실 층이 달라 마주치는 일은 없었다. 그래도 6년 다닌 남편은 회사를 잘 아는 덕에 부서간 문제의 해결책을 주기도 하고, 세부 조직도를 몇 번이나 물어볼 수 있었다. 덕분에 적응은 빨랐다. 점점 일에 보람도 느꼈고, 크고 작은 혜택은 충분한 보상이 되었다.

반도체 회사는 불황이 주기적으로 찾아온다. 호황이다가도 2~3년만 지나면 불황으로 접어든다. M사 입사 1년 만에 불경기가 왔다. 회사는 인수합병을 결심했고, 여러 회사와 미팅을 하며 추진했으나, 번번이 무산됐다. 결국, 사업체를 분리해서 다시 시도하기로 했다. 그러기 위해서 고정비를 줄여야 했다. 방법은 희망퇴직이었다. 정치에 관심 없던 나는 사람들이 수군대는 소문에는 관심이 없었다. 이번에도 예상하지 못하고 당했다. 그룹장이 방으로 불렀다.

"회사에서 희망퇴직을 받는데, 모두 가장들이라 희망퇴직을 받아내기가 어려워. 그래서 방침이 내려졌어. 1순위로 사내 부부의 둘 중 한 사람은 무조건 희망퇴직을 하는 거야. 이런 말을 하게 되어 미안하네. 쉽지 않겠지만 둘 중 누가 좋을지 함께 상의해 봐."

이전 회사보다 점잖게 말했지만, 결과는 같았다. 남편은 나보다 연봉이 더 많았고, 아이들에게도 엄마 역할이 필요했다. 내가 나가는 거였다. 회사에서 정리대상 1순위는 여자였다. 그것도 워킹맘이었다. 당시 사내 부부가 다섯 쌍은 됐는데, 둘 중 하나는 퇴사해야 했다. 모두 여자 쪽이었다.

경험이 있어서 전과 같은 충격은 아니었지만, 두 번의 희망퇴직으로 나는 인생이 실패라고 느꼈다. '난 역시 안돼!'라는 생각이 오랫동안 마음을 아프게 했다. 하지만 내게도 능력은 있었다. 일 중심적이었고, 많은 공정과 제품을 분석하고 개선했다. 그렇게 양산하는 제품은 시장에 나가 꾸준히 돈을 벌어오는데 뭘…. 그런데도 희망퇴직 앞에서는 번번이 대상자가 돼 버렸다. 휴~우. 마음의 갈등은 오래갔다.

회사라는 조직이 쉽게 들이고 정리하는 것에 허탈감을 느꼈다. 이름처럼 희망하는 퇴직이라면 좋았겠으나 원하지 않는 희망퇴직을 겪은 것에 상처가 남았다. 그래서 독하게 결심했다. '회사라는 곳에 다시 들어가지 않겠어!' 대학 전공으로 15년 일했으면 됐다. 대학 학비보다 이미 20배는 넘게 벌었다. 이 정도면 충분치 않나? 종지부를 찍고 나를 만만하게 보는 회사와 인연을 끊기로 했다. 이 선택은 내가 했다.

제 3 장

결단의 순간

새로운 시작엔 익숙하지 않은
불편함이 있다

김동혁

건강에 발목이 잡혀 한국으로 돌아올 수밖에 없었고, 제주에 정착하게 되었다. 제주에는 은퇴한 부모님이 계셨다. 미국으로 떠나기 전, 한국에선 대학을 졸업하지 못하고 그만두었다. 미국에서도여러 방법으로 대학을 졸업해 보려 했지만 결국 졸업은 하지 못했다. 그래서 한국으로 나와서는 다시 대학에 진학할 생각이었다. 원래는 부모님께 인사드리고 서울에서 대입을 준비할 생각이었지만, 미국에서 5년을 넘게 지내다 보니 겸사겸사 제주에서 건강검진을받았다. 생각보다 훨씬 건강이 많이 나빠진 상태였다. 결국 제주에서 몸을 추스르고 서울에 가려 했던 계획은 지금까지 지내는 것으로 바뀌고야 말았다. 어찌 되었건 대학 졸업장이 필요하다고 생각해 제주에서 진학하려고 했다. 이 역시 좋은 상황이 아니었다. 12월에 한국으로 들어와 수능 시험을 치르지 못했기 때문에 수능을 보기 위해 1년을 기다려야만 했다. 제주대학교는 만학도 제도가 있었으나, 아직 내 나이는 만학도가 되기에는 부족했다. 다행히 다른 학교에서 정확한 용어가 기억나진 않지만, 바로 입학할 방법이 있어 바로 지원할 수 있었다. 학교 간판보단 빠른 졸업이 중요할 것 같았기 때문이다. 전공은 실내건축과, 즉 인테리어 전공이었다. 아버지가 건축 일을 하셨는데, 도움이 될 수 있을까 해서 결정했다. 실기는 상당히 약했지만, 그럼에도 열심히 학교에 나가기도 하고 이론에 충실했기에 좋은 성적으로 졸업했다. 실제로 아버지가 하시는 일에 도면을 그려 도움이 되었고, 지금 사는 집도 직접 도면을 설계했다.

실내건축과를 졸업한 후에는 제주대학교 사회학과에 편입했다. 사회학과로 간 이유는 사회복지전공을 하기 위해서였는데 가정학과, 행정학과, 사회학과 학생들만 연계 전공을 할 수 있어서였다. 나중엔 학과 제한이 없어져 버렸다. 3학년으로 편입해 사회학과와 사회복지학을 함께 공부하다 사회복지학을 포기하고 대신 관광경영학과를 복수 전공했다. 굳이 따져보자면 4년간 학사 2.5개와 전문학사 1개를 전공한 셈이다. 공부로 바쁘게 살았지만, 반드시 무엇이 되고 싶다는 목표가 있었던 건 아니었다. 나이를 먹은 조급함과 미국에서처럼 버티기로 지냈던 시간이다. 포기했던 사회복지학도 결국 졸업 후에 학점은행제를 통해 학점을 채워 사회복지사 자격증도 취득할 수 있었다. 사회복지사 자격증을 취득할 때 필요한 실습은 다문화가족지원센터에서 이수했다. 미국에서 살면서 다문화의 경험을 살리고, 또 내국인끼리의 결혼도 결국은 다문화가 아닐까 하는 생각을 했기 때문이었다.

제주에는 질적이나 양적으로 직장이라고 할 만한 곳이 상대적으로 적은 편이다. 대학에서 여러 전공을 했지만, 제주에서 시작한 것은 영어 강사다. 초등학생부터 중학생까지 가르치는 시외각에 있는 작은 보습학원이었다. 원장선생님은 시내의 학원처럼 회화를 중심으로 가르치길 원했지만, 시골에는 집에서 아이들을 확인해 줄 학부모의 열의가 없어 제한적인 교육을 할 수밖에 없었다. 1년의 세월을 보내면서 학원 강사의 기억은 좋은 기억이 아니다. 물론 학업 성적이 많이 올라 원하는 고등학교에 간 학생을 보며 보람도 있었다. 하지만 대부분 아이는 학원에 공부하러 오는 것이 아니라 친구들과 시간을 보내려고 다니는 경우가 많았다. 원장선생님은 계약 연장을 제시했지만, 연장하지 않고 호텔이나 관광 관련업을 알아보았다.

제주는 해외관광객들이 늘고 있던 추세라 영어를 하는 것이 강점으로 작용할 수 있을 것 같았다. 대부분 지역호텔은 프런트 업무를 2교대로 운영하는 경우가 많았다. 개인적으로는 지역호텔, 프랜차이즈 리조트, 대형 펜션 등에서 다양한 일을 경험했다. 하지만 호텔에서 일하는 동안 발바닥에 염증이 생기고, 이 염증이 골수염으로 악화가 되어 발바닥 수술을 받느라 일을 더 할 수 없게 되었다. 그렇게 취직과 수술, 회복하는 과정을 몇 번 거친 후 더는 취업을 할 수 없다고 느꼈다. 어느 정도 일에 익숙해질 만하면 그만둬야 하는 상황이 되니 회사에도 미안하고 불편한 마음이 들었다.

새로운 고민이 시작되었다. 건강으로 인해 직장생활을 할 수 없는 상황을 맞아 또 새로운 시작을 해야 했다. 새로운 시작은 지금 집을 개조해서 1인 카페를 열고자 했다. 바로 커피 학원에 등록하여 커피음료를 배웠다. 평소에 커피를 좋아하기도 해서 배울수록 재미있었다. 에스프레소의 맛을 배워 에스프레소 맛을 안정적으로 추출할 방법에 집중했다. 그리고 1인 카페를 운영하기 위해 좀 더 세밀한 계획이 필요했다. 대충 계산해도, 흔히 카페에서 사용하는 반자동 에스프레소 머신을 구매하기 위해서는 내가 생각하고 있는 비용을 훨씬 뛰어넘었다. 중고 구매도 쉽지 않았다. 궁하면 통한다고 했던가? 여러 궁리 끝에 새 아이디어를 생각해 냈다. 에스프레소 머신을 반자동에서 전자동으로 바꾸기로 했다. 그러면 혼자 하는 카페에서 다른 일을 할 여유도 확보할 수 있었다. 그렇게 전자동머신을 찾아봤지만, 마음에 드는 에스프레소를 내리는 기계를 찾을 수 없었다. 마음에 드는 머신은 반자동머신보다 더 비쌌다. 또 해결해야 할 문제를 만났다. 그리곤 바로 문제의 답을 찾았다. 검색을 해본 결과, 미국에서 머신을 사면 같은 기종을 한국에서 사는 것보다 훨씬 저렴하게 살 수 있고, 왕복 비행기 삯을 포함해도 더 저렴했다. 미국에서 전자동 에스프레소 머신을 사기로 했다. 미국에 가는 김에 약 2주간 있으면서 여행도 할 계획을 세웠다.

결론부터 말하면, 미국까지 갔지만 머신을 사 오진 못했다. 검색하며 알아봤을 때와는 달리 계속해서 새로운 비용이 생겼다. 해결해야 할 문제가 다시 도돌이표처럼 다시 나타났다. 에스프레소를 배우고 커피를 만드는 데 가장 중요하게 여긴 것은 항상 같은 맛을 만드는 것이었다. 새로운 접근방식으로 문제를 풀기로 했다. 우리가 흔히 아는 아메리카노는 핸드드립이 아닌, 머신드립으로 내렸다. 라떼와 같은 에스프레소 베리에이션은 이태리 캡슐커피의 에스프레소를 활용했다. 허브티 같은 경우는 우리나라 티백이 아니라 나의 강점인 해외 네트워크를 활용해 영국 왕실 납품 브랜드나 미국의 유명한 티 브랜드의 것을 활용했다. 내가 해낼 수 있는 최선을 끌어내고 있었다. 하지만 개업식 날 갑자기 오한이 나더니 결국 응급실로 가게 되었고, 긴급 수술을 받고 약 6주간 입원을 했다. 여러 가지 문제에 대해 새로운 아이디어로 답을 찾았다고 여겼지만, 나의 몸에 대한 문제는 해결하지 못한 것이었다. 몇 개월간 의욕적으로 준비한 사업이 첫날부터 영업을 못 하게 되니 몸이 아픈 것보다 허탈감과 상실감이 컸다. 이제 취업을 할 수가 없어 낙심하다 사업을 한다고 했는데, 퇴원 후에도 몇 개월간 다리에 깁스하고 있는 시간은 그야말로 망연자실이었다. 계속 실의에 빠져 있을 수는 없어, 새로운 탈출구로 생각했던 것이 다시 재개업 때 사용할 카페용 베이킹 레시피 연구였다. 카페에 기본적인 메뉴라 할 수 있는 허니브레드, 갈릭브레드 등 여러 디저트 종류를 준비했다. 음료와 디저트를 만들면서 마음에 들지 않으면 성격상 팔 수 없었다. 그러다 보니 자연스레 가격은 낮게 하고, 원재료를 고급으로 사용했다. 나의 모자란 실력을 좋은 재료로 상쇄하려 했다. 이 모습에 아내가 불만이 많았다. 다른 카페를 다니다 보면 나의 것에 비교해 맛은 없으면서 더 비싸게 받는 곳을 많이 봤기 때문이었다. 여러 상황 속에서도 마음을 추스르고 영업했지만, 염증의 재발로 인해 수술이 계속되어 영업을 꾸준하게 할 수 없었다. 카페를 하면서 나의 건강과는 별개로 아쉬웠던 기억이 있다. 오래되었지만 유재석이 출연하는 런닝맨이 카페에서 오프닝 촬영을 한 것이었다. 한지민이 게스트로 나왔던 편이었다. 보통은 TV 프로그램을 촬영하고 가면 촬영장소라고 대대적인 홍보를 하며 업체를 알리는 데 노력하는 게 일반적인데, 언제 병원에 갈지 몰라 촬영장소란 홍보를 전혀 해보지 못한 일이었다.

새로운 곳에서 다시 시작했다고 해서 항상 청사진을 그릴 수는 없다. 익숙하지 않은 일에는 당연히 겪어야 할 일들을 감당해야만 익숙해질 수 있다. 어느새 어리기만 한 나이도 아니고, 어려움을 만나면 나의 상황 속에서 최선의 길을 찾는 노력에 집중하게 되었다. 상황이나 어려움만 보고 있다면 그 핑계 속에 숨어 주저앉아 있을 수밖에 없기에 언제든 새로운 방법을 시도해야만 한다.

잘못 탄 기차가
목적지에 데려다준다

김상미

여행사에서 일하면서 몸이 망가졌다. 리먼 사태로 여행사는 인력 구조조정을 했다. 회사 인원의 절반이 회사를 나갔다. 남아 있는 사람은 기존 영업 담당자들의 회원명단을 넘겨받았다. 담당자가 바뀌었다는 전화통화를 하고 고객들에게 신경을 더 썼지만, 회사의 자금난은 원활하지 않았다. 리조트 결제가 잘 이루어지지 않자 Autocancel이라고 표시하면서 방 예약을 취소시켰다. 다른 리조트로 가야 한다고 전화통화를 하면서 또 욕을 얻어먹어야 했다. 손님들은 한 번뿐인 신혼여행인데 본인이 가고 싶은 리조트를 오매불망 기다리고 있다가 이게 웬 날벼락인가 했을 것이다. 심할 경우 출발하기 전 공항 샌딩에서 리조트 변경을 통보한 적도 있었다. 소비자원에 고발 당해도 뭐라 할 수 없을 만큼 고객들에게 정말 못할 짓이었다. 비행기 유류할증료도 올랐기에 추가 요금 40만 원

정도를 더 받아야 하는 상황도 있었다. 고객과 전화 통화하는 게 이렇게 고통스러울 수가 있다니. 하루하루가 지옥을 걷는 기분이었다. 먼저 회사를 떠난 동료들이 부러울 정도였다. 결단을 내려야만 했다. 떠나자. 여기가 아니더라도 일할 곳은 있을 테니깐.

회사를 그만두고 몸에 이상 징후를 느껴 병원에 갔다. 생전 처음 들어보는 '궤양성대장염'이라는 판정이 나왔다. 고혈압, 당뇨처럼 평생을 친구처럼 데리고 살아야 한다고 했다. 추천서를 써 줄 테니 대학병원 진료를 권유받았다. 이건 대체 무슨 일이지? 그 병이 평생 나를 괴롭힐지는 몰랐다. 내가 쓸 수 있는 가장 약한 단계부터 약을 써봤지만 좀처럼 나아지지 않았다. 집 밖을 나가는 게 두려웠다. 대장에 염증이 있어서 찢어지는 듯한 복통과 언제 어떻게 변이 나올지 모르니 바깥출입이 무서웠다. '나는 어린아이가 되어 버린 걸까?', '왜? 나에게 이런 병이 온 걸까?' 세상을 원망했다. 열심히 살아온 그것밖에 없는데, 앞으로 무슨 일을 할 수 있을까? 방 안에서 천장을 쳐다보면서 눈물로 나의 지난 시절을 뒤돌아보았다. 집 안에서 일본드라마를 보며 일본어 공부를 하는 낙으로 살아갔다. JLPT 3급은 여행사에 다니면서 패스했고, 2급에서 번번이 떨어졌다. 이 시험만이 나를 구제해 줄 수 있을 것 같았다. 창문에 단어 포스트잇을 붙이고 전지를 사다가 문법을 빼곡히 적어 벽에 붙이고 외웠다. 나에게는 몰두할 게 필요했다.

1년여간을 학원과 집을 왔다갔다하면서 시간을 보냈다. 내가 다시 시작할 수 있는 일이 무엇일까? 할 수 있는 건 일본어를 조금 할 수 있다는 것밖에 없었다. 북촌한옥마을에서 일본인 대상으로 일할 체험 아르바이트를 찾고 있었다. 주말 2일이라면 해볼 수 있지 않을까? 도전했다. 일본에서 오래 살다 온 이모를 서포터해 주는 일을 시작했다. 다시 내 노동력을 이용해 돈을 벌 수 있다니 감사한 시간이었다. 이 사회에서 나도 뭔가 쓸모 있는 사람이라는 생각이 들었다. 1년을 넘게 일본인들의 막걸리, 김치 만들기 체험 상품을 진행했다. 전통한복을 입고 한옥을 배경으로 사진도 찍어 드리고 액자에 담아 선물해 주면 너무나 좋아했다. 그 당시 나는 병원에 다니지 않았다. 어떤 약을 써도 듣지 않자, 병원에 대한 불신이 들었다. 숨을 쉴 수 없을 정도로 왼쪽 배가 아파 몸을 펼 수 없는 지경이 되자, 병원에 입원했다. 아프면 병원에 가서 대장을 쉬게 하는 것, 그것밖에는 해결책이 없었다. 몸이 아프면 일을 할 수가 없다. 그렇게 병원은 내가 아프면 강제 휴식을 해야 하는 휴식처가 되었다.

어느 날 엄마가 "뭐라도 해보지 않을래? 엄마가 학원비 대줄 테니깐 기술을 배워봐. 남의 밑에 가서 일하는 건 힘들 것 같고, 손기술이 있으면 작은 가게라도 운영할 수 있을 테니깐." 그래, 왜 내가 그 생각을 못 했지? 고정적으로 출근해야 하는 직장이 힘들다면 내 마음대로 시간 조절이 가능한 자영업을 하면 되겠구나 싶었다.

집안에 미용하는 남동생이 있어서 헤어디자이너는 되고 싶지 않았다. 같은 직업을 가진 사람이 또 있을 필요는 없으니깐. 그렇다면 앉아서 할 수 있는 네일아트가 떠올랐다. 사람들 손에 컬러를 입히는 일이 어려워 보이지 않았다. 디자인 전공자이니 남들보다 빨리 배울 수 있지 않을까? 막연한 기대감이 들었다. 숍에 앉아 사람들의 손에 컬러를 입히고 있는 내 모습을 상상하니 기분이 좋아졌다. 그래 결정했어! 해보는 거야.

39살, 뭔가를 시작하기에 너무 늦은 나이가 아닐까 싶을 때 네일아트를 만났다. 인터넷 검색을 통해 알아보니 민간자격증에서 이제 국가자격증으로 바뀐다고 했다. 국가가 인정해 주는 것이면 이제 민간으로 자격증이 있던 사람들도 시험을 다시 봐야 한다. 내가 사는 김포에는 마땅한 학원이 없어 강남 쪽 학원을 알아봤다. 보통 MBC, SBS 방송사 이름을 딴 학원은 다른 과목을 수강하라고 압박할 것 같아서 네일만 가르쳐 주는 전문학원을 찾았다. 강남에 있는 〈파리클라라〉 네일아트 학원에 상담 예약을 하고 찾아갔다.

"현재 39살이고 내년이면 40살인데, 지금 시작해도 될까요? 취업이 가능할지가 제일 궁금해요."

"지금 학원 다니는 분 중에서 30대 중반도 있어요. 우선 시작해 보세요. 집에서 주변 사람들에게 네일해 주며 경험을 쌓으셔도 되니깐요."

딱히 내가 원하는 답변은 얻지 못했다. 해보자. 이 일이 나한테 맞을지 안 맞을지는 해봐야 알 수 있을 테니깐. 그렇게 기초반, 아트반, 재료비까지 200만 원이 넘는 금액을 결제했다. 더는 물러설 곳이 없었다. 40살이 넘어가는데 경제적으로 자립하지 못하면 난 늘 방 안에서 살아야만 했다. 뭔가를 시작하면 우직하게 한 우물을 파는 나의 성격상 칼을 뽑았으면 무라도 썰지 않을까 싶었다.

많은 직업을 전전했다. 갑자기 찾아온 병으로 방황의 시간을 가졌다. 그때 만일 그대로 주저앉았다면 나는 어떻게 되었을까? 현재 네일아트라는 직업으로 8년째 1인 네일 숍을 운영하고 있다. 가장 오래 하는 직업이다. 오히려 남들보다 더 늦게 시작했기에 악착같이 연습했다. 월수금 하루 3시간 수업인데, 온종일 학원에 있다가 오는 날도 있었다. 삶은 어디로 흘러갈지 알 수가 없다. 지금 내가 가는 길이 맞을까? 고민하는 시간보다 선택했다면 집중해야 한다. 시련이나 아픔은 나를 더 단단히 쓰기 위해 찾아온 신의 선물이 아닐까? 신은 나에게 다시 일어나는 법을 알려주기 위해 좌절과 고통이라는 방법을 선택했는지도 모른다. 지금 내가 가고 있는 목적지가 달라질 수 있다. 오히려 잘못 내린 역이 생각지도 못한 풍경과 만남을 이어주기도 한다. 인생은 한 가지 정답만 있는 것이 아니다. 무수히 많은 길 중에서 하나를 택했고, 그 길이 아름다운 길이 되는 건 나의 노력 여하에 달려있다. 틀려도 좋으니 많이 방황하고 실패하면서 우리는 삶의 경험치라는 걸 쌓아 나간다.

마음이 빚는 일

김신혜

내가 하는 일을 스스로 믿고 지지해 주는 사람. 내 감정을 누구보다 스스로 잘 알아차리는 사람. 나는 그런 사람인 줄 알았다. 그래서 퇴직하고, 결혼하고, 미래를 결정하는 일에 망설임이 없었다고 생각했지만, 한참 지난 후에야 아니라는 것을 알았다. 나에 대한 것들은 뒤늦게 깨닫는 경우가 더 많았다. 퇴직 후에 집에만 있었다면 뒤늦게 알아차린 감정에 힘들었을지 모를 일이었지만, 퇴직한 다음 날부터 출근을 하게 된 곳이 있었다. 이렇게 되면 이직에 가깝지만, 굳이 퇴직이라 표현한 것은 처음부터 이직을 염두에 두고 내린 결정이 아니었기 때문이다. 새로운 회사에서는 경력과 상관없는 마케팅 업무를 맡았다. 출근이라는 행위가 주는 묘한 안도감 같은 것도 느꼈고, 낯설었지만 설레기도 했다. 일에 대한 기대보다 출근이라는 반복된 루틴이 필요했었는지도 모른다.

제품 개발, 마케팅, 홈페이지 관리 등 낯선 업무에 적응해야 했다. 직장인 5년 차, 나는 다시 신입이 되었다. 생소한 업무와 회사 분위기에 적응하는 시간이 필요했지만, 이전처럼 직접적으로 사람을 대하는 일이 아니라서 좋았다. 대부분이 온라인 거래라서 내방 고객에 대한 스트레스도 없었다. 쇼핑몰 관리를 하면서 온라인 판매에 대한 과정도 조금씩 배우게 됐고, 오프라인으로는 박람회에 참가해서 홍보하는 일도 배웠다. 직장 동료도, 하는 일도 첫 직장과는 사뭇 다른 분위기 속에서 오히려 안정감을 느꼈다. 익숙한 일은 하나도 없었지만, 사무실에 머무는 내내 마음이 편안했다. 몸도 마음도 편했던 덕분이었던지 그해 겨울, 나는 아이를 가졌다.

인생의 추는 내 마음대로 돌아가지 않았다. 아이를 가진 것은 기쁜 일이었지만, 몸이 점점 무거워지니 앉아서 하는 일도 쉽지가 않았다. 이제 막 업무에 욕심도 생기기 시작했는데, 모든 일이 마음 같지 않았다. 점심시간만 지나면 쏟아지는 졸음을 참을 수가 없었다. 임산부라고 주어지는 복지는 없었지만, 사소하고 따뜻한 배려가 특혜라면 특혜였다. 시간은 빠르게 흘렀고, 배 속의 아이도 쑥쑥 자랐다. 달력에서 출산 날짜를 보게 될 때마다 언제쯤 일을 마무리 지어야 할지 고민스러웠다. 가능하다면 복직하고 싶었지만, 회사의 상황이 좋지 않았던 터라 장담할 수도 없었다. 그동안 쉬지 않고 일했으니 출산 전만큼은 편안한 마음으로 태교에 전념하고 싶다는 바람도 있었지만, 실은 아쉬움이 더 컸다.

두 번째 퇴직도 어렵게 느껴졌다. 여자들은 왜 이렇게 경력을 잇는 것이 어려울까, 내가 문제인가 하는 생각이 들기도 했다. 지금 생각해 보면 그때도 여전히 출근이라는 루틴에 중독되었던 것 같다. 드라마처럼 사직서 같은 것은 쓰지 않았다. 맡았던 업무를 마무리 짓고 회사와 의논된 적당한 어느 날 책상을 정리했다. 별로 없을 줄 알았던 짐이 한 박스 가득이었다. 혼자 짐을 챙겨서 나올 수 있던 몸이 아닌 상황이라, 직장 생활의 종지부를 찍는 데에도 부장님의 도움을 받았다. 퇴사하면서 받은 마지막 배려였다. 남들 일할 때 카페에 가서 커피를 마시고 놀아보는 게 꿈이었는데, 막상 퇴직을 하니 커피보다 출근이 그리웠다. 어쩌면 나는 직장을 다니는 내내 일에서 의미를 찾았다기보다 직장인으로서 루틴을 포기하기 어려웠는지도 모른다.

봄이 지나고 여름이 됐다. 임산부라고 말하지 않아도 될 만큼 무거워진 몸으로 하루 종일 오르골 음악을 듣거나 문화센터에서 요가를 하곤 했다. 평온한 날들이었지만, 이따금씩 뭔가 잃어버린 것 같은 기분을 느꼈다. 아이를 낳고, 전쟁 같은 하루하루를 보내는 중에도 그랬다. 처음에는 가벼운 우울증 비슷한 거 아닐까? 하고 생각했다. 그럴수록 사람들을 만나거나 아이와 즐거운 시간을 만들면 괜찮아질 거라고 믿었다. 효과가 없었던 건 아니었지만 헛헛한 마음의 이유까지는 알 수 없었다.

아이가 자지러지게 울던 어느 날 저녁. 이 방법, 저 방법 통하는 것 없이 어찌나 울어대는지 밤 열한 시에 아이를 업고 아파트 놀이터로 나갔다. 아이는 달라진 공기에 겨우 울음을 그쳤다. 문신 같은 아기 띠를 한 채로 하염없이 그네 위에서 발을 저었다. 밤하늘이 참 오랜만이었다. '애 하나 키우는 게 뭐 이리 어려울까' 싶었다. 주어진 것도 제대로 못 하는데 다시 일을 할 수 있기는 할까? 나를 받아주는 곳은 있을까? 그네 아래에서 하염없이 발을 저어도 도무지 답을 찾을 수가 없었다.

돌아서면 밥하고, 빨래하고, 치웠지만 티 안 나는 집안일이 버거웠다. 살림을 프로답게 하지 않아도 집에만 있으면 전업주부라고 생각했더랬다. 살림은 분명 그런 것이 아닌데 말이다. 바깥일과 마찬가지로 정리, 요리, 돈 관리 등 살림에 관련된 모든 일들은 그냥 되는 것이 아니었다. 그럼에도 밖에서 하는 일처럼 인정받는 게 아니라는 이유로 마음을 다하기보다 적당히 하면 된다고 생각했다. 누가 알아주지 않더라도 더없이 중요한 일인데, 스스로는 살림을 그렇게 대해 주지 못했다. 내 마음이 살림을 그 이상으로 대하지 못했기 때문에 더 버거웠을 것이라는 생각이 들었다. 눈뜨면 출근하기 바쁜 남편이 미운 날도 많았다. 주어진 것에 어떤 의미와 태도로 대하느냐는 온전한 내 의지라는 것을 받아들인 후에야 이전의 모습들에 부끄러움을 느꼈다.

어쩌면 나는 직장 생활에서 터득한 수동적인 삶의 방식이 몸에 배었는지도 모른다. 그래서 모든 일에 최선을 다하지 않았는지도 모른다.(물론 그때는 최선이었지만) 그래서 '전업'이라는 단어에 어울리는 주부가 되어보기로 결심했다. 진짜 월급이 나오는 일은 아니지만, 적어도 전업주부라는 단어에 부끄러운 사람이 되고 싶지는 않았다. 마음을 달리하니 아이의 눈빛과 표현들이 자세히 보이기 시작했고, 퇴사한 후 처음으로 무엇을 배우고 싶다는 의지가 생겼다. 늦은 밤, 아이를 재우고 아동 심리학을 공부했다. 아이를 좀 더 이해하고 싶었다. 뽀로로가 그려진 아이의 책상에 이만 원짜리 스탠드 불빛 하나였지만, 오랜만에 자격증 공부라 생각하니 은근히 설렜다. 혼자 앉아서 조용히 시간을 보내본 일이 언제 적인가 싶었다. 다 자는 밤에 스탠드 불빛에서 책을 펴놓고 있는 내 모습이 마음에 들었다. 잘하고 싶어져서 책을 폈다는 자체도 좋았다. 대단한 도전은 아니지만 주어진 것들에 마음을 내어보니 스스로에게 자긍심이 생겼다.

삶을 주도적으로 이끌어가려고 마음먹었을 때 비로소 할 수 있는 일들이 보였다. 누군가에게는 뻔한 일이었을지도 모를 일이 나에게는 뻔하지 않게 느껴졌다. 마음을 바꾸니 삶의 리듬이 달라졌다. 일확천금을 버는 능력도 없고, 타고난 금수저도, 육아의 달인도 아니지만, 딱 내 마음만큼은 바꿀 수 있다는 것을 제대로 알았을 때 앞으로 무엇이든 해볼 수 있겠다는 희망이 생겼다.

4

두려움에 맞선 결단이
일의 태도를 바꿨다

김은경

성형외과 부설 피부 관리실에서 일하던 30대 중반. 직장은 학교 가듯 하고, 사람들을 만나는 일이 좋았다. 흥미 있는 일들이 직장보다 더 관심사였다. 그런 시간이 위로가 됐다. 일이 보람 있던 적도 있었다. 고객들과 좋은 날들도 기억난다. 하지만 역할 수행에 능할 뿐이었다. 인연이 되었던 고객들에게 최선을 다하고 즐기지 못했다. 20년 가까운 직장생활 동안 두 번의 결단을 했다. 첫째는 일하는 태도를 바꾼 대학병원 협진 스파에 일한 때이고, 둘째는 해보지 않았던 농사와 소를 키우는 일을 하기로 한 것이다. 첫 번째 결단으로 얻은 것이 없었다면, 귀농 생활의 부적응자가 되었을 것이 분명하다.

2012년 삶에 변화를 주고 싶었다. 편입해 졸업한 이유도 있지만, 안정만 찾다 선택할 수 있는 것들이 줄어들 것이라는 위기를 느꼈다. 혼자 살려면, 뭐라도 해야 한다는 생각이 많아진 때이기도 했다. 작은 피부 관리실에서 평촌에 있는 백화점 입점 예정인 스파의 매니저로 지원했다. 턱에 걸리는 일이라 시작부터 마음이 후들거렸다. 대표와의 1:1 미팅 전, 오픈 예정인 스파의 설계 도면을 받았다. 사업계획서를 제출하라고 했다. 말이 사업 계획이지, 운영계획을 제출하라는 것이었다. 학교 덕에 흉내만 내어봤던 사업계획서였다. 손익분기, 목표 매출, 그리고 인원, 평형, 투자비. 단어만으로도 답답하고 머리가 아팠다. 사는 데로 살지 뭐 하러 이러나? 도망가고 싶은 마음이 가득했다. 채용된다 해도 능력의 참모습을 보게 되는 게 무서웠다. 속마음을 들키지 않으려고 미팅하는 동안 애를 썼다. "네" 몇 마디에, 눈만 깜박거리다 돌아왔다. 지원한 용기조차 쪼그라지게 했다. 채용하겠다는 연락을 받았던 순간도 얼굴이 화끈거렸다.

대표와 다시 만나자는 연락이 왔다. 호텔 밥도 먹었다. 백화점 스파 계약이 무산됐다고 했다. 시작하면 순탄한 것이 없었다. 그럼 그렇지. 호텔에서 만나자고 하는 것부터가 이상했다. 있던 물에나 있을걸, 괜한 짓을 했다 싶었다. 다니던 성형외과에는 퇴직하기로 이야기된 상태라 낙동강 오리알 신세가 됐다. 원망이 밀려왔다. 대안이라며 대표가 대구 매장으로 가서 일해 볼 것을 제안했다. 자사 스파 중 하나가 계명대 동산의료원에 있었다. 피부과 협진 스파의 매니저 자리였다. 병원이라는 환경이 하던 일과 비슷할 듯했다. 다행이다 싶기도 했고, 사는 곳까지 바꿔야 해 결정이 복잡하기도 했다. 자리도 바꾸고, 사는 곳도 바꾸는 결단을 했다. 이른 퇴사라도 하게 될까 봐 걱정스러웠다. 지인들에게도 알리지 않았다. 집도 정리하지 않았다. 그렇게 대구로 이직했다.

개인 의원과 대학병원은 여러 가지로 달랐다. 스파는 병원의 협진이나 오더로 매출이 좌우됐다. 부딪히는 해당과 교수들과의 관계가 하루 온도를 좌우했다. 소속된 회사의 상사보다 병원과 관계된 직책 높은 사람들이 윗전 같은 날도 많았다. 가운데 껴서 일해야 하는 난감함. 양쪽 시어머니를 모시느라 분주한 며느리같이 월 마감을 했다. 관리해야 할 팀이 생겼다. 지금까지 동료들과 일했지, 관리해야 하는 팀은 없었다. 부서의 테라피스트 상황, 지점의 인력 배치, 팀원의 교육을 본사와 조율해야 했다. 그래야 내가 있는 지점의 서비스 수준을 최적화할 수 있었다. 관리직이랍시고, 손안에 드는 직원들이 나를 불편해한다는 걸 알았다. 혼자가 아닌 혼자가 됐다. 테라피스트들과 다른 소속감으로 하루를 보내고, 그들의 뒤도 봐줘야 했다. 느껴 보지 못한 감정이었다. 이곳 역시 내게 맞는 자리는 아니었다.

돌아보면 이때가 인생의 큰 변환점이다. 모자라는 능력으로 버티고, 어떻게든 해내려고 했다. 마음도 몸도 최대치로 끌어올려 썼다. 제법 적응하고 대구 매니저가 잘한다는 칭찬도 듣게 됐다. 피부과 교수를 찾아가 스파에 필요한 프로그램을 제안했다. 매출에 부족한 오더를 채워 줄 것을 요청했다. 예전의 나라면 절대 하지 않았을 행동이다. 스파 매니저로 일하게 되면서, 투자 제안도 받고, 같이 일해 보자는 의사들의 요청도 받았다. 나는 그런 제안을 받던 사람이 아니었다. 시키는 일도 최소로 하고 싶었고, 회사에 시간도 쓰고 싶지 않았다. 정해진 시간을 채우고, 저녁이나 주말은 신데렐라처럼 분위기를 바꾸느라 바빴다. 전과 다르게 일이 재미있었다. 다른 것에 눈 돌릴 틈이 없었다. 사는 것에 대한 두려움이 나의 스타일을 만들어 가며 일하게 된 계기가 되었다. 테라피스트 때의 직장생활이 '을'이었다면, 매니저의 생활은 직장과 나의 관계에 대해서도 유연하고 넓게 생각을 바꿔 줬다. 협력해 일하는 재미도 알게 되었다. 시계추 마냥 왔다갔다했다. 남들이 일하러 가니까 일하러 갔다. 직장에 안 가면 할 것도 없으니까. 약간의 재미에도 돈은 있어야 하니까. 왜 돈 안 벌고 집에 있냐고 하면, 할 말이 없으니까. 부모님에게 혼자도 잘 살 수 있다는 말은 하고 싶었으니까. 누군가는 성의는 보이며 일했다고 말해 주겠지만, 속마음은 서른 중반이 되는 때에도 이랬다. 돈이 중요 한 줄은 알았지만, 의미는 몰랐다. 일도 마찬가지였다. 피부미용이라는 기술자로 시작해서일까? 새로운 기술을 익혀 빨리 써먹는 게 변화인 줄 알았다. 늘 기술자 자세로 살았던 것을 몰랐다.

스파 매니저라는 직책은 테라피스트라면 해보지 못했을 일들을 경험해 보게 되어 좋았다. 직원들 간식거리라도 챙겨 보려는 마음이 병원 내 매점과 직원 식당에 식권을 들고 협상하는 방법을 생각하게 했다. 산모 유치를 해보고 싶어 산부인과 병동도 찾아다녔다. 암 병동과 협진 제안을 만들어 보기도 했다. 병원의 대외 협력팀과도 조율하고, 토론하며 일했던 재미난 일들이 생각난다. 대리 운영의 부담은 있었지만, 회사를 대신해 누군가를 만나고 제안해 볼 수 있는 권한이 나를 성장시켜 줬다. 자리가 사람을 만든다는 말은 옳았다. 직책에 맞게 버텨 보려고 한 3년이 남긴 것들은 크다. 두려움이 할 수 있는 능력도 만들어 줬다. 일을 대하는 태도, 같이 일하는 사람들을 바라보는 시선이 바뀐 것이 결단으로 얻은 내 보물이다. 출근해 시간 때우기 바빴던 나에서, 해낼 수 있는 나. 방법을 찾아보는 나로 만들어 준 것이다. 일을 하면서 사는 태도까지 바꿨으니 제일 남는 장사가 되었다. 두려움이 동력이 되었다. 살면서 어느 구간 열심히 살아보기는 해야겠다는 결심, 일을 통해 성장하고 싶은 욕구, 그리고 스스로 살아갈 수 있다는 확신을 얻고 싶었던 모든 중심에 두려움이 있었다.

5

전쟁을 마치며…

박선우

휴직! 출산휴가 3개월을 보냈으나 아기를 맡길 곳을 찾지 못해 육아휴직을 신청했다. 간호사라는 명찰은 나에게는 무엇보다 더 귀했고, 간호사라는 직업은 내 인생에 있어 매우 소중한 가치였기 때문에 휴직이 마냥 반갑지만은 않았다. 육아 휴직계를 작성하고 집에 와서는 밤새 잠을 못 자고 부장님께 울면서 메일을 썼던 기억 이 생생하다. 그동안의 감사함과 다시 돌아가겠다는 결심을 주제 로 길게 써 내려갔다. 그렇게 '간호사 박선우'를 잠시 덮어두고 '엄 마 박선우'의 삶에만 집중하기로 마음을 먹었다.

내가 없이는 일 분 이상의 시간도 독립하지 못하는 아기와의 하 루는 한 시간이 열 시간처럼 느껴졌다. 지금은 그때가 미치도록 그 립고 아쉽지만, 30세의 나에게 24시간의 육아는 답답하고 낯설었다. 육아에 적응하고자 서적들을 찾아보고 또 찾아보았다. 누구보다 아기를 잘 키우고 싶었다. 아무리 책을 읽어도 답을 찾지 못했다. 육아 3개월쯤이 되어서야 나와 눈을 마주치고 있는 아기의 눈빛에서 행복함이 느껴졌고 육아에 답이 보이기 시작했다. 아기는 웃기도 하고, 눈빛과 표정으로 모든 것을 표현했다. 그때 나는 육아의 방법을 선택했다. 아이가 많이 웃을 수 있게 눈을 바라봐 주고 함께 자주 웃어주는 것으로!

아기와 나는 그렇게 함께 웃고, 서로를 바라봐 주면서 마음을 나누고, 행복한 하루하루를 보냈다. 봄에 태어나서 백일을 맞으니 5월이 되었다. 유모차에 아기를 태우고 여기저기 외출을 참 많이 했다. 아파트 정자에 할머니들이 모여계시는 곳, 도서관이나 공원으로 열심히 다녔다.

어느 날 유모차를 끌고 가다가 병원 앞에서 구급차를 보았다. 구급차가 매우 빠른 속도록 내 앞을 지나 병원 앞에 멈추고는 응급구조원들이 환자를 내려 병원 안으로 급하게 이송을 했다. 고개를 돌렸다. 그 이상은 보고 싶지가 않았다. 병원 생활을 하지 않고 4개월을 지나고 있는데, 벌써 병원의 그 느낌 자체를 잊고 있었던 것 같다. 아니 잊고 싶었던 것 같다. 한참을 걷다가 생각했다. '다시 돌아갈 수 있을까?'

휴직에 들어와서 4개월 동안 온전히 나는 한 아이의 엄마이자 한 남자의 아내 그 이상도 이하도 아니었다. 처음에는 그게 싫고 다시 온전히 나인 시간으로 돌아가지 못할 것 같아서 무섭고 우울했다. 그런데 그렇게 시간을 보내는 동안 깨달았다. 지금이 나의 인생에서 가장 중요한 시간이 되리라는 생각이 들었다. 적어도 나 없이는 아무것도 할 수 없는 아기가 있으니, 지금은 아기와의 시간이 가장 중요할 것 같았다. 영아의 하루는 성인의 일 년과 바꿀 수 없다.

그렇게 10개월이라는 육아휴직 기간을 보냈다. 언제 내가 직장을 다녔었는지도 잊고 지냈던 10개월의 시간이 지나고 복직의 시간이 다가왔다. 3교대를 해야 하므로 아기를 맡길 곳을 찾아야 했다. 당연히 그런 곳은 어디에도 없었다. 모든 선택은 나에게 달려 있었다. 주간근무를 하는 신랑에게는 어떠한 선택권도 없었다. 아니 어떠한 방법도 없었다.

주변 어린이집, 시댁과 친정에 알아보아도 아기를 맘 편히 맡길 만한 곳이 없었다. 아니 누구도 믿을 수가 없었다. 어쩌면 믿고 싶지 않았는지도 모르겠다. 나는 육아를 선택했다. 지금은 내 자리를 누구도 대신해 줄 수 없을 것 같은 생각이 계속 들었다. 병원에 12개월을 모두 휴직을 사용하지 않은 채 퇴직서를 제출했다. 12개월을 모두 채우고 제출하는 것은 배신이라는 생각을 했다. 왜 그랬는지는 잘 모르겠다. 집으로 가는 길에 직장을 잃는 두려움보다 고민 없이 육아만 하고 살 수 있겠다… 싶은 생각에 갓 태어난 아기가 된 것처럼 몸도 마음도 가벼웠다.

출산휴가에 들어오고 나서 처음엔 하루하루가 불안하고 동료들에게 뒤처질 거라는 생각에 답답한 마음으로 산후우울감이 더 심각했던 것 같다. 하지만 그것도 호르몬의 변화로 인해 더욱 심해진 것 같고, 출산 전의 몸 상태로 돌아가면서 호르몬의 변화도 자리를 잡아갔다. 산후 두 달 정도의 시간을 보내고 나니 회복이 되었다. 이제는 정말 아기 잘 키우고, 남편 내조 잘하면 되는 '집사람'으로 인생의 2막을 열었다. 신기하게도 내 전부인 줄 알았던 '간호사'라는 직업은 엄마가 된 후부터 조금씩 순위가 밀리게 되었다. 나보다 아이가 우선인 드디어 온전히 '엄마'가 되었다.

아이와의 하루는 따뜻하고 평화롭고 행복했다. 아침마다 나를 찾아 아기가 엉금엉금 기어온다. 체온이 나에게 닿는다. 그렇게 아이의 체온을 느끼면서 눈을 뜨고 하루가 시작되었다. 볼 때마다 서로에게 웃어주고 피부를 맞닿으며 시작하는 하루하루가 너무나 큰 행복이었다. 며칠 전 아이를 유모차에 태우고 가다가 발견한 119 구급요원들과 응급환자는 퇴사를 급하게 결정할 수 있게 큰 영향을 미쳤다. 정말이지 많은 것들을 느끼게 되었다. 나도 모르게 그 순간에 뒷걸음질 치면서 다음 상황에 대해서 억지로라도 생각하지 않으려 노력했다. 평화로운 일상에서 만난 전쟁 같은 사건이라고 해야 할까? 그때 나는 결심했다. 아이가 조금 클 때까지는 전쟁터로 다시 가지 않겠다고… 사실 임신 7개월에 '사스' 전염병이 돌아 전 세계가 혼란이었을 때, 나는 중환자실 간호사로 매일을 빠짐없이 출근하고 있었다. 예방접종이 개발되지 않아 사스 환자가 입원하게 되면 병원 직원들은 모두 비상이었다. 환자를 피하고 싶은 마음은 없었지만, 배 속 아기가 걱정되었고, 또 미안했다. '사람의 목숨을 위해 일하는 사람들은 하나님이 지켜주신다.'고 교회를 다니지 않는 엄마가 나를 그렇게 안심시켰다. 그래, 우리는 신이 지켜주시겠지… 굳게 믿으며 환자 간호에 충실했던 것 같다. 마침 예방접종이 시작되면서 의료인, 그중 임산부인 의료인이 가장 먼저 접종 대상이 되었다. 아기와 나는 큰 혜택을 받았다. 하지만 하루하루 걱정하며 보낸 시간을 잊을 수 없다.

'간호사 박선우'로 최선을 다해서 살았다. 그래서 '엄마 박선우'로의 시간도 기대가 되었다. 아이와 함께하는 행복한 하루하루를 온전히 느끼고 싶었다. 엄마가 되어보니 알 것 같았다. 자식이 건강해야 내가 건강할 수 있고, 자식이 행복해야 내가 행복할 수 있다는 것을 말이다. 내가 다시 나만의 이름으로 열심히 살 수 있게 되는 그날이 오기 전까지는 온전히 '엄마 박선우'의 역할에 최선을 다해야겠다. 아이의 건강과 행복을 위해서… 또 나의 건강과 행복한 미래를 위해서….

6

슬픔 뒤, 희망을 찾아

이복선

    사회에 제대로 적응하지 못하고 집에 있는 시간이 늘어났다. 조카들이 태어나서 무럭무럭 자라고 있었다. 친정 동생을 챙겨야 하는 언니로서는 부담감이 컸을 것이다. 언니는 아이들과 함께 상자 접기나 인형 눈 붙이기 놀이 등 다양한 일을 하면서 틈틈이 동생인 나를 챙겨 주었다. 내가 그 입장이라면 그렇게 하지 못했을 것이다. 나중에는 오빠도 와서 같이 지내게 되었고, 어린 나이에 눈치가 없는 나는 가끔 조카들이 내 물건을 만진다고 혼내기까지 했다. 언니가 일이 있어서 밖에 나갈 때는 늘 걱정스럽게 "애들 혼내지 말고 잘 놀아주고 있어."라고 당부했다.

    그러던 어느 날 시골에서 연락이 왔다. 아버지가 크게 아파서 병원에 입원하셨다는 것이었다. 큰 병원으로 모신 뒤에 언니, 오빠가 먼저 병문안을 가고 나는 그 뒤에 갔다. 아버지는 젊어서부터 몸이 허약하셨다. 늘 위장약을 달고 사셨고, 식사하실 때를 기억하면 밥그릇이 우리랑 달랐다. 엄마는 약한 몸의 아버지를 챙기고자 어린 자식들보다 더 신경을 쓰셨다. 밥공기 가운데 반숙 달걀을 꼭 넣어 주셨지만, 아버지는 몇 순갈 안 되는 양도 힘겹게 드셨다.

겨울이 되면 아버지는 아픈 몸임에도 지게를 지고 산에 가서 나무를 해 오셨다. 초등학교 겨울방학 때면 나는 가끔 나무를 하러 가시는 아버지를 따라 같이 산에 갔다. 눈으로 뒤덮인 산에 토끼 발자국을 따라 뛰어다녀 보기도 했고, 나무에 달린 빨간 열매를 먹어 보기도 했다. 눈에 덮인 나뭇잎이 미끄러워 넘어지기도 하면서 아버지를 따라갔다. 햇빛에 반사되어 더욱 반짝반짝 빛나는 눈 내린 산속의 공기는 차갑기도 하고 따뜻하기도 했다. 맨몸으로 올라가기도 힘든 험한 곳에서 나무를 잘라 크게 묶은 나무 뭉치를 지게에 지고 내려오시는 아버지가 참으로 대단하다고 생각했다. 우리 가족들은 그런 아버지의 어깨에 의지하고 살아 올 수 있었다는 마음이 든다. 원하는 학교에 보내 주지 않는다고 화를 내고 원망했는데, 부모님이 무슨 죄가 있단 말인가. 아버지는 평생 일만 하셨고, 여행 한 번 가 보지 않으셨다. 법 없이도 살 사람이라는 말을 동네 어른들이 할 정도로 성실하고 다른 사람을 배려하는 분이셨다.

어릴 적 배가 아프다고 하면, 엄마보다는 아버지가 밤새워 배를 쓰다듬어 줄 정도로 사랑해 주셨다. '아, 어디가 아프신 걸까?' 며칠 뒤 울면서 대학병원으로 갔다. 병실 문을 열고 들어간 순간, 너무도 야위어 있는 아버지가 보였다. "아버지!"하고 부르는데 눈물이 쏟아졌다. 앙상한 팔과 다리를 번갈아 가며 만져 보고 주물러 보지만, 그런다고 아버지의 고통이 사라지는 건 아니었다.

담당 의사 선생님이 오셨다. 목이 메어 목소리가 잘 나오지 않았다. 기어들어 가는 목소리로 "저희 아버지 꼭 좀 살려 주세요. 부탁드립니다."라고 하자, 의사 선생님은 나의 작은 어깨를 두들겨만 주고 가셨다. 아버지 연세 겨우 55세였다. 그동안 고생하셨고, 이제부터는 쉬면서 즐기셔야 할 때였다. 일주일간 아버지 병간호를 했다. 주로 검사를 위해서 휠체어로 움직이셨고, 혈액순환이 잘 안 되셨는지 다리, 팔이 울퉁불퉁하게 변하고 파랗게 멍이 든 것처럼 보였다. 금식이라 아무것도 드시지 못하였지만, 계속 위액까지 토하고 힘들어하셨다.

서울에 올라와서도 마음이 편치 않았다. 큰언니가 교대로 간호하게 되었다. 이틀이 지나고 삼 일째 되는 날 아버지가 돌아가셨다는 전달을 받았다. 아버지는 55세의 나이로 하늘나라로 가신 것이다. 아버지에게 사랑만 받고 보답을 하지 못했다는 죄송스런 마음이 나를 더욱 슬프게 했다. 태어나서 죽음이라는 의미를 생각해 본 적이 없는 상태였다. 거의 반실신 상태로 악을 쓰며 우는 나를 주변에서 더욱 안타까워했다. 그런 가운데 누군가 내가 이렇게 울면 엄마는 얼마나 슬프겠냐는 이야기를 했다. 믿어지지는 않았지만 죽음을 인정해야 했고, 담담해야 했다. 아버지에게 잘하지 못했다면, 살아 계신 엄마에게 잘하도록 노력해야 한다는 사실을 깨달았다.

가족들은 현실감이 들지 않았지만, 아버지를 할머니 옆에 모셨다. 남편과 사별한 엄마의 상실감은 나로서는 상상할 수도 없었다. 엄마는 외로운 나날을 힘든 농사일에 매진하면서 자식들이 객지에서 잘 살아가기를 기도하며 보내셨다. 엄마를 홀로 두고 서울로 올라온 자식들의 생각은 많이 달라졌다. 나 또한 실력이 없어서인지, 운이 안 따라서 그런 건지, 어쨌든 일이 잘 안 풀린다는 생각만 하고 주변 사람들에게 짜증만 냈었는데, 이제는 이런 모습으로 바보처럼 살다가는 사랑하는 가족들에게 민폐만 끼치는 상황이 될 것 같았다.

먼저 건강한 몸을 만들기 위해 수영장에 등록하고, 그다음으로 연세어학원에 등록하여 일본어를 배우기 시작했다. 기관지가 안 좋아 늘 기침을 했는데, 수개월 동안 운동을 하니 호전이 되었다. 찾아가기도 힘든 장소, 낯선 사람들과 어울리면서 공부하다 보니, 많은 사람들이 멋있게 직장 생활을 한다는 사실을 알게 되었다. 수업할 때 자기소개 시간에 들으니 변호사사무실, 병원, 회계사사무실 등에서 근무하고 있었고, 나처럼 놀고 있는 사람은 없었다.

'좋은 직장에 다니는데 왜 공부를 할까?'라는 생각도 했지만 '공부를 지속해서 하니까 좋은 직장에 다닐 수 있는 거구나!' 하는 결론을 내렸다. 일본어 선생님을 따라 책이 많이 진열되어 있는 서점에 가 보게 되었다. 나는 20대 초반까지 책을 좋아할 기회도, 장소를 한 번도 경험해 보지 못했다. 유난히 책을 좋아하는 선생님과 함께 자주 광화문사거리에 있는 곳에서 책도 보고 차도 마시는 시간을 가졌다. 너무나 마음과 얼굴이 예뻤던 분이라 기억에 남는다.

이런 생활에 익숙해질 무렵, 내가 매일 놀고 있는 것으로 보였는지, 이웃 지인이 대대적으로 직원 모집 광고가 난 신문을 가져다주며 여기라도 지원해 보라고 권유해 주었다. '책의 숲에서 일한다고, 내가?', '그래. 도전해 보자!'라고 결심했다. 신문에 나온 신입사원 시험 일정에 맞춰 면접까지 보게 되었다. 평소 신어 보지 않던 높은 하이힐에 흰색 블라우스, 검은색 미니스커트를 입고 불편한 걸음을 걸으며 최종면접을 보는데 너무도 떨렸다. 세 명씩 면접을 봤는데, 긴장감에 어떤 질문을 했는지 생각나지 않지만, 다시는 경험하고 싶지 않았다.

며칠 후 합격자 명단에 들어있는 것을 보고 가족들 모두 기뻐해 주었다. 100명이 신입사원으로 채용되었다. 중간에 집으로 간 동기들도 있었지만, 선배님들은 한결같이 가장 많은 채용이었다고 말해주었다. 남자들은 대학 졸업자들이 대부분이었고, 여자들은 상고 졸업예정자들이었다. 내 나이 또래는 거의 없었다. 신입사원 교육도 처음 가보았는데, 앉아서 교육받는 시간이 대부분이었다. 중간에 안 보이는 사람들도 있었는데, 태도 불량자로 중간에 강퇴를 시켰다고 했다. 재개점을 위한 인력 충원이었고, 채용된 신입사원들은 공사가 마무리되자 매장에 투입되어 선배들에게 현장의 업무를 배우기 시작했다.

고객 응대, 분류, 발주, 반품, 상품관리, 업무태도, 도서 입고 과정 등 다양한 부분을 교육받았다. 가장 집중적으로 교육받았던 것은 용모에 관해서였다. 머리, 복장, 화장 등 대선배님에게 검사받고 근무해야 했다. 창고에 끌려가서 우는 동료들도 있었고, 싹싹하고 예의가 바른 동료들은 칭찬을 많이 받아 부러움의 대상이 되기도 했다. 나는 있는 듯 없는 듯한 사람이었다. 한마디로 존재감이 전혀 없었다고 볼 수 있다. 그때는 한참 동안 큰 그림이 보이지 않았다. 눈앞의 일도 해결하지 못하여 쩔쩔매는 내 모습이 아직도 선하다. 뭐든 잘하고 싶었으나 마음처럼 잘되지 않았다. 그래도 가족들은 큰 회사에 다니니 월급 못 받을 일은 없을 것 같다며 많이 격려해 주었다.

7

또 다른 나를 만들어준 것, 배움

최덕분

한 마리 토끼를 잡기 위해 선택했던 '엄마'라는 직업. 하지만 현실은 녹록지 않았어요. 10년간 다닌 회사를 과감하게 그만두고 육아를 선택했던 저는 잘하고 싶었어요. 하지만 마음처럼 쉽지 않았어요. 시행착오를 겪으며 엄마의 직업도 배워야 함을 깨달았지요. 막내딸이 36개월이 지나 어린이집에 다니면서부터 다시 일을 하고 싶었어요. 마음속 깊은 곳에서 꿈틀거리는 본능이 올라왔어요. 10년 동안 삼성 반도체에서 느꼈던 성취감을 찾고 싶었어요.

'무슨 일을 할 수 있을까? 연년생 삼 남매를 양육하며 동시에 잘할 수 있는 일이 무엇일까?' 또 다른 저의 모습을 찾아가고자 고민했어요. 경력 단절이 되어 새로운 일을 갖는다는 건 쉽지 않았어요.

제2의 직업을 갖고자 찾던 중에 반가운 소식이 들려왔어요. 친한 언니가 초등학교 행정실에서 엑셀 업무가 가능한 사람을 뽑는다는 말을 듣고 소개해 주었어요. 면접을 보고 합격했는데 망설여졌어요. 이유는 삼 남매가 어렸기 때문이었어요. 혹시나 아프기라도 하면 병원에 가야 하는데, 시간을 자유로이 사용할 수가 없다는 불안감 때문이었어요.

'아, 진짜 엄마의 역할은 어쩔 수 없구나!' 포기하고 싶던 순간, 문득 떠올랐어요.

2년 전, 한 달 동안 경험했던 일이 전집 판매였어요. 영업일은 시간을 자유롭게 사용할 수 있다는 장점이 있었어요. 초등학교 행정실과 영업 중 하나를 선택해야 했어요. 삼 남매 교육과 일을 동시에 해야 했기에 영업일을 선택했어요. 그런데 주변에서는 반대했어요. 이유는 편하고 안정된 일을 선택하지 않고 어려운 전집 영업을 한다는 것이었지요. 그런데 저는 흔들리지 않았어요.

자녀교육과 영업을 잘할 수 있다는 희망을 안고 2004년도에 본격적인 전집 방문 판매 일을 시작했어요.

자녀교육과 영업에 관한 기대를 하고 본격적으로 출근하였어요. 삼 남매의 유치원 등교와 출근 준비로 아침마다 전쟁이 시작되었어요. 집에서 수원까지 시내버스를 타고 도착하면 약 한 시간 정도 마음의 문을 열고 교육 과정과 책에 대한 교육을 받다 보니 희망이 커졌어요. 교육을 받으면서 할 수 있겠다는 마음이 저절로 생겼어요. 책을 판매하고픈 강한 마음에 지인에게 접근하였지만, 번

번이 거절을 당해 상처를 받았어요. 그럴 때마다 '우리는 어린이의 10년 후를 생각합니다', '또또사랑'을 외쳤어요. 교육을 받을수록 깊은 사명감까지 생겼어요. 지인에게 접근하여 권유하는 것이 안 되자 방법을 달리했어요. 검은 가방에 교육받은 책을 넣고, 한 손에는 전단을 들고 무작정 낯선 아파트에 갔어요. 놀이터에 나와서 아이들과 놀고 있는 엄마들에게 다가가 전단을 돌렸어요. 오후 2시에서 4시 사이에 유치원 하교 버스를 기다리고 있는 엄마들에게 다가가 말을 걸었어요. 전단을 내미는 순간 빠르게 고개를 돌리는 엄마를 만나면 비참한 생각도 들었어요. 하지만 포기할 수 없었어요. 남편의 반대에도 불구하고 나왔는데 물러설 수 없었지요. 더군다나 삼 남매에게도 당당한 엄마가 되고 싶었어요. 한 번 더 용기를 내어 다가가 말을 걸었어요. 고객 정보를 받는 횟수가 늘어나면서 자신감이 생겼어요. 한 달 동안 같은 아파트에서 꾸준히 활동하다 보니 서서히 마음의 문이 열렸어요. 고객 정보를 적어준 분들에게 선물을 챙겨서 무작정 초인종을 누르고 전달했어요. 매몰차게 거절한 분도 있었지만, 문을 열어주고 차도 따뜻하게 대접해 주신 분도 있었어요. 자녀교육에 관한 대화를 나누다 보면 공감대가 형성되어 판매가 쉽게 이루어졌어요. 제가 많이 판매했던 전집은 과학영역과 백과사전이었어요. 처음에는 거절에 대한 두려움이 있었지만, 목표 달성을 하고픈 마음에 계속 도전했어요.

전집 영업은 다른 분들과 차별화가 되었어요. 첫 직장 삼성 반도체에서 배운 훈민정음과 엑셀, 파워포인트를 활용할 기회가 많았어요. 파워포인트로 소책자를 만들어 고객에게 차별화된 정보를 주었어요. 입소문으로 소개가 되어 매출도 늘었어요. 어느덧 팀장으로 승진하였는데요. 회사의 주관으로 이루어진 전 지역 팀장이 모인 자리에서 사례발표도 했어요. 자녀주도학습과 책의 활용도에 정보를 공유하다 보니 매출이 높았어요. 덕분에 회사에서 진행되는 해외여행도 많이 다녔어요. 저 나름대로 영업에 대한 만족감과 성취감이 올라갔어요. 그러나 집안일은 시간이 갈수록 엉망이 되어갔지요.

처음에는 자녀교육과 함께 잘하기 위해 일을 시작했는데요. 일에 집중할수록 집안일은 점차 멀어졌어요. 토요일, 공휴일도 거의 모두 출근하여 영업 실적에만 몰입했어요. 삼 남매 교육은커녕 식사도 제대로 챙기지 못하고, 책도 읽어주지 못했어요. 고객과 상담하다 보면 늦게 퇴근하는 일도 잦아졌어요. 매일 반복되는 상황에서 남편의 불만도 커졌어요. 어린 삼 남매는 유치원에 다녀와서 집에서 놀고 있어야 했어요. 엄마의 부재로 동생 돌봄 담당은 큰딸의 몫이 되었지요. 퇴근하여 집에 들어가면 거실은 난장판이 되었어요. 그러면 그럴수록 남편과의 갈등은 깊어져만 갔어요. 부부싸움을 아이들 앞에서 보이는 모습이 잦아졌어요. 일을 그만두고 집안일을 조금 더 관심을 가지길 원하는 남편의 마음을 무시했어요. 끝까지 포기하지 않고 일에 전념하여 국장으로 승진했어요.

국장으로 승진한 새로운 각오로 열심히 노력하여 성과도 좋았어요. 함께 일하시는 분도 늘어나면서 점점 더 실력을 인정받았어요. 수석국장에 대한 비전을 품고 지역 국장을 배출하였어요. 그런데 수석국장이 결국 되지 못했어요. 이미 조직을 반으로 나누었기에 지역국 운영에 고비가 찾아왔어요. 팀장까지는 본인의 매출이 포함되어 나름대로 수입이 괜찮았어요. 국장은 본인 판매 권한이 없이 조직 관리를 통해 매출을 달성해야 했어요. 채용을 통해 조직을 확장 시키고 월 매출도 달성해야 하는데, 이미 제 마음은 상처가 되어 일어나기가 쉽지 않았어요. 시간이 흐를수록 적자가 누적되었지만, 포기할 수는 없었어요. 나름대로 성과를 내기 위해 교육에 관심을 쏟았어요. 매출 목표보다 고객의 변화에 관심을 가져 자녀교육 위주로 강의를 열심히 했어요. 자녀와의 관계, 부부관계에 힘듦이 있으신 분들에게 정성껏 상담하고 도움을 주었어요. 그러다 보니 매출은 점점 뒷전으로 가고, 지역국 운영상황은 힘들어졌어요. 나의 이익보다 타인 위주로 일 처리하다 보니 경제적으로 손실액이 늘어났어요. 결국은 카드빚을 감당하지 못해 남편의 도움을 받아야만 했어요. 한편으로 죽고 싶은 마음에 나쁜 마음까지도 생각해봤어요. '조금만 열심히 하면 되겠지. 조금만 더 하면 되겠지.'라는 마음으로 15년을 버텨 왔는데요. 더는 버틸 힘이 없었어요. 시간의 자유를 얻고 싶어 영업을 선택했지만, 자유는 없었어요. 점점 가정에서도 서야 할 자리가 없어지며 덩그러니 벌판에 서 있는 느낌이 들었어요. 거기에다 이혼의 위기도 있었어요. 갈수록 힘든 상황과 경제적인 한계치가 넘어 뭔가 결단해야 했어요. 어떻게 하면 일과 가정이 조화를 이루어 행복한 삶을 살아갈 수 있을까? 고민하며 진짜 변화의 모습을 찾고자 자기계발을 시작했어요.

2015년부터 본격적으로 책을 읽기 시작했어요. 독서를 통해 오프라 윈프리의 감사일기를 알게 된 것은 제게 행운이었어요. 처음 5년 동안 감사일기를 카카오스토리에 꾸준히 올려 공유했어요. 그 덕분에 5년의 기록 흔적들이 남아 저의 브랜드 네임인 '고마워 디자이너'가 될 수 있었어요. 또한 《타이탄의 도구들》이라는 책을 통해 감사일기의 중요성을 더 알게 되어 적용했어요. 2017년부터 양식지를 직접 만들어 감사일기를 써왔어요. 또 읽기에만 집중했던 독서의 방법도 바꾸었어요. 책에서 얻은 배움을 저만의 고마워 독서법을 만들어 실행력을 높였어요. 저 자신을 사랑하기 위해 100일 동안 고마워 편지를 써주며 위로를 받았어요. 남편에게도 100일 동안 "고마워요."라는 내용을 담은 글을 써서 인정을 받았어요. '고마워요'라는 말의 씨앗이 뿌려질수록 존중함과 행복한 부부의 모습으로 변화되었어요. 책을 읽고, 기록을 통해 행복한 가정이 되는 비결을 나누고 싶어졌어요. 그러다 《놓치고 싶지 않은 나의 꿈 나의 인생》을 13회 읽으며 결심했어요. 15년 다닌 회사를 퇴직하기로요. 또 다른 나를 찾아서, 책과 배움을 통해 얻은 지혜를 나누고자 1인 기업로 새 발걸음을 내딛었어요. 고마워요. 사랑해요. 덕분에 행복해요. 고사덕행.

다시 시작

최연우

    나의 근무 시간은 오후 세 시부터 아홉 시다. 오전에는 주민 센터나 문화 센터를 이용한 취미생활을 했다. 그림 그리기, 클래식 기타, 벨리댄스, 요가, 라인댄스, 꽃꽂이 등 배우고 싶었던 것들을 배웠다. 짧게는 몇 개월에서 몇 년 동안 배운 것도 있었다. 오후 근무 시간 전에 활력을 주는 취미생활은 재미있었다. 한 달에 두 번만 출근하면 되었고, 재택으로 하는 일이기에 반복되는 일상에도 딱히 힘든 점은 없이 근무하던 중에 시댁 삼촌의 권유로 네트워크 사업을 알게 되었다. 가정에 필요한 제품을 싸게 사면서 돈이 되는 일, 부업으로 생각하고 시작했다. 처음 시작은 국내 A 회사였다. 몇 개월 사업을 하던 중 사회적 기업인 비슷한 다른 회사를 알게 되면서 사명감을 가지게 되었다. 사회적 기업이 만든 친환경 제품을 안 쓴다는 게 이상하다고 생각되면서 점점 비중을 늘리게 되자, 나는 다니던 회사를 그만두었다. 그러고는 본격적으로 네트워크 사업에 몰두했다. 사회적 기업인 G 회사에서는 단기간 프로모션을 달성하자 같이 했던 사장님들과 해외여행까지 시켜 주었다. 회사에서 하는 제품교육, 미팅, 강사 교육 등은 빠지지 않고 참여했다.

네트워크 사업은 꾸준한 인맥을 늘려가지 않으면 수입이 되지 않는다. 같이 하던 파트너 사장님들이 수익이 되지 않으니 하나둘 그만두고 다른 사업으로 눈을 돌리고 있었다. 교육계에만 근무하던 나에게는 여러 종류의 사람들을 겪게 되는 시절이었다. 모든 사람이 다 나와 같은 마음이 아님을 깨달았다. 사람을 자기의 승진에 이용하기도 하고, 거짓말을 하고, 투자와 네트워크 사업을 하면서 보니 정말 다양한 사람들이 있음을 알게 되었다. 성인인데 자기 말에 책임을 못 지는 사람들도 많았고, 돈도 많이 벌기도 하고 잃어보기도 하고, 그러면서 제일 힘들었던 건 인간관계였다. 사업이야 하다가 잘못된 선택으로 안 될 수도 있지만, 사람에 대한 실망이나 배신은 참 힘들었다. 사업이 잘못되면 마음이 맞는 사람과 다시 힘을 낼 수 있었지만, 사람에 대한 실망은 상처가 크게 남았다.

결국은 모든 일을 그만두었다. 회사에서 주는 비전처럼, 인세 소득을 꿈꾸며 월 천 공주를 목표로 한다는 게 말처럼 쉬운 일이 아님을 알게 되었다. 네트워크 회사의 제품은 성분이나 기능이 좋은 게 많은 건 인정하지만, 그 제품으로 사업을 한다는 게 쉽지 않음을 지금도 알기에, 주변 사업자분들의 용기에 박수를 보낸다. 1년 반 정도 외도의 길을 걸었던 나는 다시 나의 자리로 돌아왔다.

결국, 사람마다 자기의 위치가 있는 것 같다. 내가 본래 하던 일이 나에게 맞는 것이다. 다시 나의 일을 하면서 보니까, 네트워크 사업을 했던 사장님들도 결국은 그런 일을 계속하고 있었다. 새로운 사람들을 끊임없이 만나고 전달하는 일이 맞는 분들은 당연히 그 사업을 하는 게 맞고, 단지 나는 맞지 않을 뿐이었다. 사람들이 사는 건 결국 여러 가지 네트워크에 연결되어 있음을 알고 있지만, 나에게는 어울리지 않고 맞지 않는 옷이었다. 지금도 나는 네트워크 회사 제품을 쓴다. 성분도 좋고, 건강에 도움이 되고, 가격도 적당하면 굳이 안 쓸 이유는 없기 때문이다. 이미 소중한 경험을 한 후라 내가 쓰는 생활용품을 소비하는 것으로 만족한다.

다행히 나이가 있어도 경력이 많아 중등 관리교사로 복직하고 5년 넘게 일을 계속하다가 회사를 그만두었다. 재택으로 일을 해도 컴퓨터 앞에 앉아서 일하는 것이 싫증도 났고, 좀 쉬고 싶은 마음도 있었기 때문이다. 6개월 정도 쉬던 중 남편이 건강검진에서 갑상선 조직검사를 해보라는 소견을 받았다. 조직검사를 하고 결과를 기다리는 동안의 시간은 참으로 길게 느껴지고 또 많은 생각을 하게 되었다. 남편이 항상 건강하다고만 생각했는데, 만약 암에 걸린다면 정말 어쩌나 하는 생각에 갑자기 눈앞이 캄캄해지면서 미래에 관한 생각을 하게 되었다. 질병이라는 게 예고를 하면서 찾아오는 것도 아니고, 이제 60대가 되고 점점 나이가 들수록 아픈 곳만 더 늘어나는 건 당연한 이치이다. 건강할 때 하고 싶은 일도 하면서 건강도 지키는 게 더 중요하다는 생각이 들었다.

코로나가 한창인 2021년 1월, 나는 20년 넘게 해오던 관리직에서 영업인 상담으로 바꿔 현재의 회사에 입사하였다. 역시 경력을 인정받아서 입사하게 되었지만, 나이로 따지면 입사할 수 없는 자격 미달이다. 나는 사실 영업력이 없는 사람이다. 누군가에게 무엇을 권하고 판다는 게 쉬운 일이 아님을 알고 나에게는 어렵게 느껴지는 일이었다. 한 번도 해본 적이 없는 상담직에 도전했다.

대학교 다닐 때 아르바이트로 책을 판매하는 일을 했는데 입이 떨어지지 않았었다. 그런데 지금은 오히려 정해진 시간에 학생들을 관리하는 일이 힘들게 느껴졌다. 내가 무언가를 판다고 생각하기보다는 좋은 교육을 소개한다는 마음으로, 그래서 상대방이 마음에 들면 선택을 하는 것이고, 마음에 들지 않으면 선택을 안 하는 것으로 생각하니 일하기가 수월해졌다. 그리고 나는 큰 욕심을 가지고 돈을 많이 벌 목적으로 시작한 건 아니다. 재택으로 하는 이 일이 마음에 들어서 하는 것이라고 마음을 고쳐먹으니 스트레스도 덜 받게 되는 것 같다.

지금도 나는 오후 2시면 메신저를 켜고 일을 시작한다. 내 집 나의 방에서 일한다. 여전히 오전에는 내가 하고 싶은 것들을 하고 좋은 사람들도 만나면서, 오히려 그 전보다 조금 더 마음의 여유가 생겨서 좋다. 아직은 내가 할 수 있는 나의 일을 즐기고 사랑하며 오늘도 컴퓨터를 켠다.

9

하나의 문이 닫히면
또 다른 문이 열린다

한보리

직장생활의 첫 단추를 끼운 비서라는 직업은 내가 아닌 누군가를 위해 일하는 직업이었다. 그의 목표가 내 목표인 양, 그의 성공이 내 성공일 것이라 착각하며 살았다. 물론 비서라는 직업 자체의 문제가 아니다. 내가 문제였다. 고양시 한옥 현장에서 일에 치여, 육아에 치여 정신없이 몇 해를 보냈다. 열심히 살았으나 정신적, 재정적 상태는 엉망진창이 되어 있었다. 각종 채무와 법정 공방 등 혼자의 힘으로는 해결할 수 없는 수많은 문제가 있었다. 일단 물리적인 거리를 두는 것이 방법이라 생각했다. 출근길에 차를 돌려 집으로 돌아온 날, 내가 살고 싶은 삶을 살아야겠다고 생각했다. 얽히고설킨 문제들은 감내해야 했지만, 내가 출근한다고 해서 해결되는 것은 아니었다. 난 내 길을 찾아가면 되는 것이었다. 내 월급마저 밀린 상황이었고, 남편에게 기댈 상황도 아니었다. 생각이 정리되면 비교적 행동은 빠른 편이다. 생각을 정리했으니 무브무브! 무슨 일이든 해야 했다. 그러던 어느 날, 항상 지나치던 길 옆 빌라에 걸려있는 현수막이 눈에 띄었다. '신축빌라 분양'

평소 외근을 하며 통일로 주변 곳곳에서 빌라를 짓고 있는 모습을 보았다. 창문 난간에 '모델하우스' 현수막을 붙인 신축빌라들을 보며 궁금했었다. '저런 집은 누가 짓고 파는 것일까?', '왜 저렇게 많은 빌라가 지어지고 있을까?'라는 궁금증이 생겨났다. 가끔 시간이 날 때는 모델하우스 구경도 했다. 깔끔하게 지어진 새집에 눈이 번쩍하는 인테리어, 게다가 실장님들의 화려한 언변에 끌려 어느새 내 앞에 분양계약서가 펼쳐진 날도 있었다. 몇 차례 그런 경험을 해보니 빌라 분양 시장에 대해 궁금해졌고, 어떻게 하면 그 판에 들어갈 수 있는지 알아보기 시작했다.

부동산 거래나 투자에 관심이 없으신 분들은 이 분야의 용어들이 생소할 듯하다. 시행사, 시공사, 분양대행사라는 단어들이 들어봄 직하면서도 구분이 잘 안될 수 있다. 쉽게 설명하면 아파트, 빌라, 상가 등 사업을 주체적으로 운영하는 곳이 시행사, 공사를 맡은 곳이 시공사, 홍보관 오픈 등 마케팅 등을 통해 계약하는 업무는 분양대행사의 일이다. 아파트와 달리 빌라는 시행사가 개인인 경우가 많다. 건축주라고 말한다. 아파트 같은 규모와 비교하면 상대적으로 영세한 사업자이다. 빌라 1~2개 동을 지을 수 있는 토지를 매입해 시공사를 정한 뒤 시공을 하고, 한 세대를 모델하우스로 꾸미며 후분양한다. 건축주들은 분양대행사로 크고 작은 부동산컨설팅 업체에 맡겨 분양 대행 업무를 대신한다. 내가 관심을 가진 시장은 신축 빌라의 분양 대행을 하는 부동산컨설팅 업무 전반이었다.

신축빌라 분양 현장은 서울, 경기지역만 해도 도처에 수없이 많다. 보통 주변의 주택 밀집 지역에서 새롭게 공사하는 빌라 현장들을 많이 볼 수 있는데, 이 현장들이 모두 판매할 수 있는 상품이 되는 셈이다. 건축주는 공사를 마친 후 모델하우스를 예쁘게 꾸미고, 분양계약서를 작성할 상담 직원을 배치해 둔다. 하지만 고객들이 이름 모를 건축주가 지은 1~2개동의 신축빌라 현장들을 알아서 찾아오기란 쉽지 않다. 이 때 '컨설팅 업체'들이 지역별 신축빌라 현장 정보를 제공하고 홍보, 마케팅 하여 손님을 모셔 오는 것이다. 룰은 간단하다. 어떻게든 고객을 모시고 와서 계약을 체결하면 수수료가 발생하는 것이다. 이 컨설팅 수수료가 홍보, 마케팅 비용을 포함한 성공보수인 셈이다.

분양 컨설팅 업체의 홍보, 마케팅 방법은 길거리에 족자, 현수막 설치를 한다거나 현장 사진을 촬영해 홈페이지 및 블로그 작업 등을 통해 고객에게 노출되도록 하는 것이다. 이런 방법들을 통해 고객으로부터 연락이 오면 그들의 라이프스타일과 현금 보유액 및 신용상태 등을 파악해 그에 맞는 현장들을 선별해 소개한다. 신축

빌라 현장은 위치도 제각각, 공급면적과 분양가도 제각각이기 때문에 고객 맞춤별 선별 과정은 무엇보다 중요하다. 대가족이 거주해야 하는 조건의 고객에게는 넓은 평수의 집이나 공간 분할이 가능한 복층 구조의 집을 찾아주고, 1인 세대 고객에게는 적당한 규모와 금액대로 출퇴근이 용이하고 인프라가 좋은 집을 소개한다. 대형견을 키우거나 아이들이 있어 층간소음 문제로 스트레스를 받는 고객에게는 마당이나 테라스 공간이 있는 집을, 예산이 빡빡한 고객은 예산 내에서 최대 만족을 주는 집을 소개해드린다.

고객 맞춤별 물건 선별이 그만큼 중요하며, 그 부분을 분양 컨설팅 업체가 담당하는 셈이다. 그러나 가끔 TV를 통해 소개되는 '신축 빌라 컨설팅'의 이미지는 하는 일 없이 부당이득을 챙기는 소개업자로 묘사된다. 아파트 분양대행사에서 수억에서 수십억의 비용을 들여 유명 연예인을 모델로 발탁해 TV, 라디오, 신문 등 다양한 매체를 통해 홍보, 마케팅하고 분양 대행 수수료를 받는 것과 같은 이치이다. 그런데도 '빌라'라는 프레임으로 묶어 가난한 사람들에게 사기 치는 직업처럼 그리는 모습을 볼 때면 일부의 문제로 전체를 판단하는 것 같아 안타깝다.

내가 주도권을 갖는 새로운 길을 찾고 싶었다. 월급쟁이의 굴레속에서 살고 있었다는 생각을 했다. 연봉이 아닌, 내 능력으로 벌어들이는 수입으로 내 인생의 주도권을 찾은 기분이었다. 자신감이 생겼다. '부동산'이라 하면 매매나 전, 월세 계약을 하는 중개업만 알던 내가 '신축 빌라'라는 특화된 물건을 취급하는 세계를 알게 되었다. 매우 흥미로워 보였고, 도전했다. 2016년 봄, 어느 날 출근길에 차를 돌려 새로운 길로 들어섰다. 하나의 문이 닫히고 또 다른 문이 열린 것이다. 새로운 문을 여는 설렘으로 가득했던 시기였다.

10

생활에 플러스를 주는 일

황금

직장을 두 번 이직하고 나오니 30대 후반이었다. 15년을 열심히 일했고 사회에 나왔다. 나름 조기 은퇴라 생각했다. 평소 하고 싶었던 것을 마음껏 할 자유를 주었다. 그래도 맞벌이로 못 챙겼던 아이들이 먼저였다. 아이들과 함께하는 일부터 시작했다. 내가 선택해 주도적으로 시작하는 일이라서 신이 났다.

첫 선택은 홈스쿨이었다. 육아서마다 추천하는 홈스쿨을 꼭 해보고 싶었다. 아이와 다양한 활동을 함께 하며 많은 추억을 쌓고 싶었다. 마침 도서관에서 엄마들을 위한 영어 홈스쿨 교육이 있어서 바로 등록했다. 수업 후 집에서 아이들과 직접 해보는 엄마 수업이었다. 강사는 자녀가 어릴 때 주변 엄마와 함께 공동 육아했던 경험을 자주 말했었다. 혼자보다 공동육아가 더 낫겠다는 생각이 들었다. 수업이 한 달 됐을 때 같은 마음을 가진 엄마들이 눈에 띄었다. 공동육아를 해보자는 제안에 선뜻 좋다고 했다. 집마다 두 자녀 이상이었고, 아이들 나이도 엇비슷했다. 그렇게 엄마 4명과 아이들 9명으로 공동육아를 시작했다. 일주일에 한 번 모여 영어 그림책을 읽고, 율동도 하고, 간단한 만들기 활동을 했다. 장소는 청주시에서 제공하는 공동육아 나눔터를 찾아 공짜로 해결했다. 여러 아이와 함께하니 큰 놀이가 가능해서 몇 배 더 즐거웠다. 다들 비전문가라 수업은 모두에게 부담이 됐다. 그래서 더 열심히 준비했고 뿌듯함도 컸다. 함께할 때는 배려와 기다림이 필요하다는 것도 배웠다. 각자의 속도를 존중하니 아이들에게 다양한 경험이 되었다. 아이들도 편견 없이 잘 받아들였다. 수업 준비도, 아이들과 노는 것도 즐거웠다. 그때가 누군가를 가르쳐 본 첫 경험이었다.

두 번째 선택은 당시 Hot 했던 4차 산업 기술이었다. 첫째 아이 수업으로 주말마다 대전에 있는 국립 중앙과학관을 다녔다. 아이를 기다리며 3D 프린팅 작품을 보게 되었고, 메이커에 관심이 갔다. 상상의 물건을 일반인들도 쉽게 만들어내는 3D프린터가 멋졌다. 그 완성품에 코딩으로 생명을 넣으니 로봇이 되었다. 미래가 손에 들어온 것 같았다. 관심이 가는 곳에 시선이 간다고, 오다가다 충청북도에서 지원하는 '3D 코딩 융합 전문가 과정' 교육을 보았다. 전면 무료 교육이었고, 3D와 코딩 둘 다 배울 좋은 기회였다. 거리는 조금 멀었지만 무작정 등록했다. 처음 생각은 배워서 내 아이들에게 가르쳐 주면 좋겠다는 정도였다. 만들기를 좋아하는 첫째 아이에게 기술이 더해지면 뭐가 나올까 궁금했다. 하지만 전문가 과정은 녹록지 않았다. 교수님이 가르쳐 주셨고, 아두이노 보드와 센서 등을 다루고 있어서 7살 아이에게는 어려웠다. 다만 엄마의 완성 작품을 보며 흥미를 갖는 정도였다. 그 이후 아이는 초등 3학년쯤 되니 저절로 높은 수준의 코딩도 척척 해냈다. 직접 가르치는 것보다 엄마가 공부하는 모습을 통해 관심을 키웠던 것이 더 큰 동기가 되었다.

흥미로 배운 것들이 운 좋게도 일로 연결됐다. 홈스쿨을 배워 그룹을 만들고 공동육아를 한 것처럼 3D 코딩 융합 전문가 과정은 3D 융합 협동조합의 이사로 초대되어 키트 제작이나 수업 지원을 하게 되었다. 전문가 과정 덕분에 아르바이트 일도 하고, 이때 만난 스타트업 대표를 도와 1년을 일하기도 했다. 회사를 나온 이후 일은 아이들에게 초점을 맞춰 선택적으로 했다. 아이들의 일상에 맞춰 하루 6시간을 넘기지 않기로 약속이 된 경우만 시작했다.

마흔에 셋째를 낳았다. 세 자녀 엄마가 되며 육아 시계를 다시 처음으로 돌렸다. 세 아이의 하루를 챙기며 일했다. 6시간 일일지라도 양쪽 다 완벽하지 못했다. 시간 여유 없는 맞벌이 생활이었다. 그러다 일이 멈췄다. 2020년 코로나 팬데믹으로 세 아이의 육아와 건강을 챙겨야 했다. 다시 집이다. 그런데 아이들과 함께하는 삶이 더 안정적이었다. 삶의 중심에 가족이 있음을 느꼈다. 일을 고집하기 전에 내겐 소중한 가족이 있음을 잊지 말아야 함을 느꼈다.

그해 가을, 우연히 작은 제안을 하나 받게 되었다. 아는 분이 도서관에서 수업을 여는데 보조 강사로 도와 달라는 거였다. 집에서 가까워 아이들과 자주 찾던 도서관이라 긴 생각하지 않고 돕겠다고 했다. 그런데 몇 시간 후 다시 전화가 왔다. 초등 저학년 수업을 내게 해보란다. 강사 경험은 없지만, 두 자녀 가르치듯 하면 되니 어려울 것 없다고 용기를 주었다. '내가 해도 괜찮을까?' 하는 마음도 있었지만, 익숙한 도서관에서 내가 수업을 한다니 설레었다. 이후 집에서 아이들과 여러 번 연습하며 준비했다. 코로나로 수업 시작일이 미뤄지며 두 달 동안 수업을 준비할 수 있었다.

드디어 수업이 열렸다. 초등 1~2학년 아이들과 하는 코딩 로봇 수업 10회, 가족들과 함께하는 3D펜 1회 수업이 순식간에 지나갔다. 과정이 진행되는 기간에 우여곡절도 있었다. 6회 수업 후 코로나가 다시 대유행하여 밀집 수업이 폐쇄되었다. 이대로 끝인가 생각하다 4회를 온라인수업으로 결정하고 2주 준비한 뒤 온라인으로 수업을 잘 마칠 수 있었다. 2020년 온라인수업이 활성화되기 전이라 쉽지 않은 결정이었지만, 빠르게 시설을 갖추고 문제 상황을 잘 해결한 벅찬 경험이었다.

지금 강의안을 열어보면 혼자 만든 거라 초보티가 나고 어리숙하다. 그렇지만 못한다고 물러섰다면 보조 강사로 끝났을 일이었다. 이 경험을 통해 성취감을 얻었고 수업을 할 기회를 찾게 되었다. 다음 해에도 이 도서관에서 같은 수업을 하고 싶었으나 다음은 없었다. 도서관 담당자는 W서점에서 수업을 맡게 됐다고 했다. 서점에서 메이킹 수업이라니? 둘러대기 위한 말이겠지? 아쉬웠다. 한 번 더 하면 더 잘할 수 있을 텐데….

도서관이 좋았다. 눅눅한 책 냄새가 익숙했다. 아이들 수업이 좋았다. 수업에서 만난 아이들의 반짝거리는 눈빛이 좋았다. 두 달 경험이 날 부추겼다. 기회를 만들어 봐? 시립 도서관들을 무작정 찾아갔다. 가는 곳마다 강사 모집 기간에 서류를 제출하면 된다는 말만 돌아왔다. 가진 것은 자신감밖에 없었다. '한 번 더!'라는 생각뿐 10회 이상의 커리큘럼이 있어야 하는 것을 그때는 몰랐다. 솔직히 계획안을 작성하는 방법도 몰랐다. 어쩌다 강사를 하느라 모르는 것이 하나둘이 아니었다. 방법을 찾아야 했다. 본격적으로 강사 일을 배워보고 싶었다. 첫 직장 다닐 때의 당돌함이 여전히 남아 겁 없이 몸으로 부딪쳤지만, 전문 강사 교육 과정이 필요했다. 이때는 관심 가는 대로 가다가 부족한 것이 있으면 그때 채우면 된다는 식이었다. 먼저 관심 가는 일이 무엇인지 찾는 것은 중요했다. 작은 관심의 불씨가 꺼지기 전에 행동부터 하자는 것이 내 방식이었다.

회사를 나와 주도적으로 선택하여 배웠다. 관심은 일로 발전했고 새로운 목표를 만들었다. 강사라는 낯선 영역에 발을 들였다.

강사의 일이 좋았던 이유는 뭘까? 도서관 첫 수업에서 아이들을 보며 배우는 것이 많았다. 어른들의 세상에서 잠시 떠나 아이처럼 순수해지는 시간이었다. 함께 시간을 보내며 삶의 의미도 다시 찾게 되었다. 아이들의 사회로 초대되니 아이들과 함께하는 게임(놀이)을 많이 알게 되었다. 그로 인해 나의 아이들도 덩달아 즐거웠다. 강사는 삶에 재미와 앎이라는 플러스를 주는 일이 되었다.

제 4 장

새로운 시작

1

'상담'을 만나다

김동혁

계속되는 병원 생활로 인해 의욕을 점점 잃어 갔다. 아버지가 베트남전 참전용사셨는데, 그 영향이었는지 고엽제 2세 환자로 등록하게 되었다. 고엽제 2세 환자로 등록이 되면 보훈처에서 한 달에 약간의 병원비를 지원해 주지만, 지원되는 병원비는 비급여항목에 관하여 사용하라는 의미가 크다.

결국, 오랜 병원 생활에 따라 비급여 관련 치료가 추가되고 있어 할 수만 있다면 지원금보다는 건강한 몸을 희망하게 된다. 그러다 보니 나의 몸은 정식 명칭은 아니지만, 준 장애인이 되어버렸다. 장애인 등록도 안 되고, 온전히 한 사람 몫을 해내지도 못하니 말이다. 어느 날 예배를 드리러 교회에 갔다가 상담 교육 과정에 대한 광고를 보게 되었다. 상담센터를 운영하시는 목사님이 가르치는 과정이었다. 사실 평소에는 상담을 썩 좋아하지 않았다. 이전에 신학교에 진학하려고 했던 적이 있었는데, 신학교 수업 과정에서도 '내적 치유(Inner Healing)'란 과목을 좋아하지 않았다. 가만 보면 마음이 아프다고 내적 치유를 받고 회복된 후 사무실을 나서며 다시 상처받는 게 사람이라, 보람도 없고 허무한 일이라고 생각했기 때문이다. 열심히 치료해도 보람을 느낄 것 같지 않았다. 그래서 그런지 이전에도 상담 과정 모집 광고를 본 적은 있지만, 관심을 두지 않았다. 그런데 이번에는 광고가 눈에 들어왔고 공부하고 싶은 생각이 강렬하게 들었다. 이 과정을 하면 목회상담학회에서 기독 심리상담사 자격증을 받을 수도 있었지만, 자격증에는 그다지 관심이 없었다. 아마도 상담 과정을 통해 다른 사람보다는 나 자신을 치유하고 싶은 생각이 컸던 것 같다. 1년 4학기 과정을 수료한 후에도 부족한 마음이 컸다. 그때 피어선 신학전문대학원에서 계약학과 석사과정을 제주에서 오픈한다고 들었다. 등록금도 쉬운 문제는 아니었지만, 상담의 맛을 본 후 좀 더 본격적인 공부를 하고 싶었다. 기도해 보고 아내와도 상의해서 등록하기로 했다. 확실히 1년 과정과 석사과정은 심리학의 깊이에서 차이가 났다. 또 전공은 신학이고, 그 안에 세부 전공이 상담이라 신학 과목까지 공부해야 했다. 즉, 신학과 상담학, 심리학을 배워야 했다. 수업마다 기본적으로 전공 책이나 추천 책을 읽은 내용을 토대로 자신을 분석하는 과제가 있었는데, 각각의 심리학 이론에 비춰 나를 돌아봤을 때 너무 안쓰럽고 연민에 빠져들어 갔다. 하지만 자기 연민에 빠지는 것은 좋은 것이 아니라는 것을 곧 알게 되었다.

사실 심리상담사가 된다는 것은 어떤 학교를 나왔는지, 어떻게 자격을 갖추고 있는지, 어떠한 상담을 하고 싶은지에 따라 방법이 천차만별일 정도로 여러 종류의 상담사가 있다. 내가 관심이 있는 상담 분야는 부부 상담이나 커플 상담이었다. 아마도 다문화에 관심이 많았던 것이 영향을 끼친 듯하다.

부부 상담에 도움이 될 만한 자격증도 대학원 재학 중에 제주에서 서울로 다니며 수료했다. 대표적인 것이 MBTI 성격유형 전문 강사 과정과 구성애 선생님이 진행하는 성교육 시설에서 성 상담 전문가 과정을 포함하여 여러 자격을 갖춰나갔다. 부부 상담을 위해 부부관련 공부하다 보니 여러 어려움 중 원가족과의 문제가 해결되지 않아 부부간의 갈등이 발생하는 것을 깨닫게 되었다. 동시에 개인 상담의 필요성도 느끼게 되었다. 또 석사과정을 공부하는 동안 가장 부족한 부분이 심리학 이론에 관한 것으로 생각해 개인 상담을 위한 심리학 이론을 공부하려 노력했다. 개인적으로 여러 심리학 이론 중에 알프레드 아들러의 개인심리학을 좋아했다. MBTI 전문 강사로서 MBTI의 기본이론이라 할 수 있는 구스타프 칼 융의 분석심리학도 공부해야 했다. 좋아하진 않지만, 심리학 관련 수업 등을 들으려면 지그문트 프로이트의 정신분석학 이론도 공부를 안 할 수는 없었다. 졸업한 후에 아내와 상의를 한 후 바로 상담사로 활동하기보단 1년간 스스로 심리학 이론도 공부하기로 하고 취업보다 임상 과정과 공부에 집중했다. 1년을 공부했다고 해서 심리학의 대가가 되는 건 아니다. 하지만 어느 정도 내담자를 어떤 이론으로 바라볼 것인가에 대해 생각할 힘을 키울 수 있었다.

상담사로 취업하려고 했을 때 간과한 부분이 있었다. 상담센터에 찾아오는 내담자는 주로 여성이었다. 개인적인 문제나 아이를 데려오는 것도, 부부 상담을 위해 남편을 설득하는 것도 모두 여성이었다. 이런 배경으로 봤을 때 30대의 남자 심리상담사를 부담스럽게 느껴 꺼리는 경우가 많았다. 남자 심리상담사를 구하는 센터는 많지 않았다. 그래서 보통 남자 상담사가 활동하는 분야는 청소년이나 중독 관련이었다. 사실 청소년은 관심이 없었고, 중독 관련해서는 수업이나 공부를 한 적이 없었다. 대부분의 직업군에서 여성들이 차별받는 경우가 많다고 한다면, 이 상황을 이해할 순 있지만, 심리상담 분야에서는 역차별을 받는다고 느껴질 정도였다. 개인적으로 상담을 의뢰받는 경우가 아니면 아동지원센터 같은 시설에서 아이들의 진로를 돕기 위한 MBTI 검사와 상담을 주로 했다. 이번에도 원하지 않던 환경으로 인해 실망스러웠다.

마음먹은 대로 되지 않는 시간이었지만, 현실에 충실하며 계속 공부를 멈추지 않았다. 시간이 흘러감에 따라 내 인생의 아니, 내 마음의 커다란 전환점이 되어준 일이 있었다. 발바닥이 잘 아문 지 1년이 넘어갔다. 더욱 적극적으로 일들을 찾을 수 있었다. 지인이 내가 사회복지사 자격증이 있는 것을 알고 소개해 준 곳이었는데, 바로 장애인 주간 보호센터였다. 장애 정도는 중증 뇌 병변 장애를 가진 이들을 위한 시설이었다. 시설이용자들은 대부분이 대화가 되지 않았고, 몸도 쓰질 못하고 휠체어 생활을 했다. 센터에서 하는 일은 출근하자마자 센터의 차를 이용하여 시설이용자들을 데려와서 간단한 간식을 먹을 수 있도록 도와주고, 오전 프로그램에 참여시키는 것이었다. 점심을 도와주고 전체적으로 기저귀 교체 작업을 해야 했다. 오후 프로그램에 참여시키고, 이용자 개인 일정에 따라 하원을 시키고, 일정대로 데려다준다. 그리고 나머지 서류 작업을 하다 퇴근을 하는 것이 중심 일과이다. 이곳에 출근하게 되면서 정신적으로 충격을 받았다. 나 자신을 준 장애인이라 여기며 힘들 때마다 원망과 불평을 쏟아냈는데, 중증장애인의 생활을 보니 나의 삶은 축복받은 것이란 걸 알게 되었다. 나는 내가 원하는 것을 먹고, 원하는 곳에 가며 생각하고 소통할 수 있음을 깨달았다. 하지만 이곳에서도 결론적으로는 오래 일하지 못했다. 보통 기저귀 교체작업처럼 이용자들을 옮길 때면 흔히 말하는 공주 안기로 안아 옮기게 되는데 떨어뜨릴까 봐 할 때마다 불안했다. 결정적으로는 이력서를 제출하고 면접을 보러 가는 날이었다. 센터는 한라산 중턱에 있었다. 눈이 많이 오던 날이라 차를 가져가지 못하고 버스로 가야 했다. 오랫동안 힘들게 걸어야 했다. 이때 무리가 됐는지 발바닥이 갈라져 상처가 나고 말았다. 그렇게 언제 감염이 될지 모르는 시한폭탄을 가진 심정으로 5개월간 일을 했다. 그래도 센터장님이 좋게 봐주셔서 바로 인연이 끝난 것이 아니라 장애인 평생 교육센터에 강사로 등록시켜 주셨다. 장애인 평생 교육센터를 통해 여러 시설로 지원을 나가 각기 다른 중증도와 상황에 맞춰 수업을 진행했다. 많은 경우 교육에 참여하는 학생들이 말이 서툴기 때문에 서로서로 표현을 잘하지 못하고, 하더라도 과격하게 해서 여러 명이 같이 있는 시설에서 문제가 되는 경우가 발생하였다. 말로 하는 강의식으로 하면 의사소통도 안 되고 집중도 할 수 없어서 다른 방법을 찾아야만 했다. 그 방법이 음악을 이용하는 것이었다. 심리치료에서 음악치료가 있다는 것을 활용한 것이었다. 확실히 음악을 통해 소리도 지르면서 스트레스를 분출시키는 것을 느낄 수 있었다. 또 적극적으로 수업에 참여하는 계기도 되었다.

　장애인 시설을 다니면서 나의 몸에 대해 가진 열등감을 고치는 계기가 되었다. 상대적 승리감이 아니었다. 중증장애인 이용자들을 보며, 현실을 더 적극적으로 바로 보고 분석하게 되었다. 나의 환경에서 결핍을 찾아 풍성한 사람들을 부러워할 것이 아니라 내가 가지고 있는 부분을 찾고 누릴 수 있도록 노력할 수 있는 계기가 되었다. 열등감으로 인해 열등감 콤플렉스에 젖어있는 것이 아니라 부족한 부분을 확인하고 성장 동력으로 삼으라는 아들러의 주장을 삶 속에서 깨달은 것이다. 이를 계기로 해서 심리학을 배움의 대상으로 여길 것이 아니라 실행의 도구로 활용해야 한다고 생각했다. 상담할 때도 내담자를 단순히 분석하는 대상으로만 바라보지 않고 문제를 해결할 수 있도록 하는 실전 학문으로 사용할 수 있도록 적용하고 있다.

넘버원이 아닌
ONLY ONE이 되다

김상미

내가 일하는 네일 숍은 평범한 네일 숍이 아닌, 문제성 발 전문 숍이다. 일반적으로 '네일 숍은 손과 발톱에 컬러만 입혀 주는 곳이겠지.'라고 생각한다. 나 또한 처음에는 '손님들 손에 컬러만 입혀 주면 되겠지.' 하는 가벼운 마음으로 창업했다. 어느 날 나를 찾아온 손님이 간곡히 부탁했다.

"원장님! 그 기계로 우리 어머니 발도 케어가 가능할까? 지금 요양원에 계신 데 발톱이 너무 높게 자라서 잘라줄 수가 없어. 내가 어떻게 해보려고 발톱 깎기 가져갔는데도 어림없더라고. 그거 보고 내가 일주일 동안 잠을 못 잤잖아."

"아, 정말요? 무좀이 엄청 심각하신가 보군요. 그럼 같이 한번 가볼까요?"

단골손님의 차를 타고 파주에 있는 요양원을 찾았다. 8년간이나 누워 계셨다는 어머니는 이미 뼈만 앙상하게 남은 상태였다. 마주한 발은 내가 평상시 숍에서만 보던 무좀 발톱 손님과는 사뭇 달랐다. 5cm 정도 솟아올라 마치 거대한 뿔처럼 보였다. 손님이 못 자르겠다고 한 이유를 알 수가 있었다. 이미 여러 번 피가 났었는지, 피딱지도 화석처럼 굳어져 있는 상태였다. 스탠드를 준비해 달라고 요청하고 드릴 기계로 그라인딩을 시작했다. 2시간이 넘는 시간 동안 허리 한번 펴보지 못하고 구부정한 자세로 해드리다 보니 나의 다리도 후들후들 떨렸다. 어머니는 이미 오랫동안 치매로 인해 누군가의 도움 없이는 식사는 물론 거동을 하지 못하고 누워만 있는 중증환자분이셨다.

손님의 부탁으로 이어진 그 출장길이 나의 사명이 되었다. "상미 씨! 이 좋은 손기술을 널리 알려봐. 누군가에게는 꼭 필요한 직업이야." 숍에 알음알음 찾아오시는 분들에게만 해드렸는데, 이걸 더 많은 사람에게 적극적으로 알려야겠다는 생각이 들었다. 주위를 둘러보면 요양원에 계신 할머니, 할아버지들이 정말 많이 있다. 나라도 이런 분들을 찾아서 내 손길이 필요한 곳에 쓰임을 받는다면 이보다 더 기쁜 일이 어디에 있을까? 인스타, 블로그 등에 내가 하는 일을 적극적으로 알리기 시작했다. 귀한 일을 한다며 응원해 주는 분들도 있고, 몸도 건강하지 않은데 굳이 요양원을 찾아가면서 자원봉사를 해야겠냐며 걱정스러운 눈빛으로 이야기해 주는 분도 있었다. 하지만 나는 기쁜 마음으로 이 일을 한다. 사람들은 어떻게 아무렇지도 않게 흉측한 발을 만질 수 있냐고 하는데, 나를 낳아서 키워준 어머니는 우리의 대소변을 닦아주면서 키우지 않으셨던가? 나도 나이 먹고 늙으면 누군가의 도움을 받아야 한다. 사람은 그렇게 다시 어린아이가 되어 가는 게 아닐까?

어느 날, 파주에 동행했던 단골이 찾아오셨다. 같이 점심을 먹자고 한 것이다.

"무슨 일 있으세요?"

"다른 게 아니라 얼마 전 어머니가 돌아가셨어. 상미 씨 덕분에 깨끗한 발로 장례를 치를 수 있어서 감사 표시를 하려고 왔지."

"정말요? 애고, 얼마나 마음이 아프실까? 지금은 좀 괜찮아지셨어요?" 따뜻한 순댓국을 먹으며 어떻게 아픔을 견딜 수 있었는지 이야기를 나누었다.

"지금도 파주 쪽을 못 지나가겠어. 가슴이 아파서. 우리 아이들이 어떻게든 이겨내라고 해서 남편과 함께 잠시 유럽여행 다녀왔어. 지금은 괜찮아."

사랑하는 어머니를 마음속에 묻어 둔다는 사실이 얼마나 가슴 아플까? 그때 그 손님은 가끔 찾아와서 손발케어를 받으며 조금씩 상처를 치유해 나갔다. 60세가 넘었는데도 사이버대학에 입학하여 부동산과 사회복지학을 복수 전공하면서 미래를 꿈꾸고 계신다.

하루하루 새로운 사람을 만나고 있다. 오늘은 어떤 사람이 찾아와서 무슨 이야기를 들려줄까? 기대되는 하루이다. 회사에 다닐 때는 바쁜 출근길 지옥철과 만원 버스에 몸을 싣고 피곤함에 찌들어 생활했었다. 하지만 1인기업가의 길을 걷는 지금은 나의 시간을 온전히 내가 컨트롤할 수 있어서 너무 행복하다.

얼마 전에도 "김상미 선생님 맞나요? 저희 어머니도 요양원에 계신데, 혹시 출장으로 와서 해주실 수 있나요?"

"거기가 어디죠?"

"중곡동입니다. 망우리 쪽이요."

"좀 멀리 계시네요. 어머니 연세가 어떻게 되세요?"

"97세입니다. 근처 네일 숍에서도 알아봤는데 못 해준다고 해서요. 좀 멀기는 하지만 와주실 수 있나요?"

"네, 그럼요. 지방 출장도 가는걸요. 원하시는 날짜가 따로 있을까요?"

이렇게 내가 필요한 분들이 종종 전화를 한다. 많은 네일 숍들이 숍에 오는 편한 고객들만 받고 싶어 한다. 사실 오고 가는 시간을 생각하면 하루 일정이 모두 소요될 때도 있다. 연세 있으신 노인분들의 깨끗해진 발을 볼 때면 내 마음도 같이 청결해지는 것 같다. 무엇보다 휠체어에 앉아 계시거나, 몸이 자유롭지 못한 분들도 예뻐진 발을 보면서 함박웃음을 지을 때면 내 마음도 같이 웃게 된다.

나에게는 아픈 기억이 있다. 위암에 걸려 요양원에서 생을 마감해야 했던 외할머니에 관한 이야기이다. 할머니는 평소 손자, 손주들의 명단을 갖고 다니면서 하느님에게 잘 되게 해달라고 기도를 하셨다. 내가 몸이 아프다는 이야기를 들었을 때도 "우리 손녀딸 어디가 그렇게 아파? 할머니가 대신 아파해 줄 수도 없고, 얼른 낫게 해달라고 기도할게. 힘내." 언제나 나를 무한 응원해 주셨다. 요양원에서 마지막으로 본 할머니의 모습은 이미 신체 장기가 다 망가져서 음식물을 먹어도 밑으로 다 쏟아내셨다. 의사 선생님은 얼마 남지 않으셨으니 마지막 인사를 하는 게 좋을 것 같다고 했다.

나에게 해주셨던 마지막 말은 "우리 손녀딸, 손님들 손발톱은 잘 잘라주고 있는 거지? 할머니가 지켜볼게." 이제 막 네일아트를 배우고 아직 현장 경험도 없을 때였는데, "네, 그럼요. 저 완전히 잘해요." 할머니가 좋아할 답변을 해드렸다. 하늘나라에서 여전히 나를 지켜보고 계실 할머니. '저는 잘 지내고 있어요. 이제 마음 편히 푹 쉬세요.' 할머니의 발을 내가 손질해 드릴 수 있었다면 참 좋았을 텐데, 그렇지 못한 게 늘 마음에 걸렸다. 우리의 삶은 죽음과 이별이 반복된다. 지금 이 순간에도 누군가는 죽고 또 새로운 생명이 태어나고 있다. 물어뜯는 손톱, 발 각질, 무좀 발, 내성 발톱 등 말하지 못할 고민을 안고 있는 분들이 참 많다. 나는 오늘도 건강한 손과 발톱을 만들어 주기 위해 존재한다. 나는 문제성 발의 전문가이다. 지금 이 순간, 오늘 하루 내가 만나는 소중한 인연에 감사한다.

3

열매는 N번째에 열린다

김신혜

아이가 보육기관에 가면서 2년간 남편을 도와 장사를 하고, 다른 일도 했었지만, 작정하고 일에 덤비지는 못했다. 어정쩡하게 일을 하려다 육아에 문제만 생겼다. 전업주부, 일하는 엄마 사이를 왔다갔다하다 보니 뚜렷한 정체성도 없었다. 아이가 어릴 때 맞벌이를 하는 것에 대한 의견은 분분하겠지만, 대가를 치르는 건 분명했다. 내가 이리저리 갈피를 잡지 못하니 아이도 안정을 찾지 못했다. 어린이집에서는 날마다 바지에 실수를 했고, 새벽에도 그랬다. 아이에게 생기는 모든 문제들이 내 잘못 같아서 일을 하는 것마저도 욕심처럼 느껴졌다. 아이가 정서적으로 안정을 찾고 육아와 병행할 수 있는 일을 찾을 때까지 아이에게만 집중하기로 했다. 시간이 지나자 집안 분위기도, 아이도 평온해졌다. 마른 식기가 제때 자리를 찾았고, 빨래통이 숨을 쉬었다. 집안 곳곳이 안정을 찾으니

가족들의 마음에도 여유가 생겼다.

아이가 어린이집에서 돌아오기까지 매일 해야 하는 집안일을 하거나 가끔 동네 지인들을 만나서 시간을 보내는 일상이 이어졌다. 처음에는 이런 생활도 좋았지만, 익숙해지자 평온을 넘어 활력까지 줄어드는 듯했다. 어떤 날은 특별한 일도, 아무런 자극도 없는 일상이 무료하게 느껴졌다. 의미 없이 흘러가는 시간이 아까웠다. 거창한 일은 아니더라도 무언가 해내는 삶을 살고 싶었다. 다이어리에 쓰면 뭔가 발견하지 않을까 싶어서 긁적이기도 했다. 기록하지 않아도 될 만큼 단조로운 일상이었지만, 사소한 일들을 적어서라도 채우고 싶었다. 분리수거 하기, 서랍 정리하기, 장 봐오기. 몇 안 되는 체크리스트 항목은 모두 살림에 대한 것들이었다. 살림은 분명 중요한 일이었지만, 체크리스트 속에 나를 위한 어떤 것도 없다는 생각이 들 때면 조금 울적해지곤 했다.

책을 좀 더 적극적인 자세로 읽기 시작한 건 그때부터였다. 막연한 마음을 채울 수 있는 것 중에서 책만큼 좋은 것이 없다고 생각했다. 하지만 마음의 허기가 채워지고, 매일 읽는다는 성취감만 채울 뿐 아웃풋이 없는 독서에 한계를 느꼈다. 아무도 일하라고 등 떠민 사람은 없었지만 일하는 사람이고 싶었다. 펑퍼짐한 옷과 무늬 없는 에코백이 지겨워서 그랬던 것 같기도 하다. 가끔은 '이제 내가 일할 곳이 있을까?' 하는 생각에 위축되는 날도 있었지만, '그래도 다시 한번' 꾸준함의 힘을 믿어보기로 했다. 책 읽고, 구직 사이트 챙겨 보는 것이 루틴이 되었다. 일하는 시간만 맞으면 어떻게든 이력서를 내보려고 했었다. 찬밥 더운밥 가리다가는 나이만 먹을 것 같은 불안함이 컸기 때문이었다. 하지만 매일 구직 사이트를 보다 보니 조금씩 선호하는 일이 분명해졌다. 잘하고 싶어지는 일, 성취감을 느낄 수 있는 일. 안정적인 육아가 가능하면서 나도 함께 클 수 있는 일을 하고 싶었다. '나 한 사람 일할 자리 없을까!' 하는 마음도 들었다.

쓰면 이루어진다는 기적이 나에게도 일어난 것인지, 방과 후 강사 채용공고를 보게 됐다. 아이가 학교에 입학할 무렵이었기 때문에 학교의 둘레 안에서 일하게 된다면 어떤 식으로든 좋을 거라고 생각했고, 워킹맘이 힘들어한다는 방학 기간도 걱정 없이 육아와 일을 병행할 수 있을 것 같았다. 과목이 컴퓨터라는 점도 마음에 들었다. 이렇게 운명적인 채용공고를 만나다니! 될 일은 되는 건가 싶었다. 면접까지 통과하면서 출근길이 열렸다. 이후에 알게 된 사실은 방과 후 강사, 그중에서도 컴퓨터 과목은 경쟁이 치열했고, 채용 공고는 일반적인 구직 사이트에서 보기 힘들다는 것이었다. 그러니 분명 운도 좋았던 것이다. 하지만 재취업의 달콤함도 잠시, 밖은 전쟁터라는 말을 실감하는 데 그리 오래 걸리지 않았다.

지역 내 컴퓨터 강사들이 대부분 오랜 경력을 가진 강사라는 사실을 알고부터 불안감에 휩싸였다. 그들이 가르치는 아이들과 내가 가르치는 아이들의 실력에서 차이가 날까 봐 전전긍긍하느라 하루도 마음 편할 날이 없었다. 비교하지 않으려 해도 자꾸만 비교가 됐다. 시간이 지나면 괜찮아지겠지 싶었지만, 마음은 갈피를 잡지 못했다. 수십 권의 교재에 기가 눌렸고, 스스로 강의를 해도 되는 사람인가 하는 생각에 괴로웠다. 위축되기 시작하니 사람들을 만나는 일도 꺼려지게 됐다. 스스로 직업에 자신감이 없으니 내 직업을 알게 되는 것도 두려웠다. 초등학생 가르치는 일이라고 만만하게 봤던 것이 얼마나 오만한 생각이었는지 뼈저리게 느꼈다. 강사 생활 6개월 차에 6킬로그램이나 빠졌다. 되는대로 먹었고, 그마저도 하루 한 끼가 전부였다. 강의하는 시간보다 강의 준비를 하느라 컴퓨터 앞에서 보내는 시간이 몇 배로 많았다. 밥이 목구멍으로 넘어가질 않았다. 두려웠기 때문에 노력할 수밖에 없었다.

아이들이 제대로 배우고 실력을 발휘하는 것, 한 과정을 마스터하고 자격증을 취득하는 것. 아이들의 실력이 곧 내 실력이라 생각했다. 하지만 파고들수록 모르는 것은 더 많았고, 시간이 지날수록 몸과 마음은 지칠 대로 지쳤다. 그러던 찰나에 코로나가 퍼지기 시작했다. 한두 달 휴강할 줄 알았던 수업은 10개월 동안 중단되었다. 당장에 수입이 없으니 아쉬웠지만, 그동안 힘들었던 것을 생각하면 몸과 마음을 추스를 시간이 생겨서 좋았다. 쉬면서 생각해 보니, 지금이 격차를 줄일 수 있는 기회다 싶었다. 닥치는 대로 배워야 되겠다고 생각했다. 온라인 강의도 도전하고, 편입도 했다. 내 커리어에서 오는 결핍을 에너지 삼아 최고의 교육을 제공하는 강사로 레벨 업 하겠다고 다짐했다. 진심으로 아이들을 잘 가르치고 싶었다. 그러나 배우는 속도보다 더 빠른 속도로 업그레이드되는 기능들을 보면, 이내 마음이 바빠지고 불안해졌다. 여러 분야의 강의를 잘해야만 할 것 같은 압박감도 들었다. 가불해서 가져온 걱정들이 수시로 마음을 갉아먹었고 조바심은 가라앉지 않았다. '열심'인지, '욕심'인지도 알 수 없었다.

차곡차곡 시간을 쌓아야 하는 일이 있다는 것을 알면서도 급해지던 마음은 몇 번의 슬럼프를 겪고 나서야 겨우 내려놓게 되었다. 긴 호흡으로 가기 위한 나만의 속도가 필요했다. 부족한 부분에 끊임없이 돋보기를 들이대며 전전긍긍하는 대신 담담한 여유를 가져보기로 했다. 빨리 가는 것보다 멈추지 않고 하루하루 시간을 쌓아가는 것에 중심을 맞추기로 했다. 성취하는 데 힘이 드는 것은 당연한 일이지만, 힘을 주는 만큼 힘을 뺄 줄도 알아야 한다는 것을 알았다. 원하는 결과가 내 생각만큼 빨리 나타나지 않더라도 다채로운 노력들이 삶 곳곳에 스며들어 결국에는 나에게 딱 맞는 열매 맺는 시기를 만날 거라고 믿으며 오늘도 하루를 쌓는다.

새로운 시작,
농사짓고 소 키우는 일

김은경

"젊은 사람이 귀농할 마음을 먹은 거이가 대단하네." 동네 어른들의 응원에 머쓱해진다. 2017년 봄. 결혼으로 주부, 농사, 소를 키우는 일이 생겼다. 수확 철에나 현금이 많아지는 농사꾼들은 투잡, 쓰리잡이 많다. 남편도 농사철을 제외하고는 다른 일을 추가로 하려고 했다. 그렇게 소를 키우는 일을 시작하게 됐다. 그때만 해도 18마리 소들과 하루를 보내는 게 신기했다. 송아지가 태어나는 일도 반가웠다. 큰 동물도 새끼들은 귀여웠다. 송아지, 강아지들과 하루를 보냈다. 시간이 많았다. 뭘 해야 하는지 몰라서 미리 할 일도, 정리할 일도 없었다. 동물들 밥 주고, 문경 생활, 새댁의 역할에 적응하느라 시간을 썼다.

출근하지 않는 삶은 여유로웠다. 햇살의 따스함, 맑아서 코가 뻥

뚫리는 공기가 생활 속에 함께했다. 계절 따라 피고 지는 것들, 우는 것들의 소리도 신기했다. 물이 녹아 흐르고, 새들이 움직이고, 밤에는 개구리 우는 소리가 피곤을 잊게 했다. 아무리 들어도 질리지 않는 소리였다. 그들과 잠들고 깨는 시골의 생활은 운치 그 자체였다. 서울에서는 땅굴로만 다녔고, 별이 생길 때 집에 가는 일이 잦았는데, 그런 생활과 다르게 자연과 보내는 일상이 평안하고 좋았다. 출근의 부산함이 없어졌다. 대충 입고, 안 씻어도 문제 될 일이 없는 날이 신선했다. 선택이 많아진 일상이 자유롭고 좋았다. 봄볕같이, 동물들의 털같이 포근하고 따뜻했다.

여유 있고 따스한 시골 생활도 시간이 지나면서 할 것들이 늘어났다. 체험하듯 농사와 소 키우기로 1년을 보냈다. 농사일은 2년 차가 되어도 새로웠다. 계절마다 다른 일, 같은 일인데도 날씨라는 변수가 많은 것을 바꿨다. 그때마다 장만할 것들도 많았다. 혼자 할 수 있는 일이 없어, 소모품이나 부속을 가져다주는 심부름을 주로 했다. 같은 곳에서 하는 작업인데도, 계절 따라 다른 풍경에 논을 못 찾고 헤맸다. 어디가 어딘지 몰라서 답답한데, 전화기 너머 남편의 목소리가 높아졌다. 논에 도착하자마자 실랑이를 했다. 일은 많고, 해는 저물고, 하루 분량의 일이 밀리면 전체 일정을 수정하며 일해야 하는 까닭에 속이 탔을 남편의 마음이 이제야 이해가 된다. 그 뒤로 흩어져 있는 논들의 주소를 내비게이션에 찍고 다녔다. 가만히 있는 논 하나를 혼자 찾기가 어려웠다. 농사일은 철에 맞춰 논 갈고, 밭 가꾸는 일인 줄 알았는데, 다른 일들도 많았다. 생각지도 못한 운전이 그랬다. 농사철이면, 트랙터 타고 가는 남편 뒤를 농자재가 실린 포터를 낑낑대며 몰고 다녀야 했다. 개그우먼 김숙의 "여자는 1종 보통이지."라는 말을 농담으로 남기고 사라지는 남편이 원망스러웠다. 농사일에 운전이 기본인지 몰랐다. 내가 타는 바퀴 달린 것들도 늘어간다. 좁은 길에 갈 수 있는 오토바이, 짐 실어 나르는 포터, 차가 모두 나가면 승용차 역시 농사일에 출동한다. 소들 먹이는 짚이며, 농자재를 들어 나르느라 지게차도 움직인다. 평소에는 몰 일이 없지만 5톤 화물차나 트랙터 운전대를 잡기도 한다. 모심는 철은 온갖 발통 달린 것들 전체에 시동을 걸어두고, 상황에 적당한 것으로 골라 타는 일도 많다. 소들이 먹는 짚이 동이 났던 적이 있었다. 사료는 줬는데, 건초는 안 준다고 때로 신경질 섞인 울음을 멈추지 않았다. 큰 눈으로 일제히 나를 쳐다봤다. 시끄럽기도 하고, 무섭기도 했다. 동물들이 덜 먹은 게 나 때문이라고 생각하니 불편했다. 잘하지도 못하는 지게차를 움직였다. 소들이 먹는 원형 짚을 길에 떨어뜨렸다. 큰 무더기를 어찌할 줄 몰라 내리는 비를 맞아가며 지게차에 연거푸 오르내렸다. 트랙터를 타고 지나가는 사람에게 다짜고짜 지게차 운전을 부탁했다. 이제는 그분과 친한 이웃 사이가 되었다. 시간이 지나니 해결되는 것들이 많다. 이제 귀농하는 여자는 당연 '1종 보통' 포터다. 야속하던 심정이 사라졌다. 이런 걸 할 줄 알아야 시골에 사는 내가 편해진다. 애태울 일도 줄어든다. 농사일은 공사도 제법이다. 2022

년은 남편과 육묘장을 지었고, 소 12마리가 더 살 수 있게 축사를 증축했다. 비용 절감. 이 단어가 생전 해보지 않은 일들을 하게 한다. 공사마다 밥값이라도 줄이려고 공사현장 밥집 사장으로도 변신한다. 차에 밥이며, 찌개, 그리고 큰 솥도 몇 개 싣고 나간다. 큰일이야 남편이 하지만 보조 역할도 만만치 않다. 첫 2년은 중고 농기계를 사서 몇 번을 뜯고, 옮겨 설치했다. 곡물건조기도 3번이나 해체해 봤다. 남편보다 가볍다는 이유로 지게차 발에 올라서서 곡물건조기 상단부 해체 작업을 도왔다. 높은 게 무서워 놀이 기구 한 번을 안 탔건만, 너무한다 싶었다. 위로 올라가는 지게차 발을 붙들고 일어서기가 무서워 울었다. 한 번이 어렵지, 두어 번 하니 요령이 생겼다. 해체 전 필요한 부품을 사는 남편을 두고, 지역의 은행에 들러 봉투 몇 개를 가져왔다. 해체 작업용이다. 부속들을 해체 순으로 나눠 담았다. 봉투마다 번호도 적어 챙겨왔다. 비슷한 일의 반복이 똑똑하고 영리함을 만든다. 어려운 부분은 그림까지 그려와 조립에도 마냥 이용한다.

주부와 농장 일은 '밥'의 연속이기도 하다. 소 밥, 개밥, 닭 밥, 고양이 밥, 그리고 사람 밥까지 마쳐야 한 바퀴가 끝난다. 비는 두어 시간 사이에 농협, 축협, 가축병원, 마트 등 볼일을 본다. 또 밥시간이 돌아와 두 바퀴째를 반복한다. 100여 마리 동물들 다 먹이고, 사람이 맨 나중이다. 스마트한 생활을 하고 싶지만, 깔지 않은 것이 배달 앱이다. 깔아봐야 의미가 없다. 치킨 한 마리를 배달시키고는 배달료로 8천 원을 줬다. 농사일로 힘쓰고 어설픈 날. 배달이라도 이용하면 좋으련만, 모두 해야 하는 이곳 생활이 나만 80년대를 사는 듯할 때도 있다. 동물들 돌보고 농사일하는 주부로서 이점이 힘들었다. 논에 가서 일하는 봄철은 오후가 되면 진흙에 빠진 생쥐 꼴이다. 시간이 빠듯해 못 씻으면, 그 모양으로 먹을 것을 사와야 하는 게 싫어서, 흙발로 먹을 것부터 챙긴다. 힘든 날은 밥 먹고, 그 모양으로 잠이 든다. 위생 관념 따위는 생각할 틈이 없다. 이런 일들에 익숙해지는 날들에 마음이 불편해지기도 한다. 송아지들이 아픈 날도 마찬가지다. 잠들었다 나가보느라 소똥이 묻기도 하고, 축사에서 보낸 시간만큼 베인 냄새가 따라오기도 한다. 여름철 외출 때는 냄새가 신경 쓰여 하루에 샤워를 6번씩 해대기도 했다.

농사일은 몸은 힘들어도 잡생각이 들지 않아 좋았다. 반복적이고 분량이 정해진 일을 시간 안에 해야 할 때면 더욱 그랬다. 일이 익숙해진 뒤로는 반대로 나에 대해, 노후에 관해 많은 생각을 해볼 시간들이 주기적으로 생겨 좋았다. 비닐을 끌고 하나씩 이랑을 만들 때도, 큰 논을 트랙터로 혼자 빙빙거리며 갈아 나갈 때도 몸은 움직이고, 머리는 복잡해졌다 정리되곤 했다. 국토대장정 하듯 각 계절마다 농사를 두고 반대되는 두 가지가 가장 좋은 점이었다. 소 키우는 농장 일은 사람과 부딪히지 않는다는 점 또한 좋았다. 소들이 결재판을 가져오나? 술자리 섞인 회식이 있나? 울어봐야 단순한 요구만 해결해 주면, 밥 챙겨주는 내게 보내는 애정은 고맙기 짝이 없다. 나라는 걸 알아보고 보내는 눈인사, 몰려와 보이는 관심, 가끔 '쓱'하고 궁둥이나 장화를 핥아줘도 고마웠다. 속상한 일도 동물들에게 말해본다. 마음을 아는지? 공감해 주는 듯한 눈빛은 늘 힘이 된다. 밥만 주고 돌아서기가 바빴던 농장의 일도 이제는 제법 익숙해졌다. 동물들에 대한 책임감도 늘어난다. 귀농을 시작으로 적은 업무일지도 시골생활 연차와 권수를 같이 한다. 시골에 살아보니, 살면서 한 번도 해보지 않은 일들을 하게 된다. 사야 한다고 생각하기보다 만들어 사용하기가 바쁘다. 팔지도 않는 것들이라, 더 궁리해 쓰게 된다. 이곳 생활이 아니라면? 이런 일들을 해야 할 이유가 있기나 할까? 늘 부족하고, 있는 것들로 최대치를 만들어 써야 하는 농촌의 삶이라 그럴까? 농촌에서 창의성은 능력이 아니다. 생활이다. 내 몸 하나로 농사철마다 성취를 만들며 지낸다. 39살의 시골생활 시작이, 은퇴에 관심이 커지는 주변을 돌아보게 했다. 그들과 함께 고민을 나누고 싶어, 같이 소를 키우는 프로젝트 '소확행'을 만들었다. 소를 키우는 경험을 지인들에게 전해보고 싶어, '농장투어'도 하게 되었다. 시골 경치와 관광명소를 함께 가보고 싶어, 올해는 '문경새재'를 여행하는 독서 모임도 오픈했다. 내가 살고 있는 곳의 좋은 것들을 나누고 싶다. 잠깐일지라도, 내가 느낀 마음의 여유를 누군가에게도 전해보고 싶다. 그렇게 농사짓고 소 키우는 생활로 소통하며, 시골살이의 의미를 늘려 보고 싶다.

5

자리가 사람을 만든다

박선우

병원에 퇴직서를 내고 새로운 일을 하게 되리라고는 전혀 생각하지 못했다. 다시 일하더라도 병원으로 돌아갈 것으로 생각했다. 하지만 아이를 키우면서 3교대를 하기에는 아이도, 나도, 남편도 모두가 너무 많이 힘들어질 것 같아 마음을 접었다. 그 누구보다도 내가 견딜 자신이 없었다. 병원에서 간호사는 가정보다는 일에 더 많은 에너지를 쏟고, 더 많은 시간을 배우고 성장하는 데 투자할 수밖에 없는 구조로 되어 있다. 이제는 그렇게 할 수가 없을 것 같았다.

육아를 하면서 아기가 자는 한두 시간이라도 내 일을 하고, 무언가를 배우고 싶었다. 아니 일을 하지 않더라도 원서를 내면서 사회에서 나의 자리를 꾸준히 찾아만 보자고 생각했다. 12개월 된 아이를 키우면서 할 수 있는 일, 시간은 짧고 시급이 적지 않은 일, 만족도가 높은 일! 내가 찾는 일은 그랬다.

아이가 잠들고 나면 무작정 컴퓨터를 켜고 구인공고를 찾아봤다. 눈에 가장 많이 들어온 건 간호학원 시간강사였다. 내가 찾는 딱 맞는 일이었다. 그러나 강의라는 것은 해본 적도 없고, 강단에 서는 것은 상상도 해본 적이 없기에 고개를 설레설레 저었다. 그냥 원서만 넣고 어떻게 되던 사회로 발을 내딛기 위한 경험을 쌓기 위해 '일단 넣고 보자.' 다시 나를 설득했다. 합격하면 그때 다시 생각하기로 하고 무작정 여기저기 이력서, 자기소개서를 준비했다. 대학에 다닐 때 교수님이 나이가 커트라인에 걸리기 때문에 자기소개서를 잘 써야 한다고 하셨다. 그날부터 교수님 사무실로 자기소개서를 수십 번 넘게 수정하고 또 수정해서 가고 또 가야 했다. 교수님 덕분에 병원에도 취업했고, 친구들 자기소개서를 써줄 만큼 쉬워졌다.

간호학원에 이력서를 넣고 다음 날 바로 연락이 왔다. 면접을 보러 오라고 하니 막상 가슴이 답답했다. 아이를 키우는 동안 외부 활동을 거의 하지 않아서 면접을 보러 갈 때 입을 옷도 없었고, 면접이라는 자리는 병원 취업할 때를 제외하고는 처음 있는 일이라 두렵기도 했다. 취소할까? 생각했지만 전화기 너머로 들려오는 원장님의 목소리가 너무 친절해서 약속을 취소할 수 없었다. 다시 또 나를 다독였다. 그냥 가서 얼굴만 뵙고 직접 말씀드리고 오자고 생각했다. 전화로 말하기는 너무 예의 없고, 가서 "다음에 기회가 되면 강의를 하도록 하겠습니다. 아이가 많이 어려서 어려울 것 같습니다." 하며 미리 연습도 했다. 면접을 보는 날 바바리코트를 꺼내 입고 치마도 입었다.

드디어 학원에 도착하고, 원장님 앞에 앉았는데 "원하는 과목, 자신 있는 과목을 맡게 해 주겠다." 며 원장님이 무조건 강의를 진행해보라고 하셨다. 급여는 얼마를 받고 싶은지 물어보셨다. "제가 처음 해보는 일이라서 민폐가 안될지 그게 걱정입니다." 그렇게 연습을 하고 갔는데, 적극적으로 모든 것을 알려주겠다며 보나 마나 잘할 것 같다고 이야기하는 원장님께 거절의 말을 할 수가 없었다. 교재까지 들고서 집으로 돌아왔다. 내.가.지.금.무.엇.을.하.고.왔.나.

나에게 주문을 걸었다. '약속했으니 한 번만 강의하고 그만두자.' 하지만 강의를 준비하기 위해 시작하고 보니 막막하긴 했다. 간호학원 강의는 주변에 누구에게도 조언을 구할 곳이 없었다. 가슴은 답답하고, 두렵고, 떨렸다. 나 스스로가 이해되지 않았다. 무슨 생각으로 한 번도 해보지도 않은 일을 하겠다고 약속을 하고 온걸까? 모르겠다. 우선 약속을 했으니 한 번이라도 해야 했다. 약속을 꼭 지켜야 한다고 생각한 이유는 원장님의 눈빛과 목소리에 사로잡혀서인 것이 분명했다.

책을 펼쳤다. 책을 읽고 또 읽었다. 인터넷에 강사의 만족도에 대해 검색하고 또 검색했다. 학원 강사 불만 사항을 맘 카페에서 찾아보고 모두 메모했다. 강의 연습을 영상으로 촬영해서 확인하고를 몇 번씩 했다. 40명이 다 되는 학생들 앞에서 강의를? 나는 갈수록 자신이 없었다. 이모한테 전화해서 투정을 부렸다. "자리가 사람을 만드는 거다. 강단에 올라가면 어느 사이에 좋은 강사가 되어 있을 거야~"라고 용기를 주셨다. 강단이 나를 강사로 만들어 주겠지. 그래 그것만 믿어보자!

첫 강의가 있는 날 한 시간 반이나 미리 강의 연습을 했다. 학원 직원들이 얼마나 불편했을까? 그때는 전혀 생각조차 하지 않았다. 강의 시작 5분 전 "뒤돌아 집에 갈까?" 하고 생각했다. 갑자기 울고 싶었다. 학생들 앞에서 멍하니 서 있다가 나오는 모습이 계속 상상이 되었다. 무서웠다. 뒤를 돌아보니 직원들이 열심히 일하는 모습이 보였다. 무슨 수로 아수라장을 만들고 집으로 간단 말인가… 생각을 접고 "떨리면 책을 읽자!" 마음을 먹었다. 드디어 강의 시작을 알리는 종소리가 울렸다. 강의실에 들어가서 강단에 섰다. 눈앞에 아무것도 보이지 않았다. 정적의 시간을 보낼 수가 없어서 입을 열었다. 내가 하고 싶은 말이 아닌, 그동안 영상을 찍으며 연습했던 대본을 나도 모르게 그대로 말하고 있었다. 심장이 터질 것 같았고, 내가 듣기에도 떨리는 목소리가 싫었지만 내려갈 수는 없기에 소개를 이어갔다. 그렇게 5분이 지나고 나니 한 명, 한 명 학생들이 눈에 들어오기 시작했다. 고개를 끄덕이며 웃어주고, 다음 이야기를 기다리는 듯한 표정을 짓기도 했다. 순간 온몸에 전율이 느껴졌다. 이렇게 많은 사람이 내 이야기에 귀를 기울이다니… 이런 경험을 내가 하게 되었다는 것 자체가 꿈같은 일이었다. 소개를 마치고 강의를 시작했다. 몇 날 며칠을 연습하고 또 연습했다. 그런데 소개할 때와는 다르게 학생들의 표정이 좋지 않았다. 집에 와서 생각해보니 나의 수업 시간은 학생들이 혼자 해도 가능한 수업의 수준이었다. 중요한 부분을 줄 긋게 하고, 같이 책을 읽고 현장의 사례를 들려주는 정도가 내가 준비한 수업이었다. 그렇게 하고도 최선을 다했다고 생각했다. 한심했다. 학생들의 표정을 잊을 수가 없었다. 한 번만 해보고 그만둬도 괜찮다고 생각했는데, 학생들한테 미안해서라도 내가 맡은 부분은 책임지고 마무리를 해야겠다는 생각이 들었다. 다음 강의까지는 일주일이라는 시간이 있었다. 나는 결심했다. 다음 강의 때는 학생들의 시간을 낭비하는 강사가 되지 않겠다고⋯ 그리고 밤새 책을 외우고 또 외우고, 정리하고 또 정리했다. 어떻게 해야 쉽게 외울 수 있는지 목차부터 정리하고 흐름을 파악했다. 수업 시간에 책을 보지 않고 강의를 하자고 마음먹었다. 일주일 후 다시 만난 학생들의 표정은 무서웠다. 초보 강사가 또 왔구나⋯ 하는 눈으로 앉아서 수업을 기다리고 있었다. 책을 덮고 목차를 칠판에 적었다. 전체적인 흐름을 보여주고 목차부터 눈에 익힌 후 시험에 많이 나오는 부분을 체크하고 시험 비중을 알려주었다. 어떻게 공부를 해야 할지, 어떤 도구가 필요하고 도움이 될지부터 자격과정을 끝내고 취업할 수 있는 곳을 알아보며 목표를 같이, 그리고 동기를 부여했다. 학생들에게 나의 진심이 전달된 것 같았다. 표정이, 눈빛이 달랐다.

대인기피증이 있다고 생각했다. 사람들이 많은 곳에서 내 이야기를 한다는 것은 심장이 터질 듯 긴장되는 일이라고 생각했다. 해보지도 않고 강사라는 직업은 나와는 거리가 멀다고 단념했다. 원하지도 않았던 일을 하게 되는 수도 있다는 것을 알게 되었다. 그러나 그 일은 내가 해야 할 일이기 때문에 하게 된 것이 아닐까 생각해보았다. 누군가 했다면 나도 할 수 있는 일! 누군가에게 맞지 않았다 해도 나에게 맞을 수도 있다는 것과 해보지 않으면 결과를 전혀 알 수 없다는 것도 깨닫게 되었다. '자리가 사람을 만든다.'는 이모의 말씀처럼, 마음이 아닌 몸을 먼저 움직이면 생각이 뒤를 따라준다는 것도 잊지 말아야겠다.

6

배우며 나눌 때 성장

이복선

1992년, 조직 생활에 적응한다는 것은 그만큼 자신을 스스로 포기해야 하는 시간이 많다는 뜻이다. 업무 파악도 쉽게 되지 않았다. 상품을 기억하고 고객에게 정확히 찾아 드려야 하는데 맡은 분야는 모두가 한자로 되어 있었다. 한자에 약한 나로서는 한 권의 책을 외우는 데도 오래 걸렸고, 우선적으로 조직의 흐름을 파악해야 함에도 불구하고 발등의 불부터 꺼야 했다. 선배들은 존경스러울 정도였다. 눈을 감고도 상품이 어디에 진열되어 있는지 모두 파악하고 있었다. 그래서 혼나는 일이 많았다. "창고로 잠깐 올래?"라고 하는 말은 바로 심하게 잘못한 일이 있어서 혼나는 것이라 동기들은 모두 두렵고 무서워했다.

선배가 불러서 다녀올 때는 대부분 울면서 나왔다. 상품을 진열할 때 선배가 알려준 대로 되어 있지 않으면 여지없이 혼이 났다.

퇴근 시간이 되면 늘 생맥줏집으로 오라는 호출이 왔다. 술을 먹을 수 있는지 없는지는 궁금해하지 않았다. 무조건 주는 대로 마셔야 했다. 맥주, 소주, 막걸리, 양주 등 다양하게 주었고, 꼭 다 마셔야 하는 법이 있는 것처럼 억지로 마시게 했다. 그다음 날 제일 먼저 출근해서 청소하고 선배들에게 커피를 타서 가져다준 뒤 내 업무를 시작했다. 속은 안 좋았지만 어떻게든 시간은 지나갔다. 전문직 캐셔가 없는 상황에서 캐셔 업무를 배우고 정산까지 했다.

2000년까지 고객 서비스에 대한 기대치가 높은 곳에서 근무하다 보니 억울한 부분도 많이 있었다. 그 당시는 지금처럼 택배가 활성화되어 있지는 않았다. 어떤 고객은 책에 스크래치가 있다며 직접 가지고 오라고 해서 직접 가져가면 가져간 책도 훼손되어 있다고 항의하는 등 너무나 자존심이 상하는 일을 겪었다. 또한 마음에 안 든다고 책을 계산대 직원에게 집어 던지는 고객, 가까이서 응대하는 직원의 머리를 때리는 고객, 불만이 해결되지 않으면 몇 시간이고 붙잡고 하소연하는 고객, 술에 취해서 화장실에서 자는 고객 등 다양했다. 이런 사연들은 억울하다면 억울한 일이고, 치솟는 고객 만족 기대치에 부응하지 못해 입은 피해라고 할 수도 있을 것이다. 신입사원으로 교육도 지속해서 받았다. 2000년 초 독서경영을 전문으로 하는 기업들이 늘어났고, 이러한 추세에 발맞춰 직무교육, 코칭 교육, 독서전문가 교육, 리더십 교육, 고객관계관리, 전략적 마케팅 교육 등을 받게 되었다.

사내에서도 독서토론을 월 1회 실시하였다. 직원들이 돌아가며 발표해야 했다. 수동적인 교육환경에서 자란 나로서는 너무 긴장되는 시간이었다. 상사분이 참관하고 평가했다. 발표 시간이 되자, 지나친 부담감에 내 목소리는 기어들어 가고, 한 번 발표한 내용을 또 반복하고, 마무리도 제대로 못 한 채 자리로 돌아온 일이 특히 기억에 남는다. 너무도 창피하고, 지켜보던 사람들이 나를 어떻게 볼까 생각하니 얼굴을 들 수가 없을 정도였다. 나는 스스로가 한심한 사람이라고 느껴졌다. 발표하며 어찌할 바를 모르던 모습이 오래도록 나를 괴롭혔다. 한동안 마음이 상했다. 그래서 화술학원에 다녀야겠다고 마음먹고 영등포에 있는 학원에 등록했다. 3분 스피츠, 자기소개, 자신감 훈련, 발음 정확히 하기 등 3개월 동안 열심히 다녔다. 그러던 중 핵심 인재 양성 과정에서 어떻게 매장을 운영할 것인지에 대한 조사 후 운영방안을 작성하고 발표하는 기회가 있었다.

타점을 방문해 사전 조사를 하면서 현장 직원들에게 물어보는 등 고객의 접근성 및 홍보를 어떻게 강화해 나가야 하는 게 바람직한지 고민해 보았다. 또한 고객 분석도 철저하게 준비해서 발표하는 시간을 가졌다. 스스로 철저히 준비하고, 화술학원에 다닌 것도 도움이 되었는지 떨지 않고 또박또박 발표를 마무리했다. 발표를 마친 후 그 성취감은 이루 말할 수 없었다. 다른 사람들이 칭찬해 준 것보다 자신감이 생겨 무엇이든 할 수 있을 것 같았고, 노력하면 불가능은 없다는 것을 깨닫게 되었다. 사내 교육과정 중 사내 독서 코칭 과정, 아동 독서 코치, 유아 독서 코치 과정을 이수하면서 내 아이들에게 실행해 보았다. 아직 미취학 아동이기 때문인지 책 읽는 가정을 만들어 가기가 너무도 좋았다. 맨 먼저 전집을 구매했다. 퇴근하면 아이들을 씻기고 나서 잠자기 전에 책을 읽어 주었다.

매일매일 한다는 것이 쉬운 일은 아니었지만, 열정이 넘쳤던 시절이라 양팔에 두 아이를 안고 잠이 들 때까지 전래동화를 읽어 주었다. 엄마 품에서 조용히 누워 책 읽은 소리를 듣는 아이들이 너무도 예쁘기만 했다. 피곤한 날에는 내가 먼저 잠이 들기도 했지만, 아이들이 책을 장난감처럼 대해 주길 기대해 보았다. 그래서 책으로 다양한 게임과 북아트 만들어 보기 등 읽기만큼 놀이도 많이 했다.

어느 날 문득 독서 코칭이라는 부분을 내 가정에서뿐만 아니라 이웃과 같이하면 의미가 더 있겠다는 생각이 들었다. 큰아이 친구 엄마들을 설득했다. 엄마들은 좋은 생각이라고 말해주었다. 주말에 아이들 대여섯 명을 모아서 책 읽어주는 시간을 가졌다. 간식도 만들어서 나눠 먹고, 아이들과 할 수 있는 만들기나 종이접기 등 지루하지 않게 엄마들과 아이디어를 나누어 실행해 보았다. 생각보다 반응이 좋았다. 그다음 생각한 것이 어려운 아이들을 찾아서 함께 해보는 일이었다. 인근에 알아보니 한 성당에서 방과 후 교실을 운영하고 있다는 것이었다. 교통편이 그다지 좋지 않아서 버스를 타고 두 시간을 가야 했다. 아이들이 학원에 갈 형편이 되지 않아 성당에서 숙제 정도만 봐주는 것 같았다. 회사에서 주관하는 북마스터 자격 조건 중 유아, 아동 독서 코치 과정이 있는데, 이 과정을 이수한 동료들에게 부탁하면 흔쾌히 봉사활동에 참여해 줄 거라는 생각이 들었다.

독서 코치동아리를 만들었다. 동아리 회원 열 명 이상이 되면 회사에서 지원금을 주는데, 그 지원금으로 어려운 아이들에게 필요한 물건을 지원해 줄 수 있었다. 동료 자녀들의 연령도 거의 비슷하여 아이들을 모아 책을 읽어주거나 함께 책 여행을 가는 프로그램도 만들었다. 인근 공원에서 모이기로 한 다음, 책이랑 도시락을 준비해서 책도 읽고, 게임도 하고, 운동을 하는 시간을 가졌다. 성당에서 정기적으로 보는 아이들은 밝고 너무도 예뻤다. 책도 좋아했지만, 역시 아이들이라서 그런지 가져간 간식을 더 좋아했다.

어느 정도 시간이 흐른 뒤, 성당 선생님과 학생들을 초대하여 광화문점, 청계천 등을 함께 견학할 수 있는 시간도 마련했다. 작은 선물에도 너무 행복해하는 아이들의 얼굴이 생각난다. 봉사를 한다는 것은 다른 사람을 위하는 것이 아니라 나를 위하는 것이라고 느꼈다. 나눠 준다는 것은 곧 내가 받는 것과 같다. 즉, 넉넉한 마음을 돌려받는 것이다. 동기들도 하나둘씩 승진하거나 능력을 인정받아 다른 곳에서 스카우트 되는 등 자기만의 자리를 찾아가고 있었다. 스스로 생각한 일들이 결과물로 나오고, 사람들에게 도움을 줄 수 있어서 행복했다. 좋은 기운은 조금 더 큰 활동을 하게 만들었다.

어느 날 한 수녀님으로부터 도서 구매문의를 받았다. 구매하고

자 하는 리스트가 50권 정도였고, 검색하여 발주, 발송까지 무사히 마쳤다. 대화를 하다 보니 수녀님은 0세부터 고등학생까지 보호, 생활하고 있는 보육원에 계신 분이었다. 북마스터로 운영되고 있는 독서 코치동아리에서 봉사활동을 함께하고 싶다는 말을 전달하였고, 수녀님의 허락으로 새로운 곳과 인연을 맺게 되었다. 동아리 회원들은 한 달에 한 번 방문하여 유치원 아이들 30여 명에게 책을 읽어 주는 수업도 진행했다. 책을 읽는 방법, 북아트, 종이접기, 독후활동 그림그리기, 체육활동 등 보육원 자체에서 할 수 있는 것을 꾸준히 진행했다. 봉사활동을 마치고 인사를 나눌 때 맑게 웃은 아이들은 바로 천사였다.

고마워 디자이너가 되다

최덕분

15년 다닌 회사에서 강의를 진행할 때마다 희열을 경험했어요. 부모교육 강의, 신입사원 입문 강의를 마치고 나면 평점이나 만족도도 높았어요. 강의와 상담을 통해 변화된 사례도 늘어가기도 했어요. 이런 경험을 모아 강사에 대한 꿈이 생겨 15년간 다닌 직장도 퇴직했던 2019년 11월 15일. 조직 속에 있던 국장이라는 명함이 없어지자 두려움이 찾아왔어요. 막상 퇴직해보니 조직 속에 있을 때는 모든 환경이 갖추어져 있고, 안전한 보호막이 있었다는 걸 뒤늦게 알게 되었어요. 혼자 뭔가 해보려 하니 무엇부터 어떻게 시작해야 할지 막막했어요. 책을 쓰고 강사가 되고 싶었는데 앞이 보이지 않았어요. 시간이 흐를수록 후회가 되기도 했어요.

'어떻게 하면 돌파구를 찾을 수 있을까?' 고민하다, 먼저 퇴직하고 1인기업가를 시작하신 분들에게 조언을 구했어요. 독서 모임을 운영하는 리더에게 편집부 경험을 하신 분을 소개받았어요. 그분은 두 달 동안 질문을 통해 저의 과거 이야기를 모두 쏟아 내도록 도움을 주었어요. 아픈 과거의 경험을 말할 때마다 쏟아지는 눈물을 감당하기 힘들었어요. 제 삶을 되돌아보며 이야기하던 중 발견한 사실이 있었어요. 5년 동안 써온 기록물들 덕분에 기억을 꺼내오기 쉬웠어요. 저의 모든 이야기를 듣던 그분은 제 삶에 '고마워', '관계 회복'이라는 키워드를 발견하시고 목차를 정해주셨어요. 브랜드 네임을 '고마워 디자이너'라고 스스로 만들기도 했는데요. 처음에는 어색하여 많은 고민을 했어요. 주변에 의견을 물어봤는데, 반응이 좋아 '고마워 디자이너'라고 정하게 되었답니다.

목차가 정해진 후 2020년 1월부터 베란다에서 초고를 쓰기 시작했어요. 약 3개월 동안 집중하여 초고를 완성했는데요. 글을 쓰는 동안 참으로 많이 울었어요. 초고를 완성하면서 제 삶을 들여다보았고, 정리할 수 있었어요. 블로그 글쓰기도 배우면서 다양한 정보를 알게 되었어요. 블로그에 이웃 맺기에 진심의 댓글을 달면서 이웃들이 점차 늘어나기 시작했어요. 하루에 댓글만 4시간을 단적도 있었지요. 그러던 중 코로나19가 확산되자 오프라인 활동이 중단되었어요. 오프라인 모임이 중단되었기에 앞으로의 삶이 더 막막했어요. 그 사이에 책 초고도 완성되었지만, 무엇을 어떻게 시작해야 할지 두렵고 불안한 마음이 더 커졌어요. 다행히도 코로나 19로 온라인 세상이 열리면서 배움의 기회가 많아졌어요. 오프라인에서는 교육비가 비싸 경제적으로 힘듦이 있었지만, 온라인 교육에서는 저렴한 수강료 덕분에 다양한 배움과 정보를 얻었어요. 배울 때는 뭔가 될 수 있다는 기대감이 생겼지만, 막상 끝나고 나면 허무함이 찾아왔어요. 그러면서 또 무엇을 배워야 할까? 하는 고민이 생겼어요.

진짜 강사가 되고 싶어 15년 다닌 회사도 그만두었는데 어떻게 해야 할지 막막하기만 했어요.

주저앉고 싶을 때 또 한 분을 소개받았어요. 1인기업 국민 멘토 김형환 교수를 소개받아 처음으로 1인기업이 무엇인지 알게 되었어요. 강의 첫 시간에 사명과 비전을 쓰는 시간이 있었는데요. 정신적 혼란이 왔어요. 사명과 비전을 들어 본 적은 있었지만, 쉽지 않았어요. 수십 번 고치고 고쳐 사명과 비전을 완성해 봤어요. 함께 교육을 받는 분들도 어려워했어요. 그래서 사명과 비전을 먼저 만들어 본 경험으로 두 사람에게 컨설팅해 주었어요. 도움을 준 경험으로 자신감을 얻고 1인기업가의 틈새시장을 발견했어요. 또한, 책을 지식으로만 읽었던 시절이 있었는데요. 책을 읽기만 했을 때 삶의 변화가 없었어요. 변화되었다고 혼자 착각했던 모습에서 고민하던 중에 '고마워 독서법'을 만들었어요. 먼저 작가가 시간과 정성을 다해 책을 써 준 노력에 고마운 마음을 담아 편지를 썼어요. 새롭게 알게 되거나 깨달은 점을 '고맙습니다.'라고 먼저 쓴 다음 마지막 문장에는 '감사합니다.'라고 책에 기록해 보았어요. 효과가 있었어요. '고마워 독서법'으로 책을 읽다 보니 실행으로 연결되어 조금씩 커가는 내면의 성장이 느껴졌어요.

고마워 독서법도 비공식적으로 두 분에게 적용해 보았어요. 다행히도 도움이 되었다고 하여 용기를 얻게 된 사례도 있었어요.

그동안 강사도 하고 싶고 돈도 벌고 싶었는데, 방법을 몰라 방황하고 있을 때 1인기업 국민 멘토 김형환 교수를 알게 된 것은 큰 행운이었어요. 1인기업의 모든 과정과 독서 리더 과정, 블로그 이웃 1,000명 만들기, 미라클 모닝 등을 1년 동안 열심히 배웠어요. 1인기업에서 먼저 성공한 멘토들에게 배움을 통해 실행에 집중했고요. 온라인 세상에서 관계 맺기. 함께하는 분들에게 먼저 다가가 도움을 주기도 하고, 멘토들에게 고마운 마음을 전했어요. 배우고 나면 허전함이 찾아왔어요. 또 다른 방법을 찾아 묻고, 묻고, 또 물어서 정확하게 알 때까지 배우고 실행했어요.

특히 1인기업 국민 멘토 김형환 교수의 가르침 하나가 궁금해 질문했어요.

"교수님 단톡방에 온도를 올리라는 말씀이 무엇인가요?"

"먼저 따뜻한 댓글로 존재감을 알리고 소통하세요."라는 말씀에 깨달음을 얻었어요.

어떻게 하면 존재감을 알릴 수 있을까. 방법을 찾던 중에 아이디 어가 떠올랐어요. 새벽 4시에 일어나 미라클 모닝을 하고 있었는 데요. 5권의 책을 읽고 깨달은 내용을 '고디의 고마워 편지'로 작성 하여 100일 동안 속해 있던 단톡방에 공유했어요. '나는 나에게 고 마운 사람' 한 줄을 마지막 문장으로 마무리했어요. 100일 동안 꾸 준히 알리고 공유한 덕분에 저의 존재에 대해 궁금하신 분들이 늘 어났어요.

그래서 용기를 내어 1년 동안 준비했던 '고마워 책방' 독서 모임 을 용기 내어 론칭 했어요. 1년 동안 지켜보던 멘토들과 관계 맺었 던 분들이 신청하여 1기, 2기 마감이 되었어요.

어렵게 시작한 '고마워 책방' 독서 모임에 오신 분들에게 차별 점을 두고 최선을 다하고 싶었어요. 다행히도 5개월 동안 울며 써 놓았던 책 초고가 떠올랐어요. 독서 모임을 진행하며 15년간의 상 담 경험, 7년간의 자기계발, 10년간의 교육 기획 경험, 비공식적 일대일 컨설팅의 경험이 큰 도움이 되었어요. 차별화된 독서 모임 을 위해 일대일 코칭을 하며 그들의 이야기를 들어주었어요. 15 년간의 영업과 교육의 경험, 위기의 결혼생활 사례를 모아 '고마 워 프로젝트'도 만들었어요. 여기에서도 차별화로 가족의 관계 회 복 및 1인기업 사명 브랜딩이 될 수 있도록 일대일 컨설팅에 집중 했어요. 그 덕분에 타 단톡방에서 온라인 강의가 요청이 들어오기 시작했어요. '고마워'로 콘텐츠를 만들었다는 신기함에 관심을 받았지요. 저와 함께하는 분들에게 더 정성을 쏟았어요. 2년 동안 온라인 줌으로 2,000회 넘게 다양한 분들과 만나기도 했어요. 응원과 격려해 주신 분들 덕분에 '고마워 프로젝트', '고마워 감사일기'도 성공적으로 진행되어 점점 소문이 났어요. 1인기업 교육 과정을 10회 넘게 재수강하며 관계 맺기와 경영 시스템을 만들어 갔어요. 일이 잘될수록 저도 모르게 교만함이 올라왔어요. 함께했던 분들이 떠나기 시작했고, 위기가 찾아왔어요. 본질로 돌아가 10개월 동안 다시 배우고 3P 바인더 마스터가 되었어요. 7년 동안 써 왔던 기록물과 변화와 성장의 모습을 형식지로 보여주면서 진정성의 브랜딩이 되었지요.

관계 회복 전문가로 시작하여 고마워 디자이너, 1인기업 경영 코치가 되기까지 3년이라는 시간이 걸렸어요. 수많은 시행착오를 겪으며 포기하지 않고 배움과 실행으로 성장의 디딤돌을 만들었어요. 배움의 경험을 콘텐츠로 연결하여 누군가의 삶에 고사덕행을 돕는 고디(고마워 디자이너)로 힘차게 살아가는 저를 응원합니다. 고마워요. 사랑해요. 덕분에 행복해요. 고사덕행

8

브라보 마이 라이프

최연우

봄, 여름, 가을, 겨울의 〈브라보 마이 라이프〉라는 노래가 있다.

그리 좋지만도, 그리 나쁜 것도 아니었던 나의 인생. 하지만 앞으로 내가 가는 곳이 나의 길이 됨을, 나의 찬란한 미래가 됨을 노래한다. 왠지 들을 때마다 뭉클하다. 지금은 흔히 100세 시대라고 한다. 의료기술의 발달로, 그리고 삶의 질의 향상으로 수명은 점점 길어지는 시대가 될 것이다. 코로나가 시작되면서 밖에 나가면 감염되어 큰일이 날 것 같은 불안함이 가중되어 방콕으로 거의 1년을 보내다가 21년 가을 온라인 플랫폼의 다양한 자기계발 프로그램을 알게 되었다. 비비엠이란 자기계발 커뮤니티를 통해 감사일기를 쓰면서 독서도 하고, 필사도 하고, 같은 목적을 가진 사람들과 이야기를 나누고 소통하는 등, 그전에는 느끼지 못한 자기계발이라는 것을 하면서 성장하는 나를 보게 되었다. 일 년에 몇 권 읽을까 말까 했던 나는 2022년 60권이 넘는 책들을 읽었다. 원래 이 것저것 배우는 것에 관심은 많았지만, 이렇게 자기를 계발하는 그 것도 온라인 플랫폼을 통한 것은 처음이었다. 1인기업이라는 이야 기들을 많이 한다. 블로그로, 인스타로, 유튜브로 혼자서 수입을 내 며 자기계발을 하는.

이렇게 온라인으로 도움을 주고 도움을 받고, 영향력을 주고받 으면서 같이 성장하게 되는 유익한 관계들이 있고, 그곳에 내가 속 해 있음이 감사한 요즘이다. 나는 나의 일을 하면서 공저로 책도 쓰고 독서 모임의 리더도 되었다. 물론 아직도 배울 것이 많고 가 야 할 길이 멀지만, 60대에도 배우고 성장하고 있음에 정말 감사 한다. 주변에 이렇게 시작해서 1인 기업가로 성장하고 수익화하는 분들을 보면서 참으로 멋지다고 생각한다.

누군가에게 무언가를 살 때 너무 말을 술술 잘하면 왠지 거부 감이 들었다. 그래서인지 상담직이지만 고객의 입장이 되어 부담 을 주기 싫다. 그래서 지금 상담 일을 할 때도 능숙하게 고객을 리 드하지 못할 때가 있다. 관리에서 영업직인 상담으로 일을 하니 결 과로 평가받는 일이 많다. 과정이야 어떻든 결국은 내가 이달 어떤 실적을 내느냐에 따라 평가받는다.

그래도 나는 역시 모든 일의 일 순위는 인간관계라고 생각한다. 고객에게 이야기하고 전달하는 것도 너무 영업성에 목적을 두기보 다는 고객의 이야기를 더 많이 듣고, 전달하고, 도움을 주고 싶다.

그래서 나중에 또 나를 기억하는 분들이 계시기도 한다. 다행히 나는 좋은 분들이 주변에 많다.

회사에서도 나와 가장 자주 부딪혀야 하는 선생님들, 파트장님이 좋으신 분이라 마음을 편하게 해준다.

영업조직이라 성과에 따라 평가받아도 파트장님이 중간 역할을 잘해주고 계셔서 편안한 마음으로 근무하고 있다. 내가 몇 살까지 현역에 있게 될지는 알 수 없다. 하지만 근무하는 동안은 항상 배우는 마음으로 최선을 다하고 노력할 것이다.

나는 관심 가는 분야를 배우는 것을 좋아한다.

작년 우연히 생애 설계 상담관리사 교육 과정 모집 글을 보고 궁금하여 검색해보니 나에게 필요한 일인 것 같았다. 22년 8월부터 12월까지는 내가 사는 곳의 평생학습원을 통해 생애 설계 상담관리사라는 직업에 도전해서 교육받은 후 시험을 보고 자격증을 취득하였다. 그리고 강사 교육도 한 달 동안 받았다. 매주 토요일마다 오후 1시부터 5시까지 주말을 반납하고 12주간 공부하였으며, 마지막 주에는 자격증 시험과 강의 시연을 하여 피드백을 받았다. 생애 설계 상담은 인생의 제2막을 준비하는 은퇴 후의 삶에 대해 알고 설계하는 데 도움을 준다. 열심히 일선에서 살아왔지만, 은퇴 후의 삶에도 설계가 필요하다. 준비 없이 은퇴하는 것이 아니라 내가 살아온 나의 인생을 기반으로 나에게 맞는 제2의 인생을 준비하고 설계하는 것이다. 그러기 위해서는 역시 최우선은 건강이다. 건강한 나의 마음. 나의 몸을 유지하고 가꾸어야지 모든 일들이 가능하다. 세상의 흐름을 알아 이해하고, 항상 배우는 자세 또한 중요하다. 생애 설계 상담을 공부하면서 알게 된 네 분의 선생님들과는 동아리를 만들어 의정부시에 등록하고, 한 달에 두 번 모임을 가지면서 공부하고 있다. 한 달에 한 권씩 도서도 같이 읽고, 토론도 하고 있다. 아직은 지역사회에 도움을 주는 위치는 되지 못하지만, 23년부터는 봉사 활동도 계획하고 있다. 지도교수님들을 보면서 많이 배우고 도움을 받는다.

우리나라는 노령화가 빨리 진행되고 있는 나라이다. 그래서 앞으로의 사업은 노인을 대상으로 하는 사업도 많이 발전할 것이다. 아직은 본업이 있지만, 나는 앞으로 50대, 60대를 위해서 내가 알고 있는 것을 나누고 도움을 주는 삶을 살고 싶다. 그래서 19년에서 20년도까지는 사회복지사 자격증도 취득하였다. 그리고 올해는 평생 교육사 과정을 신청하여 1년 과정으로 시작한다. 내가 알고 가진 것이 아직은 많지 않아서 무엇을 어떻게 해야 할지는 정확히 알 수 없다. 하지만 지금처럼 꾸준히 배워나가다 보면 도움을 주는 날이 올 것이다.

본업에 충실하면서 나의 미래를 위한 일과 계획을 세우면서 지내고 싶다.

나의 일이 당연히 일 순위다. 그러면서 꾸준히 배우고 성장하는 나의 인생, 독서 모임으로 수익화한다는 걸 몰랐던 나에게 일 년

만에 수익화하고 도움을 주면서 같이 성장하는 삶. 이런 생각도 못한 일도 생기고, 함께 무언가를 계획하는 동반자도 생기게 되는 일들. 결국은 내가 배우고, 느끼고, 함께하기에 이루어지는 놀라운 일들이다. 인생이란 길 위를 걸으며, 나이가 많고 적음을 떠나 만나는 모든 사람이 내게는 배움의 선배다. 한 분 한 분에게 배울 것이 있다. 제자리걸음이 아니라 한 걸음씩 지금보다 나아가는 나의 길. 그 길의 끝에는 무엇이 기다리고 있을지 궁금하다.

9

부동산 분양에 날개를 달아 준 블로그

한보리

    신축 빌라 분양 업무를 처음 배운 곳은 일산의 한적한 곳에 있는 작은 컨설팅 회사였다. 당시 나는 사람이 많은 곳을 피했다. 전 직장에서의 문제를 해결하며 일해야 했기에 비교적 자유롭게 운영하는 사무실을 선택했다. 급여는 없었다. 다만 식사 및 사무실 제공 및 홍보, 마케팅을 지원해 주는 조건으로 수익을 배분하는 시스템의 회사였다. 급여가 없었어도 점심을 제공해 주고 내가 궁금해하던 업무를 배울 수 있는 것만으로 즐거운 시간이었다. 돈 대신 새로운 경험이라는 자산을 불리기 시작했다.

    내가 일을 시작하던 때만 해도 족자나 현수막을 거는 고전적인 방법으로 고객 전화를 유도하는 컨설팅이 많았다. 우리 회사에도 그런 분들이 대부분이었다. 나는 내가 잘하는 블로그를 선택했다.

블로그 쓰기에 부담이 없기도 했지만, 족자나 현수막, 인쇄물처럼 지역에 국한된 광고보다는 지역적 제한이 없는 블로그를 비롯한 인터넷을 활용해 홍보하는 것이 훨씬 효율적이라고 생각했다. 내가 분양하는 신축 빌라 물건은 일산, 파주지역에 있지만, 집을 구하는 사람은 제주도에도, 강원도에도, 해외에서도 있을 수 있기 때문이다. 그리고 집을 알아보는 30~50대라면 누구라도 인터넷 검색을 이용하는 세대이니, 일단 전념해야 할 것은 블로그 작업이라고 생각했다. 정답은 없다. 무엇이든 자신이 믿는 바를 우직하게 밀어붙이는 것도 성장의 한 방법이다.

분양업계의 흐름을 파악한 뒤 일산, 파주지역의 신축 빌라 현장의 모든 리스트를 뽑았다. 현장이 100개도 넘었다. 지역별로 나눠 위치를 파악한 후 효율적인 이동 경로를 짜서 대여섯 군데 현장을 돌아다니며 사진 촬영을 하고, 구조 및 분양가 등의 현장을 파악하는 답사를 했다. 한옥 건축 및 부동산개발 회사였던 전 직장의 경력이 쓸데없지는 않았다. 부동산 및 건축에 대한 기본 지식이 갖춰진 상태에서 업무를 배우니 남들보다 이해가 빨랐다. 평소에 인테리어 보는 것을 즐겼고, 경매사이트에서 본 물건이 있으면 간접 경험 삼아 임장도 다녔던 나였다. 그러니 자유롭게 돌아다니는 이 일이 마냥 즐거웠다. 현실의 상황은 바닥이었지만, 고민을 뒤로 하고 발로 뛰며 일하니 살 만했다. 삶에 정답이 있을까? 내 삶의 경험에서 두 가지를 얻었다. 첫째는 어떤 경험이든 쓸모가 있다는 것이다. 실패의 경험도 힘이 있다. 세상의 모든 성공은 수많은 실패로 이루어졌으리라. 내 실패의 경험도 반드시 그 쓸모를 하는 날이 올 것이라 믿는다. 둘째는 모든 성공의 시작은 행동이라는 점이다. 실패 후 좌절하지 않고 행동하기 시작하니. 다시 일을 즐기며 웃는 날이 온 것이다.

빌라는 아파트와 달리 부정형의 토지에 건축되기 때문에 다양한 구조가 나온다. 따라서 어느 현장에 어떤 구조의 집들이 있는지 잘 기억해야 했다. 각 세대마다 들어가서 하는 사진 촬영은 필수다. 한 현장을 답사하며 백 장이 넘는 사진을 찍는다. 그렇게 대여섯 군데 현장을 돌아다닌 후 사무실에 돌아와 사진을 편집한다. 홍보용 사진이니 보정도 필수다. 이후 블로그에 올리기 시작한다. 그 현장의 상세 내용을 고객이 읽기 쉽도록 다듬고 편집해서 올린다. 그날 답사한 대여섯 군데 현장의 포스팅을 당일 업로드하는 것을 목표로 일했다. 3~4시간만 잠을 자며 작업했지만 피곤한 줄 모르고 일했다. 그렇게 한 달쯤 지났을까. 블로그 방문자 수가 점차 올라갔다. 곧 고객의 전화 문의도 오기 시작했다. 블로그 사진만 봐도 집을 다 본 것 같다는 고객도 있었다. 일을 시작하고 6개월쯤 지났을까. 내 블로그는 일산, 파주지역에서 신축 빌라 컨설팅하는 사람들이라면 한 번쯤은 들어 본 블로그가 되었다.

고객 문의가 늘어나니 고객을 만날 기회가 많아졌다. 그러나 고객을 만나며 약점을 발견했다. 워낙 혼자 일하는 것에 익숙했기에, 고객을 만나 그들의 니즈를 파악해 집을 소개하고 계약하기까지의 영업 과정이 두려웠다. 무뚝뚝하고 말이 많지 않은 성격이라 잘할 수 있을까, 두렵고 고민스러웠다. 어쨌든 물러설 곳이 없기에 무작정 부딪혔다.

나의 첫 계약이 생각난다. 종로에 거주하며 사업하는 K 씨였다. 부모님을 모시며 중, 고등학생 자녀들도 있다고 했다. 3대가 거주해야 한다는 것이다. 지금 거주하는 종로의 집은 좁아서 조금 외곽으로 나오더라도 넓은 집을 찾는다고 했다. K 씨의 예산을 듣고 매물을 선별해 고양시 벽제동에 있는 40평대의 복층 빌라를 보여 드렸다. 우리 가족도 6명의 대가족이다 보니 평소 내가 마음에 들던 집을 소개했다. 많은 설명을 하지 않았는데 둘러보던 K 씨가 바로 마음에 든다며 계약을 원했다. 너무 쉽게 결정해서 내가 당황했다. 어쨌든 고객이 원하니, 건축주 대리인에게 의사를 전달하고 계약서를 작성했다. 그리고 며칠이 지났을까. K 씨에게 전화가 오기 시작했다. 특별히 문제가 있는 것은 아니지만, 걱정이 한가득하였다. '집이 좁지 않을까?', '위치가 괜찮을까?' 하는 고민을 계속 얘기했다. 나는 K 씨의 고민을 해결하고자 다시 몇 가지 물건을 검색해 본 후 일산 대화동에 신축 중인 복층 매물을 보여줬다. 분양가가 더 비싼 매물이긴 했다. K 씨는 두 번째 집을 더 마음에 들어 했다. 매물 소개가 처음이었던 나는 해지 위약금과 추가 차입금 조달까지는 고려하지 못했다. 수차례 조율하는 노력을 많이 기울였으나 결과적으로 K 씨와의 계약은 파기했다.

같이 일하던 선배가 얘기했다.

"그 손님은 처음 벽제동 집이 문제가 아니라 자신의 결정에 확신을 얻고 싶었던 거야. 네가 두 번째 대화동 집을 보여주지 않았으면 그 계약은 유지되었을지도 몰라."

이 얘기를 듣고 많은 생각을 했다. 나는 상품에 관한 공부는 했으나 상품을 찾는 고객의 마음은 파악하지 못했다. K 씨는 내 친절함에 고맙다며 계약이 성사되지 못한 것에 미안하다고 말했다. 고객에게 마음을 다했고 경험으로 남았지만, 내 손에 쥐어진 것은 없었다. 허탈했다. 고객도 만족하고, 나도 만족하는 결과를 찾을 능력이 없었다. 많은 경험과 시행착오를 겪는다면 나도 할 수 있다는 생각은 들었지만 먹고 살 걱정으로 마음이 바쁜 나에게 수많은 경험을 쌓을 '시간'이 없었다. 전략이 필요했다.

그 무렵, 남편 역시 사업을 접고 다른 일을 찾고 있었다. 내 일에 흥미를 보이더니 함께 일하고 싶다고 제안해 왔다. 또한 컨설팅 일을 시작하고 알게 된 부동산중개사무소 소장에게도 함께 일하자는 제안을 받았다. 두 사람 모두 사람을 좋아하고 언변이 뛰어나 영업에 탁월한 사람들이다. 첫 계약의 실패 후 나의 영업력에 대해 고민할 때 영업 전선에서 뛸 수 있는 선수 둘을 만난 것이다. 결국, 남편과 부동산중개사무소 소장과 함께 팀워크를 이뤄 일하게 되었다. 결국 나는 내가 잘하는 것을 더 잘하기로 했다. 블로그를 써서 고객이 찾아오게 하면 되는 것이다. 누구에게나 자신만의 강점이 있다. 약점을 보완하기에 집중하기보다는 장점에 집중하고 강화하는 데 에너지를 쓰는 것이 더욱 효율적인 전략이라 생각했다.

2015년 10월은 내가 있던 파주 야당동에 지하철 역사가 신설되며 부동산이 성행하던 시기였다. 역사 주변으로 빌라 개발업자들이 몰려들었고, 상업지구가 빠르게 조성되면서 상가나 다가구 택지 분양도 활발했다. 바로 이 시기에 우리는 팀워크로 빌라뿐 아니라 상가, 다가구 택지 분양 등 많은 계약을 성사시켰다. 기회와 전략이 좋았기에 신축 빌라 분양업무를 시작한 지 1년쯤 되었을 때 경제적으로 안정될 수 있었다. 예전 직장으로부터 벌어진 문제들이 남아 있었지만, 난 내가 선택한 길로 열심히 걸어가고 있었다. 그 길을 열어준 것은 부동산 분양이었고, 날개를 달아준 것은 블로그의 힘이었다.

도전하면 기회가 온다

황금

도서관에서의 한 번의 수업 경험으로 강사라는 직업에 매력을 느꼈다. 아이들의 눈빛과 도전을 본 후 다시 만나고 싶어서 강사 과정을 찾아다녔다. 여러 곳을 찾다가 청주에도 메이커 스페이스가 있다는 것을 알고 바로 찾아갔다. 그곳은 서점이었다. (도서관에서 메이킹 수업을 이어받은 그 W서점!) 생각보다 건물이 꽤 컸다. 완구와 서점이 층별로 있고, 3층에 넓은 메이커 스페이스가 있었다. 시민 누구나 찾을 수 있는 오픈 공간이면서 수업도 매주 준비되었다. 넓은 공간에 3D프린터와 레이저 커터기 등 DIY를 할 수 있는 장비가 많이 갖춰져 있었다. 내가 소속해 있는 3D 협동조합에서 말하던 꿈의 공간 모습 그대로였다. '바로 이거야!' 속으로 외쳤다. 주말 수업은 유아~초등생 대상으로 책 읽고 독후 활동으로 만들기와 디지털로 표현하는 수업이었다. 책을 통해 얻은 지식과 디지털 도구들을 융합한다는 센터장의 마인드가 마음에 들었다.

수업과 장소에 관심을 보이니 서로에게 도움이 될 거라며 강사 미팅을 한번 오라고 했다. 궁금하고 설렜다. 앞뒤 재지 않고 미팅에 참석했다. 첫 강사 미팅의 자리, 10명 남짓의 선생님들이 새로운 앱을 공부하고 한 달 후 주말 수업을 준비했다. 나도 가벼운 아이디어를 내며 참여했다. 혼자 수업을 준비했었던 나였기에 협업하는 모습이 이상적이었다. 잠깐이지만 많이 배웠다. 매주 오기로 하고 참석한 것이 1년을 다녔다. 수업을 정식으로 맡기 전까지 비용은 교육비라 생각하며 더 많은 것을 배우려고 노력했다.

강사들과도 자연스럽게 어울렸다. 이때 역시 난 특채였다. 강사들은 독서 융합지도사 4개월 과정을 마친 상태였다. 그들은 처음에는 낯선 나에게 거리를 두었지만, 이내 그들 무리에 받아주고 살뜰히 챙겨주었다. 수업에 도움을 주고받으며 지금까지도 연락하는 동료이자 친구가 되었다. 처음 만나는 사람들, 낯선 장소 등은 어려웠으나 상황을 긍정적이고 단순하게 생각하고 다가갔더니 결과가 좋았다. 이제는 내 성격이 되었다. 성장이 있는 그곳에 가니 많은 것을 배우고 내것도 나눌 수 있었다.

강사라는 일에는 초짜였다. 그래서 자신이 없고 숨고 싶을 때가 많았다. 좌절하지 않기 위한 마음 다짐이 필요했다. 자기계발서를 많이 읽었다. 책에서 말하는 성공의 조건이 긍정과 감사였다. 그래서 새벽부터 일어나 긍정 확언을 외치고 감사일기를 썼다. 책을 읽으며 실천하려고 노력했다. 3P 바인더로 시간 관리를 하고 하루를 주도적으로 살았다. 서서히 자존감이 올라오며 자신감이 생겼다.

자연스럽게 주변에도 내가 사용하는 시간 관리 방법을 알려주게 되었다. 언니들과 조카들의 코치를 시작으로 동료 강사, 주변 엄마들로 이어졌다. 함께하는 사람이 늘어날수록 내가 하는 방법이 옳다는 확신이 들었다. 그들의 분주한 삶에서 여유를 갖고 감사하는 삶으로 바뀌는 모습을 보며 응원했다. 함께 실천하니 나도 꾸준히 지속할 힘을 얻었다. 배움이 주변으로 퍼지는 과정이 즐거웠다.

내 아이들에게도 물론 가르쳐 주었다. 꿈을 이루며 살기를 바랐다. 보물찾기 바인더(초등학생용 바인더)를 건네고 나처럼 시간관리 계획을 쓰게 했다. 하지만 매일 일기처럼 쓰는 시간 기록이 아이들에게는 힘이 들었다. 한 달 만에 재미가 없다고 손을 놓았다. 3P 코치과정으로 동기부여가 충분했던 나와 달랐다. 아이들에게도 보물찾기 교육을 해줄 필요성을 느꼈다. 그런데 한 번만 배우고 습관이 될 수 있을까? 코치가 옆에 함께하는 편이 좋겠는데….

'그래! 내가 보물찾기 코치가 되지 뭐. 내 아이들 셋에게만 전해도 충분해!'

3P 초등 리더십 보물찾기 지도자 과정에 등록했다. 8월 한여름에 이틀의 집중 수업을 시작으로 3개월을 배웠다. 보물찾기 바인더를 만든 현직 교사 이인희 선생님에게 직접 강의를 들었다. 아이디어가 돋보인 다양한 놀이 수업을 경험했다. 예상 밖의 수업이었

다. 아이들 눈높이에 맞춘 놀이 수업으로 진행되며, 아이들에게 재 있게 자기 주도의 필요성을 깨닫게 하는 식이었다. 이틀 동안 80 가지의 놀이를 배웠다. 서울로 운전하며 왕복했던 피곤함도 잊은 채 집에 도착하자마자 아이들과 그날 배운 놀이를 복습했다. 아이들은 새로 배워온 놀이에 빠져 즐거워했다.

이인희 선생님에게서 아이들을 향한 사랑을 배웠다. 선생님은 아이들을 교육 대상이 아닌, 배려하고 사랑으로 키워야 하는 보물로 보았다. 한 명이라도 소외당하지 않는 교실, 모두에게 행복한 교실을 추구하셨다. 경쟁은 있지만, 성취의 기쁨을 똑같이 나눴다. 실력이 못한 아이라도 비난하지 않는 공동체 정신이 있었다. 내 아이도 이렇게 믿고 응원받는 교실에서 자라면 좋겠다는 꿈을 꾸게 되었다. 선생님께서 가르쳐 준 근본 마음을 아이들과 나누겠다는 사명감을 느꼈다.

수업을 받은 직후 줌으로 설명회를 열었다. 내용과 감동이 잊히기 전에 하루라도 빨리 주변 엄마들에게 보물찾기 과정을 소개하고, 함께할 친구를 모집했다. 10명의 엄마가 관심을 가졌고, 최종 다섯 명으로 보물찾기 원정대가 출범했다.

"나는 나를 사랑한다."

시작을 알리는 긍정선언문이다. 긍정 놀이, 비전선언문 놀이와 같이 의미 있는 단어를 넣어 놀이를 진행한다. 1학년인 둘째 아이도 이해할 수 있을 정도로 메시지가 쉽게 전달되었다. 아이들은 놀샘(놀이 선생님)인 나와 함께하는 시간을 즐거워하고 꿈, 목표, 롤모델 등 평소 생각 못 한 것들을 적고 결심했다. 긍정성과 감사함이 넘치는 말들로 응원받으며 5주를 보냈다. 습관이 완전히 정착하기까지 시간이 더 필요하겠지만, 함께한 시간 동안 아이들은 자존감과 자신감을 채워갔다. 스스로 지지하면서 세상 기준에 따르지 않는 주관을 만들었다. 코치 역할은 많지 않았다. 생각하는 아이들은 스스로 성장했다.

아이들을 코치하면서 내게도 많은 힘이 생겼다. 그 해 우연히 알게 된 자율기획 학부모연수에 한수진 마스터와 함께 강의를 도전하고 있었다. 가을에는 초등 리더십 과정을 더하여 엄마가 함께하는 보물찾기 수업을 기획해봤다. 강의 내용도 개발해야 했지만, 30명을 수용할 넓은 장소가 필요했다. 코로나 팬데믹으로 개방 공간은 없었다. 북카페, 공기업 강당 등을 찾으며 고민하다 내 아이들이 다니는 초등학교에 조심스럽게 연락을 해봤다. 교감 선생님과 통화했고, 교장 선생님을 만났다. 운이 따랐는지 두 분은 개방적이셨고, 수업에 200% 지지를 보내주셨다. 그래서 방송설비를 갖춘 넓은 시청각실에서 아이들과 함께하는 엄마 수업이 열리게 됐다. 학교의 문턱은 의외로 낮았다. 기대 이상으로 활짝 열린 학교에 감사하고 듬직했다. 두드리면 문이 열리는 것은 진리였다.

수업을 통해 엄마는 아이의 마음을 새로 알았다. 수업 전에 싸우고 들어왔지만, 수업 후에는 웃으며 손잡고 나가는 모녀가 예뻐 보였다. 함께하는 수업은 세 번으로 짧았지만, 학교에서 열리는 수업이라 안전하면서 엄마와 아이들에게 편안함을 주었다. 학교에서 보물찾기 수업이 꾸준했으면 참 좋겠다! 이인희 선생님의 놀이로 웃음 가득하고 행복한 교실처럼, 내 아이들의 교실에서도 그런 수업이 열리길 꿈꿨다. 도전은 기회를 만들었고 꿈을 만들었다. 그리고 또 다른 도전의 씨앗이 되었다.

시내의 낯선 서점을 매주 갈 때나 학교의 문을 두드릴 때, 내게도 많은 용기가 필요했다. 그때마다 정해진 길이 없어서 헤매며 내 방식대로 전진했다. 당시 초등 아이들과 엄마들, 시니어들까지 다양한 나이의 사람을 만났고, 내게 가장 편안한 대상이 누구인지 알게 되었다. 모든 도전이 성공적이지는 않았다. 실패가 있을 때마다 좌절도 있었다. 하지만 성공이라고 불렀던 것들은 낯섦이라는 불편한 순간을 뚫고 넘겼던 결과들이었다. 방법을 모른다고 해도 겁먹지 않기로 했다. 무엇이든 용기를 내 도전했더니 기회는 항상 있었다.

제 5 장

직업, 소명이 되다

기독 심리상담사가 되다

김동혁

장애인 평생 강사와 산발적인 심리상담사로 활동을 하던 중 이렇게 지낼 수는 없다고 생각하고, 다시 한 번 변화의 필요성을 깨달았다. 우연히 온라인에서 활동하는 강사들이 많다는 것과 무료 강의도 많이 진행되고 있다는 것을 알게 되었다. 디지털 노마드라는 말을 처음 들었고, 온라인 강사를 만들어 내는 과정도 듣게 되었다. 그들은 각자의 사연과 경험을 기반으로 활동했다. 그중에 가장 관심이 가는 곳들은 역시나 무자본 1인 창업으로 홍보를 하는 곳이었다. 무자본이란 말에 혹해 그 모임에 가보면 온라인 강사가 될 방법을 배우는 비용이 적지 않았다. 여러 방면으로 알아본 결과, 온라인에서 활발히 활동 중인 최서연 작가와 BBM카페를 알게 되었다. 다른 모임은 담장 뒤에서 구경만 했다면, BBM에 있는 프로그램으로 온라인에서 정착할 방법을 이해 할 수 있었다. BBM

프로그램의 특징은 강의로 끝나는 것이 아니라 습관 만들기와 같이 연계할 수 있어 좋았다. 솔직히 말하면 프로그램에 참여한 사람들끼리는 데면데면하고 끝낼 수도 있지만, 마치 과부 마음 홀아비가 아는 것처럼, 서로서로 경쟁자가 아니라 격려해 주는 경우가 많아서 계속해서 같이 할 수 있었다. BBM에 참여한 것 중에 독서 모임 리더과정이 있는데, 이 과정을 마친 후엔 바로 심리 독서모임을 만들어 진행할 수 있었다.

온라인 1인 지식 창업과 관련된 강의를 들으면서 좀 더 체계적인 시스템을 만들어야겠다고 생각했다. 사업을 하거나 회사에 취업을 하더라도 여러 종류의 어려움은 찾아온다. 어려움을 만날 때 계속할 수 있도록 하는 방법은 내가 하는 일에 대한 사명 혹은 소명이 있어야 한다고 많은 강의에서 가르치고 있었다. 사명은 맡겨진 임무 또는 임금의 명령이다. 소명도 임금이 신하를 부르는 명령이다. 또 사명이나 소명은 기독교에서는 하나님이 개인에게 주신 특별한 명령이란 의미를 지닌다. 나는 기독교인으로서 하나님이 나에게 주신 사명 혹은 소명을 직업과 연결하려 노력한다.

앞서 내가 심리상담사가 되기까지의 여정을 이야기했다. 어떤 사람은 돈을 추구해 직업을 택하다 심리상담사까지 왔다고 할는지 모르겠다. 나의 사명은 사실 심리상담사란 타이틀이 아닐 수도 있다. 하나님이 나에게 주신 사명은 세상에서 상처받은 영혼을 회복시키고, 자존감이 아닌 정체성을 깨달을 수 있도록 돕는 것이다. 이런 사명을 확실히 한 후에 어떠한 심리상담사가 될지 다시 정립했다. 또 오랫동안 건강상의 이유로 병원 생활을 오래 하며 느낀 것은 예방치료를 하지 않고 방치하면, 사후 치료에는 몇 십 배의 시간과 노력이 필요하다는 것이다. 마음도 마찬가지이다. 상처를 해결하지 않고 덧나도록 참기만 하면 치료를 할 때 더 많은 수고가 필요하다. 그래서 마음 예방치료를 하기로 마음먹었다. 가장 먼저 한 것은 심리상담사가 진행하는 심리 독서모임이다. 온라인에는 많은 독서모임이 있다. 심리 관련 책을 가지고 하는 독서모임도 물론 많다. 하지만 전문가가 진행하는 심리 독서모임보다는 비전문가가 유행에 따른 심리 책으로 진행하는 모임이 더 많았다. 그렇게 이무석 교수의 《30년 만의 휴식》을 가지고 독서모임을 시작했다. 또 김용태 교수의 《부부, 같이 사는 게 기적입니다》 같은 부부 상담 관련 책으로도 진행했다. 책에서 나온 심리학적 이론을 설명해 주기도 하고, 이론을 기반으로 하여 자신의 삶을 적용해 보도록 했다. 참여했던 분들의 후기를 보면, 단순한 독서모임이 아니라 집단상담 같았다는 반응이 많았다. 여러 좋은 반응이 있기도 해서 힘을 얻고, 본격적으로 사업 진행을 하기로 했다.

그동안 건강상의 이유로 적극적인 활동을 하지는 못했었는데, 하고자 하는 방향을 세우자 바로 사업자를 내고 Now&Then 심리상담연구소를 열었다. Now&Then 심리상담연구소에서는 온라인과정 심리 독서모임을 진행하고 있고, 오프라인 과정도 준비 중이다. 또 나의 아름다움 찾기 프로젝트를 운영 중이다. 아름다움의 아름은 나를 어원으로 가지고 있다. 즉, 아름다움이란 나다움을 뜻한다. 요즘 나다움을 찾는 과정은 많이 있다. Now&Then 심리상담연구소만의 특징은 무엇이 있을까? 일반 심리상담센터는 보통 내담자에게 프로이트의 정신분석 이론을 기초로 한 원인론적 해석으로 접근하는 경우가 많이 있다. Now&Then 심리상담연구소는 아들러의 목적론적인 해석으로 접근한다. 이것의 차이는 사건에 대해 바라보는 시각이 완전히 다르다. 일반적인 원인론적 해석은 어떤 상황이 벌어지면 그 원인을 찾는 데 주력한다. 하지만 목적론적 해석은 벌어진 상황에 대해 어떻게 반응할 것인가에 초점을 맞춘다. 목적론은 원인론에 비해 상황에 대한 더욱 능동적인 해석과 자기 결정성을 가능하게 한다. 또 심리상담사에게 의지하도록 상담하는 것이 아닌, 궁극적으로는 Self-상담을 할 수 있도록 지원한다.

Now&Then 심리상담연구소에서는 알프레드 아들러의 개인심리학을 중심으로 아름다움을 찾는 것을 목표로, 먼저 세계 3대 심리학자인 프로이트와 칼 융, 아들러의 심리학을 비교해 보는 오리엔테이션을 가졌다. 개인심리학 책 중 가장 대중적인《미움받을 용기》를 시작으로 1년간 개인심리학을 배우며 적용할 것이다. 또 심리 독서모임에 참여해보고 더 깊은 심리상담이 필요할 경우에는 심리상담도 제공하고 있다. 또 사무실은 집 구조를 바꾼 것이기 때문에 게스트용 룸이 있어 필요에 따라 숙박이 가능하고, 오프라인 모임에도 참여할 수 있다.

마지막으로 한 가지만 더 이야기한다면, 혹시 심리상담을 받고 싶은 분들을 위해 또는 필요한 사람들을 위해 어떤 심리상담사를 만나야 하는지에 대해 개인적인 이야기를 하고 싶다. 일단 상담이라는 것은 쉽게 말하면 대화와 같은 의미다. 예를 들어 부동산 상담이라고 하면, 부동산을 주제로 하는 대화라는 뜻이다. 그러면 심리상담은 심리를 주제로 하는 대화라 할 수 있다. 심리상담에 전문적인 공부를 하지 않아도 내담자의 이야기를 들어주고, 자기 경험에 따라 해석이나 조언하는 것을 심리상담이라고 여기고 상담사라고 하기도 한다. 내담자의 이야기를 들어주고 조언을 하는 것은 비슷하다고 생각할 수 있지만, 단순히 자기 경험을 바탕으로 던지는 조언과 전문적인 공부를 한 이후에 관련 이론을 바탕으로 하는 대화는 다를 수밖에 없다. 또 전문적인 과정을 수료했더라도 어디서, 어떤 과정을, 어떤 가치관을 따르고 있는지에 따라 그 상담 내용이 천차만별일 수밖에 없다. 다시 말하면 대학교수 출신의 경험 많은 상담사도 있고, 학점은행제에서 공부한 것으로 활동 중인 상담사도 있다. 특히 요즘은 심리학적 이론과 무관한 심리상담사가 많이 양산되고 있다. 무조건 대학교수 출신이 훨씬 더 잘한다고 볼 수는 없지만, 가능성이 훨씬 높은 건 확실하다. 하지만 꼭 대학교수 출신 상담사가 나와 맞는다고 볼 수도 없다. 그래서 우리가 병원이나 심지어 카센터도 여러 군데를 다녀보고 결정하는 것처럼, 여러 상담사를 만나보고 결정하는 걸 추천한다. 요즘은 블로그나 온라인에서 활동하는 모습을 보고 만나보는 것도 좋겠다. 가능하다면 어떤 심리이론을 기본으로 상담을 진행하는지 확인해 보는 것도 방법이다. 만약 내가 하는 말에 단정하듯 말하거나 심리검사에 나온 결과로 나를 판단하고 낙인을 찍는 것처럼 진행한다고 느껴진다면 걸러도 좋을 것이다. 정리하자면 이야기에 공감해 주고 알맞은 피드백을 제공하는 심리상담사를 찾아야 한다. 좀 더 쉬운 방법은 상담 내용과 비교해서 상담 비용이 아까운지, 만족스러운지 판단해 보는 것도 좋은 방법이라 하겠다. 그리고 가능하다면 어떤 어려움을 해결하고 싶은지, 나의 마음은 어떤지, 자신의 심리나 마음을 느낄 수 있도록 노력하는 것도 상담을 받는 데 있어 더욱 도움이 될 것이다. 심리상담을 받는 것에 어려워하지 말고 감기에 걸렸을 때 편하게 병원에 가는 것처럼, 직접 상담소를 방문하여 적극적으로 마음과 소통해 보는 것은 어떨까?

뭐든지 쉽게 얻는 결과물은 없다

김상미

보통 네일 숍에 오는 손님분들 중 "언니처럼 일하면 얼마나 버나요?" 하며 수입을 궁금해하시는 분들이 간혹 있다. 그동안 내가 공들여 배운 것들이 수입 하나로 판단될까 봐 객관적으로 말하고자 한다. "우선 회사 생활을 열심히 하세요. 자영업은 힘들어요. 혼자서 물건 구매, 홍보&마케팅까지 모두 결정해야 해요. 저는 네일아트 배우는데 1,000만 원 들었어요. 이 정도 들여서 배울 각오가되어 있나요?" 사람들은 뷰티 업종이 단기간에 자격증을 따서 소자본 창업으로 쉽게 할 수 있다고 생각한다. 하지만 3년이라는 인고의 시간을 견디고 살아남은 네일 숍이 그렇게 흔하던가? 1년도안 돼서 다른 네일 숍으로 주인이 바뀌거나 이 동네를 떠나는 네일숍을 많이 봐왔다. 8년을 한자리에서 버틴다는 건 그만큼 쉬운 일이 아니었다. 처음 네일 숍을 오픈했을 때만 해도 동네에 네일 숍이 5개였는데, 8년이 지난 지금 50개가 넘는다. 그만큼 아파트나 오피스텔이 많아지면서 상권이 살아나기는 했지만, 치킨 게임 운영은 점점 심해지고 있다. 나를 무한 신뢰하고, 내 실력을 믿고 찾아오는 단골이 있어야만 살아남을 수 있다.

여름 성수기면 전화벨이 물밀듯이 걸려 온다. 점심도 거른 채 하루 7~8명을 해주고 저녁밥을 먹는데, 손이 떨려온다. 몸이 건강하지 못하면 체력적으로 아주 힘들다. 늦은 저녁 숟가락으로 밥을 먹으면서 내 체력이 언제까지 버텨 줄까? 서글픔이 밀려온다. 하지만 겨울이 되면 그 많은 고객님은 다 어디로 가시는지? 전화 예약이 뚝 끊긴다. 신기한 직업이다. 잠시 숨 고르는 시간이 되기도 한다. 네일, 왁싱, 피부관리, 반영구, 속눈썹 등 뷰티 토탈숍을 하면 비수기 시즌이 없을 수 있다. 하지만 네일 한 가지만으로 승부하는 나로서는 겨울 비수기가 되면 보릿고개처럼 매출이 바닥을 친다. 봄이 되어야 꽃이 피듯 네일 숍도 손님들이 찾아오기 시작한다. 화려한 겉모습만 보고 섣불리 창업하면 폐업이라는 절차를 밟을 수도 있다.

혼자 하는 1인 네일 숍이라면 평균 500만 원 정도의 매출을 올려야 한다. 성수기 시즌에는 700~800만 원 정도가 나와야 한다. 임대료와 건물관리비, 통신료 등을 포함하면 100만 원은 기본 고정비로 나간다. 가끔가다 박람회에 가서 네일 재료를 사 올 때면

100만 원 이상도 사들일 때가 있다. 네이버 광고나 가끔 체험단을 불러 무료 시술을 해주는 것도 광고비 책정으로 넣어야 한다. 300~500만 원의 매출을 올려야 나의 인건비로 200만 원 이상을 가져갈 수 있다. 단가가 높은 문제성 발이나 손톱 연장 등 고급기술을 익혀서 숍 매출을 올리는 데 심혈을 기울여야 한다. 일반 컬러만 바르는 손님들만 받으면 매출은 더는 오르지 않는다. 어떻게 하면 제품을 팔아서라도 부대 매출을 올릴 것인가? 머리를 써야 한다. 처음엔 나도 일반 컬러 손님이 주 고객이었지만, 문제성 발로 포지셔닝을 바꾼 건 코로나 때문이었다. 전화벨이 울리지 않던 시절, 블로그에 잠자고 있던 사진들을 불러와 시술 후기를 쓰기 시작했다. 글 10개가 넘어가기 시작하자 자고 일어나면 전화벨이 울렸다. 하루 1~2명을 해도 매출과 손님들의 만족도가 달랐다. 무엇보다 좋은 건 나에게 고마워한다는 것이다. 사람들이 불편해하는 것, 다른 네일 숍이 안 하는 걸 나의 경쟁 무기로 삼았다. 다른 네일 숍과 차별화되어 나만의 시그니처 메뉴를 무엇으로 해야 할까? 어떻게 하면 고객들을 오게 할지 연구해야 한다. 요즘은 인스타와 블로그, 유튜브까지 운영해야 하는 멀티 능력을 필요로 한다.

1인 네일 숍을 꿈꾸는 사람이라면 꼭 알아야 하는 사실이 있다. 사실 번화가 네일 숍이 아니면 직원 구하기가 하늘의 별 따기처럼 어렵다. 다른 동네에서 네일 숍을 하면서 우리 동네에 네일 숍을 하나 더 차린 원장님도 직원 관리가 안 돼서 결국은 숍을 내놓았다. 직원이 내 마음 같지가 않기 때문이다. 혼자 하는 1인 네일 숍이 매출은 작지만 속은 제일 편하다. 직원을 쓰면 채용에서부터 관리까지 모든 스트레스를 다 감당해야 한다.

1인 숍의 장점은 첫째, 오로지 한 손님에게만 집중할 수가 있다. 칵테일바 형태로 다른 손님과 옆으로 앉아 있다 보면 듣기 싫어도 옆 사람의 이야기가 들려온다. 원장님과 손님 두 사람만 있는 공간이 제일 편하다는 손님도 있다. 원장님의 실력을 믿고 단골 네일 숍을 선호하기도 한다. 규모가 있는 네일 숍에서 혹시나 신입직원에게 시술받게 된다면 네일 퀄리티가 떨어질 수 있다. 누가 시술하느냐에 따라 다시는 방문하고 싶은가? 아닌가? 판가름이 난다.

둘째, 시간 조절이 자유롭다. 어느 정도 융통성 있게 예약을 조절해서 받을 수 있다. 내 몸 상태에 따라 여유롭게 30분이나 1시간정도 여유를 두고 예약을 받을 수 있다. 규모가 큰 네일 숍은 빽빽하게 예약을 잡기 때문에 물 한 모금 마실 여유가 없을 때도 있다. 경력 많은 원장님 중에서는 소변을 참는 게 습관이 돼서 방광염에 걸린 분도 있다. 손님이 가고 나면 뒷정리도 해야 하기에 30분의 텀을 두고 예약을 잡는 것이 좋다.

셋째, 매출에 웃고 울면서 나 자신을 경영하게 된다. 회사는 내것이 아니기에 정해진 시간만 채우면 된다. 하지만 1인 네일 숍은 내 사업체이다. 아침 6시 예약이 들어와도, 밤 10시에 예약이 들어와도 그 예약을 받을지 말지 온전히 나의 선택에 달려있다. 탄력적인 근무형태로 나 자신을 경영해야 한다. 몸이 아프면 당장에 병원에 입원해야 하기에 매출은 0원이다. 몸이 아파도 진통제를 먹어가며 땀을 뻘뻘 흘리면서 일한 적도 있다. 건강에 신경을 쓰지 않으면 오래 일할 수 없다.

1인 네일 숍의 가장 큰 장점은 내 마음대로 문을 여닫을 수 있는 자유가 주어진다는 것이다. 정말 예약 판이 꽉꽉 차는 네일 숍도 가보면 문을 걸어 잠그고 놀고 있는 곳도 있다. 자유는 항시 양날의 검처럼 내가 어떻게 사용하느냐에 따라 매출의 결과가 달라진다. 줄을 설 정도로 잘 된다면 직원을 써서라도 매장을 운영하는 게 맞고, 혼자서 숍을 운영하는 게 좋다면 1인 네일 숍이 나와 맞을 수도 있다. 아이가 아직 어려서 어린이집에 가 있는 시간에 생활비라도 벌 생각으로 낮에만 운영하는 원장님도 있다. 저녁 매출은 포기하는 것이다. 주말에도 남편이나 시댁 부모님들이 봐준다면 토, 일요일도 유동적으로 근무할 수 있다.

여자가 자신이 가지고 있는 손기술로 50대까지 현업에서 일할 수 있다면 이만큼 매력적인 직업이 또 있을까? 내 아이에게 당당해지기 위해서라도 어떤 직종이든 좋아하는 일로 단돈 만 원이라도 버는 걸 멈추지 않았으면 한다. 남편이라는 울타리가 언제 어떻게 무너질 수 있을지 아무도 모른다. 누구의 엄마, 누구의 아내로만 정의 내려지기에는 우리의 인생은 너무나 길다. 온전히 나 자신이 생산자가 되어서 노동력과 지식을 이용해 경제적 활동을 계속 이어 나가자. 삶을 살아가는 건 내가 이 세상에 필요한 존재로 인식될 때 살아가는 보람을 느낀다. 오늘도 나를 찾아주시는 고객님들이 있어 기쁘게 하루를 마감할 수가 있다. 내 체력이 되는 한 나는 네일리스트를 계속할 것이다.

나와의 끝없는 대화

김신혜

직업에 대해서 가지고 있던 몇 가지 편견이 있었다. 정해진 곳으로 출근을 해야 한다거나 한 직장에서 오래 일해야 한다는 것이 그런 종류였다. 고정관념 때문이었는지 첫 직장을 나와 이직했을 때도, 두 번째 직장에서 퇴직했을 때도 앞으로 "출근할 수 있을까?"라고 생각했다. 요즘은 인식이 달라졌겠지만, 부모님 세대만 해도 한 번 자리 잡은 직장에서 정년까지 일하는 것이 성실과 끈기, 능력의 지표였다. 나도 무의식중에 같은 생각을 가졌었던 모양인지, '퇴직'이라는 단어에는 묘하게 억울한 마음이 따라다니곤 했다. 연봉을 높이기 위해서 이직을 하는 경우도 있지만, 고용 형태가 불안정한 경우는 원하지 않게 퇴직을 하게 되기도 한다. 방과 후 강사라는 직업도 특수 고용 형태로 능력에 따라 계약 여부가 결정된다. 짧게는 하루짜리 강의부터 1~2년 강의까지 기간은 다르지만, 정년이 보장되지 않는 프리랜서다. 내가 어떻게 일하느냐에 따라 연차가 달라지는 것이다.

방과 후 강사로 강의를 시작하다 보니 학교 이외의 강의 영역은 생각해 본 적이 없었다. 학교와 계약이 잘돼서 오랫동안 방과 후 강사로 일하고 싶었다. 다른 영역까지는 생각할 겨를이 없었기도 했다. 하지만 마음 한구석에서는 이대로는 안 될 텐데 싶었다. 아이들을 가르치면서 성취감과 자부심을 느꼈지만, 강사로서의 생명은 성취감만으로 이어지지 않기 때문이다. 강사로서 계속 존재할 수 있어야 성취감도 느낄 수 있으니까. 문득 방과 후 강사라는 직업에 마음이 불안해졌다. 학교 이외의 장소에서 강의를 생각해 본 적이 없었고, 다양한 종류의 강의를 해낼 수 있을지 확신도 없었다. 방과 후 강사는 제법 긴 기간의 계약을 한다는 점에서 안전지대처럼 느껴지기도 했지만, '계약'이라는 제한적 기간이라는 점에서 보장받을 수 없는 직업이기도 했다. 그대로 있으면 퇴보하게 될 것 같았다. 수강생의 대상을 넓게 생각해야만 했다. 학교에서 가르치던 모든 과정들을 어떻게 하면 더 다양한 곳에서 강의할 수 있을지 고민하기 시작했다. 우연히 찾아온 기회가 버거워 보여도 마다하지 않았다. 어차피 보장된 것이 없는 세계라면 불안정을 마음껏 활용해야 한다는 마음도 들었다.

한 발자국 걸음을 뗄 때마다 실패와 성공이 함께 찾아왔다. 오늘

울어도 내일 웃을 수 있을지 모르는 일이었다. 손끝에서 잡힐 듯 잡히지 않는 일도 있었고, 펑펑 울고 싶을 만큼 속상한 일도 있었다. 하지만 결국은 더 성장할 수 있을 거라는 희망이 있어서 버틸 수 있었다. 무슨 일이든 기회가 주어지면 계속 도전했다. 아이들에게 최고의 교육을 제공하고 싶었다. 어쩌면 그건 내 결핍의 크기였을지도 모르지만, 그렇게 해야 강사로도 떳떳할 수 있을 거라고 생각했다. 기회는 다양한 모습으로 나타났다. 언감생심 꿈이나 꿀 수 있을까 싶은 제안을 받기도 했고, 그럼에도 그 기회를 잡지 못해 며칠을 펑펑 울기도 했다. 뜻밖의 협업으로 버킷리스트의 꿈을 이루기도 했다. 학교가 아닌 곳에서 특강도 하게 되고, 온라인 플랫폼에도 강의를 오픈했다. 늘 하던 방식이 아니라서 어느 하나 쉬운 것은 없었지만, 힘든 만큼 성장했다. 기회에 목말라하고 찾아다닌 덕분에 선택지는 더 다양해졌고, 자립할 수 있는 힘도 강해졌다.

성패와 상관없이 도전하는 횟수가 쌓이면서 직업에 대한 나의 태도와 생각이 달라졌다. 내가 어떤 삶을 꿈꾸고 선택하느냐에 따라 직장은 얼마든지 달라질 수 있다는 것도 알게 됐다. 모든 일이 마음먹기에 달렸다는 생각이 들면서 직업의 테두리가 유연해졌다. 나를 계발시키는 일이 즐거웠다. 한 달 전보다 더 나은 강의를 할 수 있게 된다는 것이 기뻤고, 하나씩 늘어나는 수료증은 자기계발의 묘미였다. 즐겁게 자기계발을 해야 타인의 계발도 도울 수 있다고 생각했다. 적어도 내가 하는 강사 일은 그렇다고 생각한다. 즐겁지 않으면 공부에서 마음이 멀어진다. 그러면 자연히 자신감을 잃게 되고, 나를 있는 힘껏 밀어줄 수 없게 된다. 내가 나를 믿고 밀어줄 수 없는데, 타인의 발전을 도울 수는 없는 것이다. 그래서 열심히 했고, 그런 노력에는 늘 희망이 있었다. 가끔은 외롭고, 안갯속을 헤매는 것 같지만 시간을 쌓아 결국 해내는 것. 그 성취에서 오는 즐거움이 내가 생각하는 일에서 느끼는 진한 즐거움이었다. 쉽게 얻을 수 있는 즐거움은 쉽게 사라진다. 그래서 조금은 막막하고 당장은 보이는 결과물이 없는 것 같아도 노력 끝에 느끼게 될 즐거움을 선택하기로 했다. 나를 선택한 사람들에게 최고의 교육을 제공하고 싶었던 마음은 강사로서 내가 가지는 소명이었다. 당장은 쓰고 괴로웠지만, 턱을 넘어서기 위해 노력했고, 그런 노력 끝에 오는 성장이 달콤해서 멈출 수가 없었다.

직장이라는 곳의 시스템을 내 마음대로 바꿀 수는 없지만, 일을 대하는 마음은 온전히 내 몫이다. 전업주부였을 때 즐겁지 않았던 이유는 주어진 환경과 내 몫의 결정권을 제대로 누리지 못하고, 마음대로 할 수 없는 것들만 생각했기 때문이었다. 어쩌면 누군가 내 마음에 드는 결정을 해주기를 바라고 있었는지도 모른다. 선택지의 난이도는 내가 나를 얼마나 알고 있느냐에 따라 다르게 느껴졌다. 평생을 좌우하는 큰 문제만 그런 것이 아니라 일상의 소소한 문제들 역시 마찬가지였다. 스스로에게 진지하게 묻지 않고 선택한 일은 그 결과를 온전히 책임지기 어려웠다.

좋아하는 것과 잘하는 것을 알고 있을 때, 목표에 깃발을 꽂고 장애물을 돌파하는 힘은 더 강력해진다. 나에 대해 잘 안다는 것은 직업에 있어서 꽤 중요했다. 평생직장이라는 개념이 사라진 마당에 '방과 후'라는 형태의 직업 역시 언제까지 존재할지 알 수 없다. 나는 직업에서 기대하는 안정감을 넘어 내 인생의 진정한 키잡이가 되고 싶었고, 그런 이유로 나를 알아가는 시간이 주기적으로 필요했다. 당장 먹고사는 일에 아무런 도움이 되지 않는다고 하더라도 나를 알아가는 시간은 반드시 필요했다. 어떤 방식으로 연결되어 삶이 바뀔지 모르기 때문이다. 돌파구를 찾으려고 책을 읽기 시작했던 것이 독서모임 같은 사이드 프로젝트가 된 경험처럼 말이다. 끌리는 일이 돈과 무관해 보인다고 해서 가볍게 여기지 않았다. 글을 잘 쓰는 편은 아니지만, 내가 나를 지지해 준 덕분에 이 글을 쓰고 있다.

진정한 자기계발은 내가 원하는 것을 계발시킬 수 있는 의지 아닐까? 그런 의지가 자신을 위한 진짜 자기계발의 원천이고, 결국 원하는 결과물을 만들어 낸다고 생각한다. 앞으로 몇 번이나 더 직업이 바뀔지, 직업이 몇 개로 늘어날지 알 수 없다. 그러나 다양한 형태로 표현되는 직업을 넘어 모든 것을 관통하는 '자기계발'을 할 때 내 삶이 조금 더 행복에 가까워지지 않을까 생각해 본다.

4

세상에 없는 것들이
오는 것을 돕는 일이 소명이 되다

김은경

털 달린 것들과 1년 365일을 보낸다. 동물들과 눈뜨고 눈감는 날들의 연속이다. 그러다 보면 동물에게 배울 일이 많다. 생명, 엄마의 고마움, 그리고 사는 것에 대해서도 배우고 더 배운다. 농사야 농번기가 있지만, 소를 돌보는 일은 휴일 없이 돌아간다. 번식우(송아지를 출산하는 어미 소)가 많아 출산을 돕는 게 소를 키우는 일 중 큰일이다. 혼자 낳기 힘들어하는 소들을 도와줄 때는 그날이 그렇게나 고맙다. 송아지 발에 줄을 걸어 남편과 함께 당겨준다. 엄마 소와 셋이 호흡을 맞춘다. 아프고 힘들게 낳아서, 새끼 안 돌보면 어쩌지? 하는 걱정도 스친다. 그렇게 송아지를 받는다. 송아지가 나와 울면, 어미 소까지 잘 못 될까 쪼그라들던 마음이 단번에 사라진다. 추운 날은 집 안에 있던 드라이기, 이불, 거기에 더해 수건도 밖으로 나온다. 네 것, 내 것 없이, 소들과 같이 쓰는 물건이 되곤 한다. 새 생명이 잘 올 수 있도록 한 톨이라도 보탠 순간에 뭉클하다. '세상에 없던 것들이 와주는 것'이 감사하고 벅차다. 잠깐 도와준 것인데도 뿌듯하다. 하루 일이 이것뿐인 듯 만족스럽다. 몇 끼를 먹어도, 비싼 걸 주문해도 이날 밥값은 다 한 것 같다. 남편과 제일 합이 맞는 날이다. 그렇게 어미 소들과 송아지를 함께 키운다. 태어난 새끼가 잘생겼다는 둥, 고놈이 아주 크다는 둥 두어 날이 송아지 한 마리로 활기가 생긴다. 생명 탄생의 힘에 경이롭고 즐겁다. 고마움이 쌓이는 시간이 농촌살이의 해를 더한다.

농장의 일은 태어나는 즐거움만 있는 것은 아니다. 소들이 아픈 날도 있고, 산 생명이니 죽는 날도 있다. 오는 것이 있으면 가는 것이 있다지만, 그런 날은 이 일이 서글프다. 조금만 더 잘했으면 살렸을까? 뭘 더 해줬어야 했을까? 시시비비가 붙는다. '어디 가서 소 키운다는 말을 말자.' 자책이 생긴다. 사람의 힘으로 되는 게 생명이 아님을 번번이 배운다. 살 놈은 어찌해도 산다. 그런 놈들은 쉽게 제 목숨을 놓지 않는 걸 본다. 먹이는 약이나 보조제도 잘 받아먹는다. 사람보다 더 잘 알아듣고, 먹어 주는 것만 같다. 아픈 중에도 저를 돌봐줘 고맙다는 듯, 핥아 주기도 한다. 짠한 마음에 눈물이 솟는다. 죽겠다 싶어 포기할까? 생각한 것이 미안하다. 더 해보자 마음먹고 옆을 지킨다. 그리 살펴 준 소들이 커서 새끼를 낳을 때가 다가오면, 축사 앞에 서서 칭찬하기가 바쁘다. 그 대견한 소에게 고맙다며 인사를 한다. 얼굴도 쓸어준다. 나라면 어떨까?

달랑거리는 목숨 줄. 끝까지 포기하지 않을 수 있을까? 마지막 도움의 손길까지 온몸으로 받으며 이어갈 수 있을까? 고맙다는 작은 표현이라도 하고 갈 수 있을까? 또 배운다. 모성애가 강한 소들은 제 새끼를 잘 돌본다. 엄마 소들은 송아지가 일어서면 몇 번이고 같이 일어선다. 젖 한 번 먹이겠다고 새벽이 되어도 일어선다. 동물도 이런데 학대를 일삼는 부모들이, 소만도 못하다는 생각이 든다. 평소에는 새끼 털끝이라도 건드릴까 경계하다가도, 제 새끼가 아플 때는 한 발 뒤로 물러나 도움을 요청하는 어미의 눈빛에도 숙연해진다. 누가 나를 이렇게 믿어줄까? 고맙고 책임감이 생긴다. 엄마가 고마운지 몰랐다. 당연하다고 생각했던 일이 고마움으로 전해진다. 아들내미만 귀히 키웠다 원망했는데, 엄마의 정성이 나를 있게 한 것이라는 걸 배운다.

귀농, 귀촌에 관심이 있는 여성이 내 글을 읽어주면 좋겠다. 귀농하고 싶어 하는 남편을 둔 아내라면 한 꼭지 정도 읽어 달라고 하고 싶다. 시골에 살면 화단 같은 텃밭을 가꾸며 살 줄 알았다. 우아하게 먹거리를 돌보고, 날씨 좋은 날은 두런두런 그늘에 모여 이야기를 즐길 줄 알았다. 영상에서 본 농촌이 그랬다. 시골 생활의 환상이었다는 걸, 시간이 지나면서 알게 된다. 농사는 누구나 할 수 있는 것이라고 했다. 그 때문일까? 나 역시 농사일, 농장 일에 의미를 찾기 모호한 시간이 많았다. 농사꾼의 아내로 살며, 그것을 직업이라고 말하기엔 영역이 애매하기도 했다.

귀농은 '농부'라는 직업으로 돈을 만들어 내야 한다. 시골일, 농사일이 여자들이 하기에 힘에 부치는 것은 사실이다. 그렇지만 걱정하지 말라고 말해주고 싶다. 시간과 경험이 쌓이니, 자연스레 업무 분담이 생기고, 나의 일도 찾아졌다. 직업으로서의 의미도 선명해졌다. 나 역시 농촌 생활 2년 차까지만 해도 주변의 걱정을 들어야 했다. 굳이 결혼은 해서, 그것도 농사를 지어서 라는 주변의 걱정이 참견 같아 싫었다. 편하게 살 줄 알았더니, 너도 별수 없다는 말이 아팠다. 눈치가 보였다. 노력도 소용없구나 싶어 섭섭했다. 일도 재미가 없어졌다. 힘들어질까 봐 지인들과 전화를 멀리했다. 시골은 생활 자체가 직업 같았다. 직업으로서의 의미도, 위치도 스스로 찾으려 해야 생겼다. 그래야 몸뻬를 입고도 당당해졌다. 겹겹이 걸쳐 입은 어설픈 차림도 단톡방에 떡 하니 올리고, 다른 직업의 사람들과 소통할 용기가 생긴다. 나는 그랬다. 고립된다는 불안감. 뒤처지는 것을 당연함으로 받아들이는 마음을 줄였다. 대학병원 스파에서 일하던 때같이, 원하는 것들을 찾아 얹어가며 지낸 일도 농촌살이의 의미를 찾게 해줬다. 시골 생활하는 주부. 소들의 엄마. 농사꾼으로서도 익숙해지는 스스로를 만난다. 이제 농촌 생활도 숨기고 싶지 않은 일이 된다. 당당히 내가 하는 것들을 말하게 된다. 내가 살고 있는 곳의 좋은 점, 멋진 것들을 나누고 싶어진다.

익숙해지는 것들 위에 돈 버는 일을 늘려 보고 싶다. 시골 생활에 주도적이었으나, 내가 한 가마니 들 때, 남편의 어깨에 두어 가

마니가 얹어지듯, 돈 버는 일 또한 남편의 등에 더 얹어준 것 같아 미안하다. "세상에 없던 생명들이 오는 일을 돕고, 잘 보살피며 살고 싶다. 주변 사람들과 시골 생활을 나누며 살고 싶다." 이것이 내가 맡은 임무라고 생각한다. 농촌살이에 더불어 다양한 것들을 연결해 보고 싶다. 소 키우고 농사짓는 일. 3P 바인더를 강의하는 일. 농촌, 소, 그리고 바인더를 통해 사람들과 함께할 수 있는 프로젝트. 글을 쓰는 일 등으로 소통하려 한다. 불안이 낮아지고 당당함이 얹어진다. 내가 좋아하는 털 달린 생명체들과 살며 인생을 배우고 싶다. 농촌 생활의 이야기, 소들과의 일상을 나누며 살고 싶다.

'선우케어'입니다

박선우

신호대기 중인데 반대편 신호등 앞에서 벌써부터 나를 알아보시고는 손을 흔든다. 양손으로 보자기에 묶인 작지 않은 무언가를 들고서, 한 손으로는 무거운 듯 휘청하다가 손을 흔든 쪽을 다시 내리고 보자기를 두 손으로 든다. 갑자기 마음이 무너져 내린다. 간암 진단을 받고 항암치료 중인 직원이다.

"대표님, 제가 잠시 쉬어야 할 것 같아요. 집에 일이 생겨서 부동산에도 좀 다니고 해야겠어요."라며 전화가 왔다. 15일간 서비스를 신청한 산모님과 고객을 돌보고 있는 관리사님에게 걸려 온 전화다. 서비스는 아직 많이 남았는데 중간에 부동산에 다녀야 한다고 일을 중단한다는 것이 이상하다는 생각이 들었다. 예감이 좋지 않았다. 어지간해서는 근무 중에 중단한 적이 없는 분이라 가슴이 덜컹 내려앉았다. "급한 일이 생기신 것 같은데, 산모와 일정을 조율해 볼게요."라고 우선 안심시켰다. 그리고 이틀이 지나서 전화가 왔다. "대표님. 제가 사실 배가 아팠는데 심상치가 않아서 큰 병원에 왔어요. 간암이라고 해서 서울 쪽 병원에 가서 치료해야 할 것 같아요." 수화기 너머로 아무렇지도 않게, 아니 아무렇지 않은 척 상황을 전달하는 관리사님의 목소리를 들으면서, 순간 어떤 말을 어떻게 해야 할지 몰라 머뭇거렸다. 전혀 예상하지 못했던 일이었다. 중환자실 간호사로 환자들의 마지막을 수도 없이 마주했었고, 방문간호사로 일하면서 참 많이도 봐왔지만, 내 직원의 소식은 하늘이 무너질 것 같이 느껴졌다. 괜찮을 거라면서 나도, 관리사님도 전화통화를 힘겹게 마치고, 끊고 나서도 한참 동안 눈물이 멈추지 않았다.

서울에 있는 병원에서 검사를 다시 진행하고 항암치료를 받는다는 연락이 와서, 그 먼 거리를 어떻게 다니시려나 걱정이 됐다. 택시를 꼭 타고 다니셨으면 좋겠다고 하고 350만 원 정도를 보내드렸다. 관리사님은 그게 그렇게 고마웠는지 항암치료를 받으시다가 명절 전에 연락을 주셨다. "대표님, 얼굴을 좀 봤으면 좋겠는데요. 오늘 나갈 일이 있어서 역에서 잠깐 뵐 수 있을까요?" 관리사님이 어떤 모습일지 사실 조금 두려웠다. 살이 빠졌거나 많이 아파 보이면 어떻게 하지? 밝게 웃어드려야 하는데, 그렇게 할 수 없으면 어떻게 하지? 여러 가지 생각이 겹쳤다. 우선은 너무 보고 싶은 건 참을 수가 없어서 약속을 잡았다. 그런데 멀리서 보니 혼자서도 들기 무거운 보자기로 싼 박스를 들고 계시는데, 가슴이 미어진다. 차에 관리사님을 태우고 근처 카페로 갔다.

한참 이야기를 하다가 관리사님이 "정리 좀 하려고 해요. 옷도 몇 개만 남기고 다 동생한테 주고, 여기까지만 살아도 아무것도 아쉬운 건 없어요. 한 가지 걸리는 것은 혼자서 뭐 하나도 못 할 것 같은 남편이에요. 평생 미용 일만 하다가 그만두고 새로운 일을 할 수 있을까? 정말 걱정을 했어요. 대표님을 만나지 못했다면, 두 번째 인생을 살지 못했을 것 같아요. 새로운 일을 시작하며 정말 행복했고, 좋았어요. 최선을 다해 산모를 돌보고, 아기들도 너무 예뻐서 지금도 눈에 다들 선~합니다. 정말 감사했어요."라고 마지막 같은 인사말을 전하신다. "무슨 말씀을 하시는 거예요? 치료받고 다 나으면 아기도 보셔야 하고, 산모들도 다 기다리고 있어요. 분명히 다 나으실 거예요."라고 말하고 울컥울컥 눈물이 자꾸 쏟아지려는 걸 애써 참아냈다. 그 이야기를 전해주려고 항암치료 중 무거운 걸 들고 외출을 하셨다는 게 더 마음이 아팠다. 관리사님을 모셔다드리고 집에 오는 길에 참았던 눈물을 펑펑 쏟아냈다. 관리사님은 항상 새로운 일을 시작하는 데 큰 힘이 되어 주었다면서, 제2의 인생을 살게 해주어 고맙다고 이야기하곤 하셨다. 직장을 그렇게 생각해 주는 것만 해도 오히려 내가 더 감사한 일이었다. 집에 도착해서 보자기에 싼 물건을 풀어보니 갈비가 들어있었다. 다시 눈시울이 붉어지면서 주르륵주르륵 눈물이 볼을 타고 뚝뚝 떨어졌다. '분명 나아서 다시 뵐 수 있을 거야.' 계속 되뇌었다.

가정방문 산후조리를 해주는 사업은 서비스를 제공하는 직원들의 연령대가 부모님 세대이다. 50대 후반이거나 60대 초반인 경우가 대부분이다. 다른 직업이 있었거나 주부로 지내다가 처음 직업을 갖게 되는 경우가 많다. 모르는 사람의 집에, 그것도 매번 새로운 집에 2주, 4주 정도를 변경하면서 적응을 하는 것은 쉽지 않은 일이다. 또 매번 새로 시작할 때마다 긴장되고, 어떤 대상자를 만날지에 대한 불안감도 있다고 한다. 모든 집에서 이틀은 지나야 서로에게 믿음이 생기고 마음이 열린다고 하니, 대상자가 바뀔 때마다 마음이 무거울 것 같다. 하지만 이런 어려움을 감수하며 이 일을 선택하는 것은 급여 때문도 아니고 안정적이어서도 아니다. 급여는 최저임금보다 1,000원 정도 높은 수준이고, 출산율이 높은 시기와 낮은 시기가 있으니 안정적이지도 않다. 이 일을 선택하고 지속하게 하는 이유는 한 가지다. 아기를 돌볼 수 있고, 아기가 '예쁘고 사랑스럽다.'는 그 이유 한가지이다. 천사 같은 아기들과 함께 하루를 보낸다는 것은 축복이라고 관리사님들은 이야기하신다.

내가 이 사업을 시작한 것은 오로지 '산모의 건강'을 위해서였다. 출산하면 끝날 것 같던 불편한 모든 것들은 출산 후 더 힘든 과정들로 인해 나의 첫 출산은 기쁨과 축복보다는 산후우울감이 심했다. 가족들의 도움으로 산후우울증을 극복했지만, '이러다가 죽을 수도 있겠다.' 싶을 만큼 힘들었고, 누군가의 작은 도움으로 이겨낼 수 있다는 것을 알고 그 누군가가 되고 싶어서였다. 그런 이유로 교육 중에도 신생아보다는 산모케어를 중요하게 여기고 있다. 엄마가 건강하고 행복해야 아기도 건강하고 행복할 수 있다는 것을 너무도 잘 알기 때문이다. '선우케어'는 그렇게 업체와 제공 인력의 큰 사랑으로 이용자를 돌보고 있다.

며칠 전 관리사님에게 전화가 왔다. "대표님, 마지막 항암치료를 다 끝내고 검사를 받았는데 암이 다 없어졌다고 해요. 의사 선생님이 기적이라고 하네요. 기력만 회복하면 아기들을 잠깐씩이라도 돌보고 싶어요. 민폐가 아닌지 모르겠어요." 나도 모르게 하늘을 보면서 "하나님 감사합니다."를 외쳤다. 나는 기독교도 아닌데 관리사님을 기적으로 이끌어주신 하나님께 너무 감사했다. "민폐는요~ 너무 많은 산모님이 관리사님을 기다리고 있어요! 저랑 같이 천천히 다시 시작해요." 나와 관리사님은 정말 오랜만에 웃으며 통화를 마쳤다.

6

책은 인생이고, 인생은 책이다

이복선

가정과 이웃과 사회와 마음을 함께 나누며 보람을 느끼고 있을 즈음 창원으로 발령이 났다. 학교 관계로 가족과 떨어져 혼자 원룸에서 지내야 했다. 아는 사람이 아무도 없었다. 회사를 그만두지 않으려면 지방이든 어디든 가야 했다. 짐을 정리한 후 내려가 인수인계를 받았다. 나는 그곳 직원들이 평소 나누는 이야기 소리를 듣고 처음에는 다투는 줄 알고 오해했었다. 한참을 지나니 사투리가 너무 정감이 가서 배워 따라 해 보기도 했다.

창원이라는 도시는 대기업의 생산 공장이 산재해 있고, 계획도시로 조성되어 있었다. 그래서 '나는 여기서 무엇을 해야 할까?' 고민해 보았다. 그 결과, 첫 번째로 기업과 함께 책을 읽은 독서문화를 만드는 일, 두 번째로 독서 모임에 가입하여 지원할 수 있는 부분이 있는지 파악하여 지원하는 일, 세 번째로 지역 서점과 연계하여 오프라인에서 구매 확대를 지향하는 일, 이렇게 세 가지를 목표로 정했다.

고민을 많이 하지도 않았는데도 독서 모임을 통해 만난 사람들이 많은 정보를 주었다. 독서 모임은 주기적으로 새벽에 진행하였고, 주제에 맞춰 책을 읽고 발표하였다. 그것을 통해 너무도 다양한 분야에서 다양한 일을 하는 분들을 만날 수 있었다.

책은 많은 것을 이어 준다는 생각이 들었다. 사람도, 일도, 미래도 만들어 주기 때문이다. 대기업의 홍보팀장을 통해 창원에 있는 각 기업의 홍보업무 담당자들과 연락이 되었다. 기업마다 찾아가 미팅을 한 후 우리 회사에서 제공하는 저자 강연회나 이벤트 홍보를 할 수 있게 만들었고, 도서 구매 할인 혜택을 줌으로써 독서경영 활동에 도움이 되게 했다.

독서 모임에서는 회원들에게 할인된 가격으로 도서를 구매할 수 있게 안내했으며, 회사에서도 판매지원 부분에 대해서는 적극적으로 협력해 주었다. 또한 회원들과 지역을 소재로 한 책을 읽은 후 함께 문학기행을 다니며 지역작가들에 관해서도 공부할 수 있었다. 일 년 정도 지나자 카테고리별로 세분되어 독서토론을 할 수 있도록 자연스럽게 만들어졌다. 책과 운동. 책 읽기와 글쓰기, 책 읽기와 맛집 등, 무엇이든 궁금한 사항은 책으로 만나는 회원들을 통해 거의 해결되었다.

도서관이 생긴다거나, 대학에서 학기 교재 판매요청 및 다량 구매 활동 지원 요청 등 서로 도움을 주고받을 수 있을 정도의 소통이 어디서나 가능하게 되었다. 지역방송을 통해서 창원점 북마스터의 책 소개가 지속적으로 이루어지기도 했다. 여기에서는 책이 소통의 수단이며 개인, 기업, 사회의 문화를 만들어 가는 가교역할을 했다고 볼 수 있었다.

지역 서점의 대표들을 만나는 것에 약간의 어려움이 있었다. 대형서점에 대한 인식이 안 좋았고, 거의 '적'의 수준으로 보고 있다는 소리를 들었다. 지역에 대형서점이 들어와서 유통문화를 엉망으로 만들고 있고, 그로 인하여 폐점하는 서점들이 증가 추세에 있어서, 한마디로 '원수'로 여긴다고 했다.

회사 측에서는 서로 상생할 수 있는 부분이 있으면 협력하라고 했고, 지역 서점 대표들도 오프라인 매장이기에 온라인으로 고객을 빼앗기고 싶은 마음은 없을 것이라고 판단한 후 무거운 마음으로 방문을 시작했다. 지역조합장이 운영하는 서점부터 방문했다. 지역의 도서관 납품 도서 구매가 어렵거나 품절 된 도서에 대하여 도움을 줄 수 있다는 말을 전하기 위해서였다. 생각한 것보다 더 마음의 문이 굳게 닫혀있었다.

인사하고 명함을 주려고 하자, 얼굴도 쳐다보지 않고 필요 없으니 나가라고 했다. 또 다른 곳은 뭐 하러 왔냐고 소리부터 질렀다. 약간은 당황했지만, 지방에 지점을 오픈할 때마다 지역 서점들의 심한 반대로 오픈을 하지 못한 곳도 있고, 몸싸움과 기물파손은 기본이라고 하니, 이 정도는 이해해야 한다는 마음이었다.

진해, 마산, 창원 등에 있는 주요 서점들을 다녀보곤 했는데 쉽지 않았다. 지금은 전국의 서점들과 거래를 하며 관계도 원만하게 유지하고 있다. 함께 상생하겠다는 마음을 이해해 주시는 것이라고 믿는다. 오프라인에서 서로 돕지 않으면 서로 힘들 수밖에 없다. 앞으로도 책을 읽도록 하는 문화를 함께 이루어 나가야 한다고 생각한다.

혼자서 독불장군으로 살 수 없는 세상이다. 가장 중요한 것은 나만의 이익이 아니다. 서로 나누는 이익이 더 중요하고 오래간다. 현대의 사람들은 책이 아닌, 다른 경로를 통해 정보를 습득한다. 그렇다고 책이 이 세상에서 사라지지는 않을 것이다. 책 읽기는 책을 쓰게 한다. 책 쓰기는 책을 읽게 한다. 우리는 책을 통해 소통하고, 이해하고, 성장해 나간다.

서점에서 일한다는 것, 북마스터로 살아간다는 것은 '성장을 계속하고 있다.'라고 말할 수 있다. 왜냐하면 고객한테 새로운 정보를 알려주고, 그들의 성장을 도와주기 때문이다. 좋은 책을 추천해 주고 출판사에서는 양질의 도서를 만들게 해야 한다. 사람은 태어나기 전부터 태교를 통해 책을 읽는다. 책은 인간에게서 멀어질 수가 없다. 어찌 보면 사람을 성장시키고 완성시키는 것은 책이라고 해야 한다. 유명 작가는 자신의 삶을 아름답게 표현하고, 그 책을 읽은 독자들은 많은 것을 느끼고 발전해 나간다.

책에는 좋은 책, 나쁜 책이 없다. 표현 방식이 다를 뿐이다. 또한 같은 책을 읽어도 생각하는 것은 각양각색이다. 옳고 그름도 없다. 신입사원 때 처음 만났던 고객이 내가 추천한 도서가 도움이 되었다고 말한 것이 생각난다. 연극, 영화 분야의 도서는 거의 다 읽었다고 한 그 고객은 구매한 책이 조금이라도 흠집이 있으면 화를 내셨었다. 지금은 연극연출가가 되었고, 여자친구를 데리고 와 결혼한다는 소식도 전해 주고 갔다.

한 고객은 업무로 인한 스트레스에 우울증이 있어서 별일이 아닌 데도 오랫동안 불만을 얘기해서 미안하다고 사과하러 오셨다. 그때는 후배 직원이 시달리는 것 같아 대신 응대를 해주었는데, 몇 달간 계속해서 트집을 잡아 이야기했었다. 회사 일도, 우울증도 잘 해결되었다며 밝은 표정이어서 정말 다행인 고객도 있었다.

북마스터는 도서 추천을 해주고 출판사와 연계하여 독자들에게 작가와의 만남을 추진한다. 나와 이웃이 함께 성장하고 꿈을 이루도록 도와주는 역할도 한다. 또한 기회가 된다면 반드시 사회에 봉사해야 한다. 어려움 속에 살아가는 사람들이 책을 통해 힘을 얻도록 해야 하는 것이다.

모든 사람이 책을 통해 소통할 수 있게 만들어 주는 역할은 그 어떤 일보다 의미 있는 일이다. 늘 고민한다. 오늘은 어떤 책을 추천할까? 그리고 독자와 작가를 어떻게 만나게 해야 할까? 마음이 아프고, 꿈을 이루기 위해 고민하고, 성장하고, 싶은 사람에게는 책이 답이다. 지금 이 순간, 한 번뿐인 인생, 활짝 펼쳐진 책처럼, 책의 숲에서 아름다운 세상을 꿈꾼다.

7

고사덕행을 돕는 사람, 고디

최덕분

"여러분은 직업이란 어떤 의미로 생각하는지요?"

"일생을 살아가면서 몇 번의 직업이 바뀌었나요?"

저는 회사원, 전집 방문 판매, 1인기업가로 세 번 직업을 바꾸었어요.

'생계를 유지하기 위하여 자신의 적성과 능력에 따라 일정 동안 계속하여 종사하는 일'이라고 어학 사전에 기록되어 있어요. 4차 산업혁명 시대를 맞이하여 직업이라는 개념도 많이 바뀌었는데요. 특히 코로나 19로 재택근무 및 온라인으로 대체가 되는 경험을 했어요, 또한 AI가 도입되면서 다양한 직업이 사라지고 새로운 직업이 생기기도 하였어요. 그 어느 때보다 직업이라는 개념과 의미를 공부해야 할 필요성이 깊게 느껴집니다.

25년 동안 회사 조직에 몸담는 직업을 경험하였어요. 50대를 살아가면서 인생 후반전을 어떻게 살아가야 하는지 고민도 많이 하였어요. 구본형 작가가 쓴 《그대 스스로를 고용하라》라는 책을 읽으면서 1인기업에 대한 꿈을 갖기도 하였어요. 책을 읽으면 읽을수록 자기 경영을 통해 미래를 준비해야 한다는 압박감이 되었어요. 자기계발을 시작하면서 강사로 성공하는 분들과 교류를 시작하였는데요. 그들이 강의하는 모습이 참으로 좋아 보였어요. 깊은 내면에는 안정된 조직을 벗어나고 싶었어요. 1인기업가로 자유롭게 강의하는 강사의 직업으로 전환하게 되었어요. 막상 '1인기업가'라는 직업을 선택하면서 혼돈되었어요. 꿈을 이루기 위해 강사라는 직업을 선택하였지만, 어디서부터 시작해야 할지 막막하기만 했지요. '1인기업가의 직업은 이런 방법이 있어요.'라고 명확한 제시가 없었어요. 다행히도 독서와 다양한 멘토들의 도움을 받아 실행을 통해 퍼스널 브랜딩이 되는 행운을 얻게 되었어요. 1인기업가로 4년을 맞이하면서 시대 흐름에 따른 직업의 의미를 이해하게 되었어요.

지금까지 배움의 경험과 지식을 모아 정리한 1인기업의 직업에 대해 말씀드려볼게요.

"당신은 세상을 변화시키기 위해 태어났다. 세상을 변화시키는 가장 좋은 방법은 자신의 지식과 경험을 이용해 다른 사람들이 성공하도록 돕는 것이다." 《백만장자 메신저》란 책에 서술되어 있는 내용입니다.

자신의 지식과 경험을 통해 누군가를 돕는 일이 직업이 될 수 있다는 말에 깜짝 놀랐어요. 진짜로 나의 경험과 지식을 통해 돈을 벌 수 있다는 희망이 생겼어요. 고민 끝에 위와 같은 문장을 백 번 넘게 읽으며 마음에 새겼어요. '나만이 가지고 있는 지식과 경험이 무엇일까?' 반복된 질문을 하면서 문득 스쳐 지나가는 생각이 떠올랐어요. 5개월 동안 책 초고를 통해 지나온 과거를 정리해봤어요. 초고 내용 속에 저의 모든 경험이 수록되어 있었어요. 완성했던 초고를 점검하며 겪어왔던 경험과 배움에 대해 메모로 정리를 해봤어요. 변화의 몸부림으로 실행해 왔던 다양한 사례를 발견하였어요. 변화 사례를 모아 정리한 핵심 키워드를 꺼냈더니, '고마워'라는 단어가 떠올랐어요. 경험의 핵심 키워드를 사명에 적용하여 고마워 프로젝트로 연결하였어요. 그리고 변화의 솔루션을 경험한 순서대로 커리큘럼을 만들어 '고프로(고마워 프로젝트)'를 론칭했어요. 관계 회복 및 사명 브랜딩을 100명 넘게 돕는 고마워 디자이너로 수익 창출이 되었어요. 본인의 고유한 경험 활동을 모아 브랜드 네임을 정하고 '누군가의 삶을 돕는 것.' 1인기업가란 직업의 꽃이라 생각됩니다. 단연코 쉽지 않은 일이지만, 의미 있는 삶과 물질적인 만족 두 가지를 누릴 수 있는 일이라 말해봅니다.

그렇다면 저만의 지식과 경험을 어떻게 연결하였는지 안내해 드릴게요. 고마워 디자이너로 직업을 가질 수 있었던 힘은 기록물이었어요. 말에 상처를 쉽게 받는 사람, 청각장애, 이혼 위기, 1억 부채, 나에게 쓴 게 고마워 편지 100일, 남편에게 고마워 편지 100일, 고마워 감사일기 2,170일, 고마워 독서법, 왼손 필사, 뜨겁게 나를 응원하라 100일 필사, 가족 감사일기 밴드 1,200일, SNS에서 정성 댓글 달기, 독서 모임 등 실사례의 경험을 모아 70권의 바인더를 만들었어요. 과정의 변화를 시각화하여 누군가의 성공을 돕는 1인기업가의 직업에서 참으로 보람을 느끼고 있어요.

고마워 디자이너로, 관계 회복 전문가로, 3년 동안 1인기업가의 직업으로 시행착오를 겪었어요. 뚜렷한 방법이 보이지 않아 고민하였고, 짙은 안개가 자욱하여 길도 보이지 않았어요.

'어떻게 하면 나만의 직업을 가질 수 있을까?, 나만의 경험을 통해 직업을 만들 수 있을까?' 질문을 던지며 7년 동안 경험했던 자료를 꺼내왔어요. 바닥에 꺼내어 분류하면서 알게 되었어요. 제 삶에 '고마움'이라는 키워드가 있었다는 걸 발견하여 브랜드 네임으로 연결하였어요.

3년 동안 관계 회복 전문가로 활동하며 저의 정체성을 찾지 못했어요. 마인드 콘텐츠로 저를 한마디로 표현할 수 없었어요. 그 이유는 진짜 나라는 사람이 누구인지 알 수 없었거든요. 고민하며 나를 찾는 시간을 가지며 얇은 가면을 쓴 저의 모습을 발견했습니다. 진짜 저를 사랑하는 마음을 선택하자, 짙은 안개가 걷히고 길이 보이기 시작했어요. 용기를 내서 그동안 경험했던 모든 사례를 꺼내 핵심 키워드를 정했는데요. '책, 기록, 실천'이라는 단어였어요. 7년 동안 기록했던 고마워 감사일기, 고마워 독서법, 필사등 책 속에 있는 지혜를 캐내어 실행으로 연결했어요. 그 덕분에 관계 회복 전문가가 될 수 있었고 1인기업 경영 코치, 3P 바인더 마스터도 될 수 있었지요. 또한 '고마워 컴퍼니' 대표가 되어 사무실까지 운영하게 되었습니다.

인생을 통틀어 결핍이 강점으로 변화된 경험을 모아 '고사덕행'을 만들었어요. 사람들이 고사덕행을 표현하며 고마운 존재가 되도록 도우려 해요.

첫 번째는 책만 읽었던 모습에서 고마워 독서법을 적용하여 실행했어요. 책을 읽는 관점이 먼저 저자에게 고마움의 시선으로 책을 읽기 시작했는데요. 깨달음에 대해 '고맙습니다' '감사합니다'라고 메모하여 마음 새김 후 삶으로 연결하였어요. 책을 읽고 얻은 깨달음에 고마워요. 사랑해요. 덕분에 행복해요.

두 번째는 꿈 리스트를 구체적으로 기록하고 시각화하여 되고 싶은 모습에 집중했어요. 6가지 꿈 질문을 통해 되고 싶은 모습, 하고 싶은 것, 가보고 싶은 곳, 배우고 싶은 것, 갖고 싶은 것, 나누고 싶은 것 등, 반복적으로 기록하고 수정했어요. 덕분에 사람들이 꿈 리스트에 관해 코칭을 요청하여 도움을 많이 주었어요. 되고 싶은 모습에 고마워요. 사랑해요. 덕분에 행복해요.

세 번째는 더 고마워 감사일기를 통해 고마워 마인드를 돕고 있어요. 하루를 사는 동안 힘들거나 어려움이 찾아오는데요. 긍정적인 생각보다 부정적인 생각으로 더 힘들어지는 경우가 있어요. 하루를 시작할 때 고마움의 시선으로 "고맙습니다" 말하며 아침 감사일기를 훈련, 하루를 마무리할 때 고마웠던 사람, 성공한 모습을 되돌아보며 "고맙습니다" 저녁 감사일기를 쓰는 훈련을 진행합니다. 감사일기에 고마워요. 사랑해요. 덕분에 행복해요.

'생각한 대로 이루어진다. 말 한대로 이루어진다.' 문장처럼 기록과 말의 훈련이 정말 중요합니다. 시대 변화의 흐름에 따라 배움과 기록의 경험이 직업이 되고 수익화도 만들 수 있어요. 결과가 아닌 과정의 중심을 보여주는 실제의 삶은 곧 진정성의 브랜딩이 되지요. 그 무엇보다도 나다움을 통해 누군가의 삶에 도움을 주는 고사덕행 문화를 알리며 선한 영향력을 주고 싶습니다.

나는 나에게 고마운사람. 나는 당신을 돕는 사람, 고마워요. 사랑해요. 덕분에 행복해요. 고사덕행

8

두 마리 토끼

최연우

N잡러, 투잡, 본캐, 부캐, 긱 워커 등 요즘 많이 듣는 말이다.

전에는 직업을 가지면 처음 가졌던 하나의 직업으로 정년퇴직까지 꾸준히 근무하는 경우가 많았다. 그런데 요즘은 많이 바뀌었다. 두 가지 직업을 가진 사람도 많고, 본캐와 부캐처럼 본업도 있고 부업을 가지고 있는 사람도 많다. 하나의 직업으로 은퇴할 때까지 가지고 가는 경우가 많이 사라지는 것 같다.

2030년 경제활동을 시작하는 사람은 평생 8~10개의 직업을 바꿔가면서 일하게 될 것이라고 미래학자 토머스 프레이가 예측했다. 틀린 예측은 아닐 수 있다고 생각된다.

지금도 젊은 친구들은 기성세대가 생각하는 좋은 직장도 쉽게 포기하고 자신이 원하는 일을 선택하는 경우를 종종 본다. 아들만 해도 본인이 원하던 일이라고 선택했던 제빵사로 몇 년 근무하다가 지금은 다른 도전을 하고 있다. 성인이 된 아들의 결정을 부모라고 강제로 할 수 있는 건 없다. 결국은 자신이 만족하고 행복한 일을 하는 것이 가장 중요한 것 같다.

직업이 생계를 위한 수단이기도 하지만, 요즘은 내가 하는 일이 나에게 주는 만족과 즐겁게 할 수 있는 일이냐가 더 중요한 것 같다. 직업을 소명으로 생각하는 사람은 몇 명이나 될까 생각해본다. 코로나로 인한 팬데믹은 미래를 앞당기는 계기가 되었다. 앞으로 인간이 가지는 일자리는 사실 인공지능을 가진 로봇에게 많이 내줄 것이다. 하지만 나이를 먹었어도 꾸준히 공부하고 도전하는 사람에게는 기회가 열릴 것이다. 트렌드를 알고 공부하는 것도 필요하다. 내가 알고 있는 것만으로는 변화하는 세대를 따라갈 수 없다. 빠르게 변화하는 시대에 맞춰서 공부해야 한다. 우리가 살아야 할 미래는 갑자기 오지는 않는다고 한다. 우리에게 조금씩 다가오는 미래에 대해 새로운 변화와 트렌드에 대해 열린 마음으로 공부하고 받아들여야 한다. 다행히 나도 팬데믹으로 온라인을 통해서 공부도 많이 하고 있다. 갇혀 있던 시간 동안에 온라인의 세상에서 자기계발하는 커뮤니티를 통해 독서와 꾸준한 배움으로 성장하고 있다. 물론 젊은 세대들의 창의력과 실행력을 따라갈 수는 없지만, 나는 지금 내가 하는 것만으로도 만족한다. 매년 성장하는 내가 되고 있으니 말이다.

한 번에, 두 마리 토끼를 잡을 수는 없을 것이다. 하지만 내가 어떤 방법으로 하느냐에 따라 두 마리, 세 마리 토끼도 잡을 수 있는 시대이다. 한동안 남편은 직장을 다니면서 겨울에 갑자기 군고구마 장사를 했었던 적이 있다. 아이들이 어릴 때였다. 그 수입으로 소년가장을 위해 쌀도 사주고 도움을 주었다. 아이들이 얼마 전, 요즘은 붕어빵 장사가 많지 않다고 하면서 붕어빵 장사를 하자고 이야기를 한 적이 있었다. 그러면서 아빠가 군고구마 장사를 했던 걸 떠올렸다.

현재도 남편은 직장을 다니면서 자기 사업을 하고 있다. 동생도 간호사 일을 하면서 풍물놀이 대표를 맡고 있다. 대학 다닐 때 동아리 활동이 일이 되어 활약하고 있다. 남편과 동생을 봐도 생계수단이 되는 일과 자신이 좋아서 하는 일 두 가지를 병행하고 있다. 쉬운 일은 아니지만, 요즘은 많이 볼 수 있는 것 같다.

시대도 많이 변했고, 인식도 많아 달라졌다. 직업의 개념도 바뀌고 있는 것 같다.

한 가지 직장을 천직으로 알고 평생 일하는 세대에서, 원하는 일이나 꿈을 이루기 위해서는 언제든지 다니던 직장을 그만두고 새로운 일에 도전하는 일이 많아지는 세대로 바뀌고 있다. 하나의 직업에서 두 개, 세 개의 직업을 가질 수도 있는 일이 많아지고 있다. 현재 나의 직업에 소명이 있냐고 물으면, 자신 있게 말하지는 못하겠다. 하지만 나의 상황에서 내가 할 수 있는 일이며, 지금 하는 나의 일이 좋다. 그러면서 50~60세대에게 도움을 줄 수 있는 일이 되도록 생애 설계 상담, 평생 교육 상담과 더불어 독서 모임 등을 전하고 싶다. 내가 좋아하는 일이 직업이 되면 더 바랄 것이 없다. 나는 아이들이 어려서부터 본인이 즐겁고 행복한 일이 직업이 되길 원했다. 하고 싶은 게 뭐냐고 물으면, 평범한 회사원이었던 아들이 고2 때 요리를 하고 싶다고 해서 요리 학원에 등록해 자격증을 취득하고, 호텔조리학과에 진학해서 제과제빵사로 취업하였다. 5~6년 직장 생활을 하더니 갑자기 작곡을 하고 싶다고 한다. 성인이 된 아들의 꿈을 막을 수는 없다. 하고 싶은 꿈을 이루는데, 나이가 방해되어야 할까? 그리고 그것이 꼭 소위 사회에서 바라보는 안정적이고 성공적인 모습이어야 할까?

정답을 내리기 어려운 일이다. 성공은 사람마다 생각하는 의미가 다르다. 자신이 좋아하는 일을 하고 만족하면서 산다면 그것이 성공일 수도 있다. 경제적으로 만족하고 여유 있는 삶을 누릴 수 있도록 해주는 직업이 내가 좋아하는 일이라면 더할 나위는 없겠지만, 현실적으로는 불가능하다.

내가 하는 나의 일. 그리고 내가 하려고 꿈꾸는 일들이 작아도 나에게 기쁨도 주고, 희망도 주는 그런 일이면 된다. 그리고 사는 동안 나이를 먹는다 해도 늘 빠르게 변화하는 환경을 알고 끊임없이 배우고 도전하는 마음을 가진다면, 나이를 먹어도 나에게는 새로운 기회가 열려있다는 생각이 든다. 늘 새로운 배움을 좋아하는 나는 또 다른 직업을 가지는 데 꿈꾸며 도전한다.

9

확장되어 가는
인생의 로드맵

한보리

신축빌라부터 단독주택, 다가구, 상가 및 토지까지 다양한 매물에 대한 부동산 분양 컨설팅 업무를 진행했다. 블로그를 통해 많은 고객과의 인연도 만들었고 기회도 생겼다. 내가 속했던 부동산 중개사무실에는 파주 야당동 일대가 신축빌라 분양으로 핫 하다는 소문을 듣고 찾아오는 건축주가 많았다. 토지를 매입해서 빌라를 신축하고자 하는 사업주들이다. 파주 야당동은 경의·중앙선 야당역을 통해 서울로의 접근성이 편리하고 운정신도시의 인프라를 공유한다는 입지적 장점이 있다. 또한 서울의 빌라들과 비교했을 때 동일 금액 대비 2배 정도 넓은 평형으로 거주할 수 있다는 장점 때문에 타지역에서 집을 알아보기 위해 많이 몰려든 지역이다. 수요가 많아지니 공급하는 건축주들 역시 소문을 듣고 찾아오는 것이었다.

그런 상황 속에서 우리가 분양하는 집의 경쟁력에 대해서 생각했다. 고객에게 확실히 각인시킬 수 있는 방법은 무엇보다 임팩트 있는 '인테리어'라고 생각해냈다. 인테리어가 차별화 된다면 다른 신축빌라들과 비교해 눈에 띌 것이고 경쟁력에서 우위에 있을 것으로 생각했다. 그래서 토지 계약을 마친 건축주들에게 인테리어를 제안하기로 했다. 건축주의 현장을 우리에게 전담으로 분양대행을 맡기도록 하는 것이 최종 목표였다. 전담 분양대행이 되면 건축주를 대신하여 현장 관리 및 입주, 하자보수 관리까지 책임지며 추가적인 수수료를 받는다. 추가적인 고정수입이 발생하게 되는 것이다. 분양컨설팅들은 이런 이유로 건축주와의 유대관계를 가지려 노력한다. 우리 역시 전담 분양대행 현장을 만들기를 원했고 인테리어 제안을 통해 그 발판을 마련하고자 했다.

건축주들은 토지를 매입 후 건축설계가 나오면 부동산사무실에서 미팅하는 경우가 많다. 자연스럽게 도면을 볼 기회가 생겼고, 도면을 보면서 구조적인 개선사항이나 색다른 인테리어들을 제안했다. 보통 건축주들은 토지를 매입해 건물을 짓고 파는 개발업자들이다 보니 인테리어에 별다른 신경을 쓰지 않는다. 무난한 흰색으로 몰딩과 도어, 벽체 등의 색감을 결정해버린다. 조금 고민한다 싶은 건축주는 여직원에게 색감을 골라 보라며 도배지 샘플을 건네는 것이 전부이다. 인테리어에 대한 개념이 이 정도이기에 도면을 보고 말로만 떠들어서 이들을 설득하기란 힘들다고 판단했다.

처음에는 우리가 생각하는 이미지들 찾아 PPT로 인테리어 제안서를 만들었다. 도면을 첨부하고 부분별 컨셉과 색감들을 사진을 통해 보여주는 제안서였다. 이 정도 성의만으로도 우리에게 인테이어를 맡기고, 본인 현장의 전담 분양대행까지 맡기는 건축주가 생겼다.

욕심이 생겨 인테리어 컨셉을 보다 잘 전달하기 위해 '스케치업'이라는 프로그램을 익혔다. '캐드'가 건축설계 도면을 그리기 위한 프로그램이라면 '스케치업'은 2D로 작업 된 도면을 3D로 입체화시키고 컬러를 입혀 실사와 가깝게 만들 수 있는 프로그램이다. 꼭 전문가가 될 필요는 없었다. 내가 표현하고자 하는 만큼만 배우고 써먹으면 된다. 유튜브를 통해 배우고 익혔다. 그렇게 해서 건축주가 내민 도면에 색감을 입히고 입체화시켜 우리가 제안하는 컨셉을 보여주었다. 눈앞에 구체화된 인테리어를 보니 제안을 마다할 리 없었다. 나는 '성의'라는 단어를 좋아한다. 정성스러운 마음이다. 성의를 보이는데 마다할 사람이 있을까? 모든 일에 성의를 다하면 보답은 반드시 돌아온다는 것을 몇 차례 제안을 통해서 느끼게 되었다.

인테리어 제안서의 그림을 현실화하기 위해서는 시공에도 참여해야 했다. 철근콘트리트로 골조가 완성될 무렵, 내부인테리어도 확정해야 시공에 차질이 없다. 그림에는 회색이었지만, 어떤 회색

인지 정해야 한다. 타일로 할 것인지, 타일이라면 어떤 모양의 회색 타일인지, 내가 고른 타일이 없다면 대체할 수 있는 타일을 골라야 한다. 타일이 아니라면 목재로 할 것인지, 시트지로 할 것인지, 페인팅으로 할 것인지 등 수많은 선택을 해야 그림이 현실로 실현된다. 인테리어 시공에 앞서 수많은 공정에서 이런 선택이 필요한 것이다. 또한 각 공정마다 시공업자가 다르기에 작업 순서도 조율해야 한다. 소통이 잘 안되면 잠시 한눈판 사이에 시공이 산으로 가는 경우도 있다. 그럴 때는 전부 떼어내고 다시 작업해야 하기에 건축주의 금전적 손실이 발생한다. 전공자가 아니었지만, 허투루 할 수는 없었다. 어려운 일이긴 했으나 재미있었다. 단지 그림에 불과한 작업물을 실제 인테리어로 실현해내는 과정이기에 신나지 않을 수 없었다. 그렇게 인테리어를 한 집은 파주 야당동 일대에서 꽤 유명했다. 사진만 보고 현장을 찾아오는 고객들이 있었다. 시공을 마친 후 우리는 아파트 분양대행사처럼 고급스럽게 리플렛 제작도 하였다. 우리 현장만의 로고를 만들어 대봉투, 소봉투도 만들었다. 보통 신축 빌라업계에서는 하지 않는 일이었다. 내 지난 경력에서 배워 온 것들이 도움이 되던 순간이었다. 개성 있는 인테리어 컨셉과 아파트업계의 마케팅을 접목해 고객에게 공간의 가치, 브랜드의 가치를 선사하고자 했다. 그래서인지 우리의 컨셉과 취향이 맞는 고객들이 찾아왔다. 3개동 24세대의 단지였는데, 짧은 시간 내에 완판하게 된 것이다. 남들보다 월등하게 뛰어나거나 앞설 필요는 없다. '열심'에 살짝 '다름'을 더하면 그것만으로도 나의 경쟁력은 충분하다는 것을 느꼈다.

요즘은 내 직업을 소개할 때 설명이 길어진다. 내가 속한 건축회사의 재무관리 및 시공과 인테리어를 맡고 있으며, 다른 지역 신규 현장들의 소식도 꾸준히 블로그에 올려 소개하는 분양컨설팅 업무도 프리랜서로 병행하고 있다.

'천직', 타고난 직업이나 직분이라는 의미이다. 요즘 시대에 천직을 찾을 수 있을까? 나는 특별히 잘하거나 좋아하는 것이 없는 사람이었다. 대학에 진학하면서 막연하게 '사무직'이라는 두루뭉술한 단어로 나의 희망 직업을 말하였다. 내가 할 수 있는 '사무직'은 어떤 것인가 고민했다. 내가 잘할 수 있는 사무직 중 '비서직'으로 첫 방향을 잡았다. 첫 발걸음이 중요하다. 어디든 첫발을 내디디면, 다음 스텝은 쉽다고 생각한다. 물론 내 경우처럼 뜻하지 않은 불행과 맞닥뜨릴 때도 있다. 많은 사람을 만나며 상처받고 배신당할 수도 있다. 실패와 불행이라는 구렁텅이에서 나오며 생긴 상처로 아프겠지만, 굳은살이 생기고 근력은 강화될 것이다. 앞으로 박차고 나아갈 더 큰 힘이 생길 것이다.

직업을 찾기 위한 시간이 오래 걸릴 필요가 없다고 생각했다. 현실에서 선택할 수 있는 최선의 선택을 하면 되었다. 그렇게 뛰어든 세계에서 또 다른 길들을 찾았다. 박봉과 이직에 시달리고, 생각지 못한 불행을 만나기도 했다. 그 또한 실패가 아닌 경험을 쌓는, 성공을 쌓는 인생의 과정이라 생각했다. 나는 아직 성공이라 불릴 만한 여정에 이르지 않았다. 하지만 성공으로 이르는 길 위에 서 있음을 확신한다. 앞으로 내가 부동산 분양업을 계속할지, 또 다른 새로운 일을 할지 모르겠다. 아니, 아직 세상에 대한 호기심이 너무도 많기에 다른 무언가를 찾을 것이다. 다가올 기회도 많을 것이다. 삶의 여정에 충실하다면 내 앞에는 선택할 수 있는 수많은 길이 펼쳐질 것이라 확신한다. 어떤 길을 선택할 것인가, 어떻게 확장해 나갈 것인가는 본인의 몫이 아닐까. 오늘도 난 내 인생의 로드맵을 확장해 나간다.

10

일 안에서 성장하는 나

황금

왜 나는 계속 일을 할까?

스무 살에는 '꿈 = 독립 = 일'이라 생각했다. 현재는 '자아독립'이 일하는 이유다. 일하지 않을 때는 없었다. (세 아이 출산, 육아로 2년 반 정도 휴가는 가졌다.) 16년을 하나의 직업에만 종사하다 은퇴했다. 은퇴하기엔 이른 30대 후반, 마흔 직전의 나이에 회사 밖 사회로 나왔다. 사회는 평온해 보였다. 곳곳에 무료 교육으로 배울 기회도 많았다. 하지만 일로 만난 사회는 안전지대 없는 전쟁터였다. 밥그릇을 스스로 찾아야 했다. 다시 회사로 갈 것이 아니니 사회라는 바다에서 물살을 잘 타는 법을 배워야 했다. 마치 서핑과 같았다. 목표와 실행이라는 균형을 잘 잡아야 했다. 현실은 예상 밖의 결과들로 불안했다. 내 장점을 살릴 일을 찾아야 했다. 경험과 감정을 자주 들여다보곤 했다. 그때 나는 어땠지? 원했던 건 뭐지? 내면의 생각을 알기 위해 질문하고 또 질문했다. 마인드맵도 자주 그리며 이제는 알게 됐다. 나에게 중요한 과제들이 있었다. 나의 과제를 인정하고 그에 맞춰 계획해야 했다.

내가 안고 있는 세 가지 과제다.

첫 번째는 세 아이다. 막내가 이제 6살이다. 감사하게도 아이들은 모두 건강하고 스스로 자기 앞가림을 할 줄 안다. 그저 아이들이 자립할 수 있도록 믿고 지지해 주는 엄마의 역할이 필요할 뿐이다. 내 일에 밀려 아이들이 뒷전으로 밀리지 말아야 한다. 회사에 다니며 눈치 보는 육아를 해야 했다. 워킹맘이라 회사에서 불편해할까 봐 마음 졸였다. 지금은 그 마음에는 자유롭다. 그래서 더 아이들이 보인다. 아이들의 정서와 건강 모두를 보듬어주는 엄마의 역할은 중요하다. 내게 가족의 행복을 지키는 일은 중요한 삶의 가치를 세우는 일이다.

두 번째는 역경을 이겨내는 힘, 바로 긍정성이다. 오랫동안 불만족스럽던 마음은 쉽게 변하지 않는다. 40년 넘게 불만을 느끼고 비교하며 살았었다. 환경을 탓하고, 외모를 탓해 왔다. 하지만 이런 마음으로는 상황이 전혀 바뀌지 않았다. 꾸준히 긍정적인 생각과 말을 하며 나도 다른 사람이 될 수 있다고 다짐했다. 긍정의 마음이란 당면한 문제뿐 아니라 앞으로의 문제도 풀 열쇠를 거머쥐는 것이다. 계속 채울 것이다. 넘쳐야 주변에게도 전해진다. 긍정적인 나로 기억되고 싶다.

세 번째는 목표와 꿈을 이룬다. 내게도 큰 꿈이 있다. 부자의 삶, 누리는 삶, 나누는 삶이다. 내 꿈을 이루어 나가는 삶을 살고 있다. 내가 선택한 일을 하고 있다. 새로운 일에 도전하고, 고정관념을 깨고 있다. 내 꿈은 돈만 좇는 삶은 아니다. 가족과 함께 삶을 즐기고, 일을 통해 나를 성장시키며 행복의 꿈을 이룰 것이다. 나의 코치도 나이기에 나의 꿈을 응원한다.

세 가지의 과제를 안고 현재 일까지 왔다. 내 아이들에게 채워주고 싶은 것이 있어서 먼저 공부했고, 함께하다 보니 또래 아이들을 만났다. 초등 리더십 보물찾기 수업은 내 아이에게 주고 싶은 전부다. 긍정적인 시선으로 역경을 이겨내고 살아가길 바란다. 꿈과 목표를 갖고 스스로 학습을 할 수 있도록 시간 관리를 하는 것이 고액 학원을 보내는 것보다 더 큰 가치가 있다고 생각한다. 그래서 함께 바인더를 쓰고 있음에 감사하다. 잘되지 않을 때도 많다. 좋은 습관을 만드는 것은 어려운 것임을 알고 응원한다. 하루하루 자라고 있는 모습에 감사하고, 어제보다 오늘 더 나음에 응원한다.

나는 리더십이 무엇인지 이해하고 있나?
리더십 코치로서 아이들이 생각하는 리더십을 고민한다. 며칠

전, 아이들과 자신의 성격에 대하여 말한 적이 있었다. 초등 3학년 한 아이가 보완하고 싶은 성격을 '리더십'이라고 했다. 평소 궁금해하던 것이라 아이에게서 답을 얻을 수 있는 기대로 곧바로 물었다.

"리더십을 뭐라고 생각하는데?"

"음⋯. 친구들과 어울릴 때 잘 어울리는 거요. 저는 친구들과 어울리는 방법을 몰라서 잘 못 놀아요."

어려운 질문이었다. 아이는 또래와 잘 어울릴 방법이 '리더십'이라 생각한 모양이다. 맞는 말이기도 하다. 인간관계에 매끄럽게 가교역할을 하는 사람이 리더이고, 그 마음이 리더십 아닌가. 10살 아이를 통해 관계 속에서의 리더십을 고민하게 되었다.

아이들의 일상은 엄마가 주도하는 경우가 많다. 학원, 숙제, 독서까지도 엄마의 시간표일 때가 많다. 만약 아이들의 리더십을 키우고 싶다면 주도성을 아이에게 줄 필요가 있다. 그래서 초등 리더십 수업을 할 때, 엄마들에게도 충분히 정보를 주고 함께 코치하려 한다. 아이도 스스로 할 수 있다는 부모의 믿음이 먼저이기 때문이다.

기억에 남는 엄마와 아들이 있다. 에너지가 많은 4학년 남자아이였다. 함께하는 습관 프로젝트로 매일 긍정과 감사한 것을 단톡방에 올리는 미션을 진행했었다. 두 모자는 아침 긍정 선언과 저녁 감사일기를 꾸준히 7주를 빠짐없이 해냈다. 아이도, 엄마도 일상에서의 긍정적인 변화를 느끼기 충분한 시간이었고, 습관이 되었기에 강좌가 끝난 이후에도 지속해서 할 수 있었다. 좋은 습관이 만들어진 것이다. 이후 2번째 수업도 참여하여 솔선수범을 보였다. 함께 30분 책 읽기, 1ℓ 물 마시기와 같은 좋은 습관을 엄마와 함께 매일 했다. 쉬운 목표로 꾸준하게 수행한 것은 엄마의 제안이었다. 그리고 아이가 자율적으로 결심한 과제를 엄마도 함께 실천했다. 아이의 보폭을 맞추는 엄마의 리더십이 돋보였다.

코치로서 일방적으로 알려주는 것이 아닌, 사람들을 통해 배우는 경우가 자주 있다. 위의 경험에서 두 가지의 리더십을 배웠다. 관계가 좋았을 때의 일이 더 쉽고 빠르게 처리된다. 때문에 필요한 덕목은 관계 안에서의 리더십이다. 우리는 자신의 입장을 헤아리는 리더가 있는 곳에서는 편안함을 느끼며 따른다. 나는 만나는 사람들에게 좋은 영향을 주는 리더의 본보기가 되기를 희망한다.

현재 나는 책을 더하여 초등 리더십 독서 수업을 만들었다. 그동안의 배움과 경험들이 좋은 거름이 되어 나만의 수업으로 만들어졌다. 내게 일이란 완성이 아니라 과정이었다. 내가 원하는 환경을 만들고 삶의 가치도 더 하는 과정이 되었다. 나는 이전에 만들어진 것만을 사용하고 유지하려고 게으름피우지 않는다. 힘에 겨울지라도 매일 새로운 것에 도전한다. 나의 목표는 내가 하는 일 안에서 배우고 성장하는 사람이 되는 것이다. 앞으로도 주변의 리더들을 많이 만날 것이다. 그들과 함께 좋은 꿈을 꾸며 함께 나아가는 삶을 살 것이다.

김동혁

책을 쓰는 것에 대해 막연한 동경이 있었지만, 정작 글을 쓰는 일은 엄두가 나지 않았습니다. 공저를 해 보기로 하고 일단 책상에 앉아 자판을 두드리라기에 그대로 했더니, 어느덧 필요한 양의 글이 다 채워졌네요. 이 책을 마친 소감은 앞으로 책을 더 써볼 수 있겠다는 것입니다. 어렵기도 하고, 익숙하지도 않던 작업이었지만, 계속해서 책상에 앉아 자판을 두드릴 수 있는 마음이 생겼어요. 자꾸 두드리다 보면 또 다른 나의 책이 나오지 않을까…요?

김상미

첫달 매출 50만 원. 네일아트를 하면서 밥은 먹고 살 수 있을까? 고민하던 시절이 있었다. 김포 구래동에서 8년째 네일 숍을 운영하고 있다. 자영업은 처음이라 손님들의 쓴소리와 감사하다는 말 한마디에 웃거나 속으로 눈물을 삼켜야 한 적이 있었다. 하늘 아래 직업의 귀천은 없다. 나의 손기술을 필요로 해주시는 고객님들이 있어서 오늘도 감사하다. 각자의 자리에서 건강한 손발톱을 만들기 위해 노력하는 네일리스트 분들을 응원한다.

김신혜

'글을 잘 쓰는 편은 아니지만…' 이라는 말을 하면서도 글쓰기를 멈출 수가 없었습니다. 매일 읽는 양이 쌓이면서 쓰고 싶어졌고, 쓰기를 통해 읽기의 수준 역시 높아진다는 것을 느꼈기 때문입니다. 쓰는 시간이 쌓이니 책을 쓸 수 있는 힘도 생겼습니다. 피하고 싶으면서도 한 번은 꼭 써야 될 것 같았던 주제가 〈직업〉에 관한 글이었습니다. 혼자였다면 책까지 내지는 못했을 것 같습니다. 공저의 기회로 '일'은 어떤 의미였는지 깊이 돌아보고 글로 남길 수 있어서 감사합니다. 우리 모두는 일의 둘레 안에서 도전과 좌절을 겪으며 성장해 나갑니다. 그럴 때마다 밖에서 답을 찾는 것이 아니라 스스로를 믿고 나다운 답을 찾기 위해 노력하는 삶을 살기를 소망합니다.

김은경

다니는 곳도, 월급도 꼬박꼬박 있어야 직업이라고 생각했던 모양이다. 번듯해 보이는 직업을 가져야 남들에게 말하기 수월했다. 다양한 형태로 일하는 사람들이 많아졌지만, 몸소 직업의 내용을 만들며 살기보다 있는 일에 자신을 맞춰가며 사는 쪽을 선택하기가 아직도 쉽다. 하지만 '해보고 싶은 일, 가지고 싶은 타이틀에 시간과 힘을 쓰는 것'도 나의 직업이라고 생각하기로 했다. 지난 경험이 재료가 되어 주고 있다. 꾸준함을 더해 나만의 색이 있는 일들을 만들며 살고 싶다.

박선우

"나의 직업은 간호사입니다."라고 말할 수 있다면 '성공한 인생'이라고 생각했다. 간호사를 꿈꾸었던 긴 시간 동안 그렇게 나를 다독이고 응원했다. 간호사가 되었고 하루, 한 시간도 헛되이 보낼 수 없는 중환자실에서 근무를 하며 깨달았다. '누군가의 삶을 바꾸는 일'이 나의 소명이었다는 사실을 말이다. 오랜 시간 동안 여러 가지 직업을 경험한 후 성공의 기준이 달라졌다. 나의 소명을 이룰 수 있는 일, 그 일을 하며 행복하다면 그것이 '성공한 인생'이라는 생각을 한다.

이복선

누구나 현재 하는 일에 100% 만족하는 사람은 없다. 나 스스로 하는 일에 단점보다는 장점을 생각하고 선택하여 자부심을 품고 살아간다. 추억을 한 장 한 장 소환해 보니 북마스터란 나의 세상이 전부였다. 사람을, 희망을, 행복을 함께했고, 미래도 함께할 수 있다. 소중한 인연을 만들어 가고 꿈을 이야기하며 살아왔다. "성공한 사람=책을 읽는 사람"이다. 타인의 꿈을 향해 도움을 줄 수 있는 나의 직업에 대해 소중함이 다시 한번 크게 느껴진다. 꿈을 향해 한 걸음 한 걸음 나아갈 수 있도록 도움을 준다는 것은 그 무엇보다 가치 있고 매력적인 일이다.

최덕분

'직업'에 대한 공저를 쓸 수 있었던 건 제겐 행운이었어요. 이 글을 쓰면서 '고졸'이라는 학력을 스스로가 결핍으로 받아들였던 저의 모습을 발견하게 되었어요. 그 덕분에 저의 결핍을 극복하기 위한 배움의 경험을 실행으로 연결하여 이 세상에서 단 하나뿐인 '고마워 마인드'경영을 만들어 냈어요. 시대가 흘러 이젠 자기경영을 통해 1인기업가의 대표가 되어 누군가의 풍요로운 성장을 돕는 업을 갖게 된 것은 가장 큰 축복이었습니다. 고맙습니다. 사랑합니다. 덕분입니다. 행복합니다. (고사덕행)

최연우

결혼 후 온라인 사교육업에 20년 넘게 근무 중이다. 그러면서 은퇴 이후의 삶을 위한 준비를 하고 있다. 60이 넘어서도 할 수 있는 일이 있고, 또 나의 도움이 필요한 다른 사람들에게 작은 도움이라도 주고 싶은 마음으로 생애 설계 상담관리사, 사회복지사, 그리고 평생 교육사에 올해 도전을 한다. 배움을 멈추면 늙는다고 한다. Professional Student 평생 배우며 나누는 삶을 향해 오늘도 느리지만 한 걸음씩 나의 길을 가고 있다.

한보리

작가? 아직은 어색한 호칭입니다. 책 쓰기를 시작하며 인생을 되돌아보는 기회가 되었습니다. 대학을 졸업하면서 시작해 결혼과 육아를 하며 지금까지도 놓지 않았던 '나의 일'에 대한 소중한 기록이었습니다. 제 인생의 8할이 '일'이었다고 해도 무리는 아닙니다. 잘하고 싶고 성공하고 싶었지만 되돌아보면 마치 쳇바퀴에 갇힌 다람쥐처럼 제자리만 달리고 있었던 건 아닐까 생각합니다. 이책을 쓴 시간은 내 인생의 하프타임이었습니다. 내 안에 숨겨져 있던 감정과 생각, 그리고 경험을 정리하며 인생의 방향을 '새로고침' 할 수 있었습니다. 앞으로도 새로운 것에 도전하며, 삶을 즐길수 있는 또 다른 N잡을 만나길 기대하고 준비합니다. 이 책으로 제경험을 공유하며, 누군가에게 긍정적인 기운을 주었다면 그보다더 큰 보람은 없을 것입니다. 지금까지 읽어주신 독자님들에게 머리 숙여 감사의 마음을 전하며, 언제나 도전하는 삶이시길 응원하며 파이팅을 외칩니다.

황금

꿈 리스트에 있는 꿈 하나를 이룹니다. 스물셋에 전공 따라 들어선 첫 직장에 이어 16년을 한 직업 믿고 살았습니다. 이제는 직업의틀을 깨고 도전과 기회가 있는 삶을 살고 있습니다. 꿈도 만들고이루며 삽니다. 책을 집필하며 과거를 자주 돌아봤습니다. 힘들었던 시기를 잘 넘겨 지금은 새로운 과제들을 해결하며 살고 있구나. 인생 허투루 살지 않았네. 나에 대한 믿음이 올라갔습니다. 혼자 만들어진 것은 없습니다. 항상 나의 도전을 지지해 준 남편과 아이들의 이해 덕분입니다. 감사합니다. 더불어 책의 마지막을 읽어주신 독자님께 감사합니다. 제가 누군가의 책으로부터 책 집필이라는 꿈을 꾸었듯 독자님께 꿈의 바통을 넘기겠습니다. 행복한 꿈이 많이 만들어지길 기대합니다.

직업, 소명이 되다

초판인쇄   2023년 4월 19일
초판발행   2023년 4월 25일

지은이   김동혁 김상미 김신혜 김은경 박선우 이복선
최덕분 최연우 한보리 황금
발행인   조현수, 조용재
펴낸곳   도서출판 더로드
기획   조용재
마케팅   최관호 최문섭
편집   강상희
디자인   호기심고양이

주소   경기도 고양시 일산동구 백석2동 1301-2
넥스빌오피스텔 704호
전화   031-925-5366~7
팩스   031-925-5368
이메일   provence70@naver.com
등록번호   제2015-000135호
등록   2015년 06월 18일

정가 16,000원
ISBN 979-11-6338-366-6 03810